LONDON CONFIDENTIAL

FASHION

Love
The
Shoes!

Tyndale House Publishers, Inc. Carol Stream, Illinois

Asking for Trouble

Sandra Byrd

Visit Tyndale's exciting Web site at www.tyndale.com.

Visit Sandra's Web site at www.sandrabyrd.com.

TYNDALE and Tyndale's quill logo are registered trademarks of Tyndale House Publishers, Inc.

Asking for Trouble

Designed by Jennifer Ghionzoli

Edited by Stephanie Voiland

Published in association with the literary agency of Browne & Miller Literary Associates, LLC, 410 Michigan Avenue, Suite 460, Chicago, IL 60605.

For manufacturing information regarding this product, please call 1-800-323-9400.

Library of Congress Cataloging-in-Publication Data

Byrd, Sandra.
  Asking for trouble / Sandra Byrd.
    p. cm. — (London confidential ; [#1])
  Summary: When a fifteen-year-old American girl finds herself living outside of London because of her father's job transfer and becomes a columnist for the school newspaper, she learns to use Bible truths to dole out wise advice to her classmates but soon finds it hard to follow her own advice.
  ISBN 978-1-4143-2597-2 (sc)
  [1. Schools—Fiction. 2. Advice columns—Fiction. 3. Americans—England—London—Fiction. 4. London (England)—Fiction. 5. England—Fiction.
6. Christian life—Fiction.] I. Title.

PZ7.B9898As 2010
[Fic]—dc22   2009042427

Printed in the United States of America

16 15 14 13 12 11 10
 7   6   5   4   3   2   1

**DEDICATED TO NINE *BRILLIANT*
MANUSCRIPT READERS:**

BRITISH GIRLS:
Anna Culliford and Jacque Hall

AMERICAN GIRLS WHO LIVED IN ENGLAND:
Sarah Austin and Brianna Tibbetts

AMERICAN GIRLS:
*Abi Davis, Shannon Farmer, Miranda Marburger, and
Savannah Marburger*

AND OUR RESIDENT AUSSIE,
Erin Mollet

Chapter 1

I hung back at the doorway to the cafeteria of my new supercool British school, Wexburg Academy. Most of the lunch tables were already packed, and the room was buzzing with chatter. The populars, whom I'd secretly nicknamed the Aristocats, commanded an entire table right in the center of the room. Their good looks and posh accents made up the sun around which all other tables orbited. The normal kids were in the second circle, arranged by friends or clubs or activities. The drama table was on the outer edge of the room, and so were the geeks, the nerds, and the punk wannabes—way out there like Neptune, but still planets. Most everyone had a group. I didn't.

Okay, so there was *one* table with lots of room. The leftovers table. It might as well have been the dark side of the moon.

No way.

I skipped lunch—again—and headed to the library. One of the computers was available and I logged on, desperately hoping for an e-mail from Seattle.

There was an e-mail from my grandmother reminding me to floss because British dentists only cleaned adult teeth.

Spam from *Teen Vogue*.

An invitation to join the Prince Harry fan club—I opened it and gave it a quick scan. I'd consider it more later.

And . . . one from Jen!

I clicked open the e-mail from my best friend at home—well, it *had* been my home till a couple of months ago—hoping for a lunch full of juicy news served alongside tasty comments about how she missed me and was planning stuff for my next visit home. I craved something that would take me the whole lunch period to read and respond to and remind me that I did have a place somewhere in this universe.

From: Jen
To: Savannah

Hey, Fortune Cookie, so how's it going? Met the Queen yet? LOL. Sorry I haven't written too much. It's been so busy. Samantha took the position you'd been promised on the newspaper staff. She's brand new, but then again you would have been too. It seemed strange without you at first, but I think she'll do okay—maybe even better than okay. And hey, life has changed for everyone, right? Things are crazy busy at school, home, and church. We hang out a lot more now that a bunch of us are driving. Will write again in a few weeks.

Miss you!
Jen

A few weeks! My lungs filled with air, and I let it out slowly, deflating like a balloon with a slow leak. I poised my hands over the keyboard to write a response but just . . . couldn't. What would I say? It had already *been* weeks since we'd last e-mailed. Most of my friends texted instead of e-mailing anyway, but texting across the Atlantic Ocean cost way too much. And the truth was . . .

3

I'd moved, and they'd moved on.

I logged off the computer and sat there for a minute, blinking back tears. Jen hadn't meant to forget me. I was simply out of her orbit now.

I pretended to read *Sugar* magazine online, but mostly I was staring at the clock, passing the time till I could respectably head to my next class.

Five minutes before class I swung my book bag onto my shoulder and headed down the hall. Someone was stapling flyers to the wall. "Hi, Hazelle."

"Hullo, Savannah." She breezed by me, stapling another pink flyer farther down the wall. We had math class together—oh yeah, *maths*, as the Brits called it—first period. I'd tried to make friends with her; I'd even asked her if she'd like to sit together in lunch, but she'd crisply informed me that she sat at the table with the other members of the newspaper staff.

She didn't bother with small talk now either, but went on stapling down the hall. I glanced at one of the flyers, and one sentence caught my eye right away: *Looking for one experienced journalist to join the newspaper staff.*

I yanked the flyer off the wall and jammed it into my bag. I was experienced. Wasn't I?

4

A nub of doubt rose inside me—the kind that popped up, unwelcome, anytime I tried to rationalize something that wasn't exactly true or right.

This time I swallowed it back. I thought back to Jen's e-mail that kind of felt like a polite dismissal. I lived in London now.

It was time to take matters into my own hands.

Chapter 2

After school I walked out of the tidy brick building and down the stately streets of Wexburg toward our home. I pulled my jacket around me against the liquid gray afternoon. For once in my life I was more worried about smelling like a wet dog than whether or not I looked fashionable. Little cars tootled down the left side of the street, stopping politely at each crosswalk. A big red double-decker bus drove by and I pinched myself. I lived in London! Okay, not London . . . exactly. But near enough with just a quick bus trip or a ride on the London Underground, or the Tube, as they called it here.

"I'm off to Fishcoteque," I told my mother after dropping off my backpack and picking up the laptop tucked safely inside my treasured Dooney & Bourke bag. Fishcoteque had two things I needed to survive—no, three. Fish-and-chips—which were awesome—Wi-Fi, and privacy from my sister's crazy dog. Plus, it was just a great place to hang out.

"Be back soon, please," Mom said. "You've got chores to do."

As always. I noticed the dark circles under my mother's eyes and saw her wince as she put a hand on her back. Her dark hair was pulled back into a ponytail. I answered more softly than I'd been planning to. "I will."

I walked down the street and into the bright fish-and-chips shop. Its large booths were nearly full with happy chatter, music was pumping, and the dartboards in the back corner were already occupied.

"What'll it be, luv?" the lady at the counter asked. "The usual, then?"

"Yes, please," I said, happy that she remembered my order each time I came in and that she called me "luv." I paid and then sat down at a booth and opened up the computer. Soon my fish-and-chips were delivered, gift-wrapped in the greasy cone of yesterday's newspaper. I let them cool, then shook brown vinegar from a fingerprinted bottle over the top of one piece of fish and a few of the chips. They were thick French fries, really, not potato chips. I guzzled a Fanta, the best orange drink this side of the Atlantic Ocean.

I was going to balloon into an orange myself if I didn't find something to do around here besides eat.

I grinned at my screen saver. Last year I'd taken a few pictures here and there for the yearbook, including a close-up of the baseball team. I'd cropped and zoomed it to one particular player—supercute Ryan. He might not have saved that game, but he was still saving my screen thousands of miles away—even if he didn't know it.

My fish was cool, so I took that first amazing bite. I'd hated fish before we moved here. Fish at home was kind of flabby, like cellulite with soggy crumbs clinging to it. And it smelled bad.

But not here. In England, fish was crisp and yummy. I took my piece from the newspaper, set the paper to the side, and took a bite dipped in vinegar.

The shop's door chimed brightly as two girls

I'd talked with casually in science class walked in and placed their order. One girl, Gwennie, nodded to me politely, but they sat down a few booths away.

Maybe with my laptop set up it didn't look like I had room for them.

After I ate my fish and drank my Fanta, I pushed the bottle aside and took the hot pink flyer out of my D&B bag. I unfolded it and ran my fingers down over the creases to flatten them. I read the job description.

Looking for one experienced journalist to join the Wexburg Academy Times *newspaper staff. Must be able to extract the interesting bits from school and village. Enthusiasm important; team player essential. We're looking for a writer who can find the fresh angle in every story. Does this sound like you? If so, please e-mail jack@wexburgacademytimes.com.*

Ah, Jack. Everyone knew who he was. Jack was a year older than I was—a high school junior by American standards; a "year twelve" by British standards. Privately I called him "Union Jack" after the British flag because he was so *veddy* British. Definitely cute with rugby-style close-cut hair and a smile that crinkled all the way to his eyes.

But most important to me right now, he was the paper's editor.

I could e-mail him right now if I wanted to; in fact, I should do just that before I lost my nerve. I rehearsed the qualities he was looking for in my mind.

Extract the interesting bits from school and village? Check!

Enthusiastic? Check!

Team player? Check!

Able to find the fresh angle in every story? Check!

Experienced journalist? Uh . . . hmm.

I typed his e-mail address into my computer, composed a short but (I hoped) compelling note telling him that I was an enthusiastic team player who could extract interesting bits from school and village, and that I was . . . an experienced journalist. I held my mouse over the Send button. Some people might consider me experienced. Or maybe pre-experienced. And anyway, experienced compared to whom, exactly? I mean, I was more experienced than some people. Kind of.

I swallowed my doubt, and then I sent the e-mail "straight off," as the Brits would say, certain that the nub reappearing in my throat was heart-burn from the fish and nothing else.

Chapter 3

I left the warm shop and its french-fried smells and walked out into dark mist. I soon rounded a corner in our little village and began down Cinnamon Street, where our house, charmingly named Kew Cottage, was located. The streets were lined with walls made of crumbling stone and held together with ivy. Wrought iron posts and lamps lit each corner, and I half expected Sherlock Holmes to show up.

Once I finally got home, I helped my mom with the laundry. Apparently I set the dryer too high again, because she came racing in a few minutes later and turned it down. Then my parents and sister and I ate dinner together. I ate even though I wasn't really hungry, because my mom had ordered Chinese takeout especially for me. Chinese food was my favorite. Except for fish-and-chips, most Brits went out for food from other nations. Chinese food was a hit, and so was Indian. I loved a good, warm curry.

"You okay, Savvy?" Dad asked me, stabbing another portion for himself with a chopstick.

"I'm good." I tried to kick my sister's dog away from my pants leg. I could feel him trying to chew my hem under the table. I'd had to take care of a screaming baby for two weeks to pay for those jeans. "Leave it, Growl," I said in a menacing tone.

"His name is *Giggle*," Louanne protested. The dog came out from under the table and sat quietly by her side, as if he'd been causing no trouble at all. There could not have been a less appropriate name for that dog. He was a short, chubby, gray menace.

I used my chopstick to push at a piece of brown flab on my plate. "What is this?"

Louanne grinned. "Your favorite. Mushrooms."

I wrinkled my nose but smiled anyway.

"She said she wanted to meet a *fun guy*, not eat *fungi*," Dad teased.

Louanne chattered on about her friends. She had a lot of them already. Well, of *course* she did. Probably because she was nine and still had recess with girls who skipped rope and held hands. When you're fast approaching sixteen, like me, it's not so easy.

Everyone around the table looked at me awkwardly since I hadn't piped in about *my* friends. I felt I owed them something—especially after the chicken chow mein. "I applied for a position on the school paper today," I said.

"Wonderful!" Mom smiled widely. "It will be a great experience for you. You'll be able to work on a team and get to know people and start to enjoy school again."

I knew she was worried that it was their fault that they had agreed to come here and I had no friends yet. And not to be mean, but it kind of was their fault. Moving away for high school to a land where I got in trouble the first day in school for saying, "What?" instead of "Pardon?" wasn't my bright idea. I still loved them though, and I knew they were trying to do the right thing.

"I just applied to the paper. I didn't say they accepted me."

"You're such a good writer," Mom said. "I'm sure you'll get a place on the staff."

"I'll pray for you tonight," Dad said.

"Me too," Louanne chimed in.

I offered a weak smile. "Thanks. I need it." *More than you know.* I grabbed a fortune cookie from the basket in the center of the table and took it with me, remembering Jen's e-mail of earlier that day.

I grinned in spite of myself when I thought about her nickname for me. Back in my former life, I was Fortune Cookie, the go-to girl with the short, encouraging answers when my friends were looking for a little advice. It seemed bittersweet now—sweet, because they hadn't totally forgotten me yet, though the e-mails were getting thinner and further between. Bitter, because I was no one's go-to girl now, at least not in London. I wondered if I'd ever have a nickname here.

I opened up my cookie and pulled out the fortune.

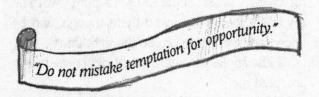

"Do not mistake temptation for opportunity."

I frowned and crumpled it up. I didn't believe in fortunes anyway.

I plodded upstairs and put on some comfy drawstring pj pants and a T-shirt and then hung out in my room. Very little homework, thankfully. I washed my face and used a little blackhead scrub I'd been hoarding from home. I was going to have to buy some British substitute soon or else look like I'd suffered a facial assault by a pepper grinder.

I closed my eyes and prayed:

What should I do, God? I try to be an honest person. You know that. But I'm lonely, and the newspaper is one place I think I can fit in. It's not going to hurt anyone if I just make it sound like I've had a little more experience than I have. I know I can do the work. Then maybe I'll make some friends, have a normal lunch table to sit at. And You know my dream is to be a journalist. Could You just make this teensy little thing happen?

I tried to listen but heard nothing. And of course, I didn't sleep well.

Chapter 4

Three days later I got an e-mail from Jack.

From: Jack
To: Savannah Smith

Hullo, Miss Smith. We've got several applicants for the journalist position. Of course, the most important thing to any editor is the quality of the writing of those contributing. To that end, could you please write a sample article on one of the topics below and e-mail it to me by the end of the week? It may take me a while to read through them all, but I'll notify you if you're a finalist.

"What's that?" Mom walked into my room with a stack of clean clothes.

"An e-mail from the editor of the paper! He

wants me to submit a sample of my writing!" I jumped up and down in the room and my mother celebrated with me.

"Don't worry about chores," she said after I'd explained to her that I needed to write a sample article. "Just focus on this."

She went whistling down the hall, happier, I think, than even I was.

Well, maybe not. But we were both pretty excited. She called my grandparents and Auntie Tricia long-distance to tell them and to ask them to pray.

I spent all evening writing the article. Louanne even kept Growl quiet. It was a family effort.

The next day, I polished the piece and wished I had a friend who also wrote who could proof-read it for me.

The third day, I sent it in.

Chapter 5

A few nights later we were having company for dinner, so I skipped my Fishcoteque run.

"Mmm," Louanne said. "Who's coming?"

"Aunt Maude," Mom answered.

"No, no, nooooooo!" Louanne wailed. Giggle, who had been calm up to this point, was instantly alarmed by Louanne's noise and joined in with a howl.

I had to admit, I felt like howling myself.

"We have to have her over," Mom said as she grabbed some foil-wrapped potatoes from the cooker, aka oven. "And it might be enjoyable. It's been a long time since we had any kind of company at all." My mom loved inviting people over. At our house in Seattle she'd always had her friends over for game nights or tea or Bible study.

"Maude's not even our aunt," Louanne persisted.

"No . . . she's a friend of your grandmother. And she's our landlord. If you want her to let us keep Giggle, we need to make sure she really, really likes us."

"Aha! I'm going to be on my worst behavior!" I said. "Just a minute. I'm going to put on my black lipstick and mess up my hair and play screaming metal music from my laptop."

Louanne looked as if she might cry.

"Just kidding, just kidding," I said. "I don't like Giggle, but I do like you."

Giggle growled at me, and I threw a towel at him.

At six on the dot, Aunt Maude arrived. Dad opened the door. "Maude, how nice to see you!" he said, kissing her cheek. "Girls, come and say hello to Aunt Maude."

I walked forward and kissed her cheek, following my dad's lead. I got a big sniff of her face powder and quickly turned my head to sneeze it out.

"Not ill, are you?" she inquired. "I'm susceptible

to head colds and such. I wish I would have known if you were feeling dodgy."

"No, it's allergies," I said. And I didn't mention *who* I was allergic to.

"Hi, Aunt Maude," Louanne said sweetly. Right by her side, looking like Puppy Charming, was Giggle.

"And this must be the lovable little mutt," Maude said, softening for, I guessed, the first time ever. She reached down and scratched him behind the ears, and he nuzzled her hand. He knew who buttered his scone.

I was glad for Louanne, who looked as if she might collapse with relief. I understood. Giggle was one of the reasons London was bearable—fun, even—for her.

After taking off her cape and setting down her bag—both of which suspiciously looked like they'd been stolen from one of those British nanny shows—Aunt Maude followed us into the tiny kitchen. Like most people in England, we lived in a semidetached; that is, a house divided neatly in two with one family on one side and one on the other. Which meant the rooms were much smaller than the ones back home.

"Well, looks as if you're taking good care of the place." She sniffed.

"Thank you," Mom said. "Won't you have a seat?"

Mom brought out the meal, which she'd kept plain just for her guest.

"Meat, two veg, and jacket potatoes," Maude said approvingly.

"Care for butter?" I asked. And those were the last words I got in for the entire meal. Maude told us all about her varicose vein problems, her digestive problems, the crime problems that Wexburg had now that they'd never had before, and how unlikely it was that England would ever be the same again, no matter what the Queen did, God save her.

Two hours later we politely closed the door behind Aunt Maude and slumped onto the sofa in the sitting room.

"And you want to make more British friends?" Dad teased my mother.

"They can't all be like that," Mom said. "Can they?"

Dad and Louanne went to clean the kitchen, and Mom and I stayed to talk.

"Do you think all of them *are* that way?" I

asked quietly. "I mean, the women . . . and the girls my age?"

Mom looked at her hands for a minute. "No, no, I don't. We just haven't found the right ones yet." She stood up. "I'll be right back." A minute later she came back with her Christmas cookie cookbook.

"Oh yeah," I said. "I was worried you'd left that at home."

"Never," Mom said. "Today I was moping around feeling sorry for myself, thinking that I'd be planning my annual Christmas cookie exchange if I were at home. Then I thought, why not have one here? I'll invite all the neighbors."

I didn't really want to stick a pin in her balloon, but someone had to say something. "Do you think the neighbors . . . well, do you think they seem like the cookie-exchange type?"

"Never know till you try!" Mom said. "Since Christmas is just over two months away, I'm going to hand out invitations soon. Maybe hold the party a week or two before Christmas. And—" she snapped the book shut—"how about you, Sav? How about that Hazelle in your maths class? Isn't she on the newspaper staff too?"

"Oh, Mom. Hazelle wishes I were yesterday's

news. And bad news, at that. If anything, she's probably trying to convince Jack not to offer me a position."

"How about those girls at Fishcoteque?" Mom pressed. I had to admire her persistence. And maybe she was right.

"The ones in my science class?" They *had* smiled at me in class again this week. And shared their dissecting equipment.

Mom nodded hopefully.

"Science club meets tomorrow. I could give it a try," I said doubtfully. I didn't mention that I was the only one in class who had popped the crayfish's eye during the dissection. Really, my only skill was writing. But so far, no word from Jack. Face it, he probably wasn't going to invite me to join the staff. Maybe it was just as well—maybe I had it coming, with my false pretenses and all.

"That's my girl," Mom said. "Tomorrow then. Science club."

Chapter 6

Science club met after school on Wednesday. I strolled in just as they were getting ready to experiment, but I noticed that Gwennie from science class (and Fishcoteque) wasn't even there.

I pulled on a white lab coat, snapped on some goggles, and felt very intelligent indeed. The teacher partnered me with another new person, and we stood over a little Bunsen burner with two glass beakers. The teacher spoke pretty quickly, and I was having trouble keeping up with his instructions. Especially since his accent was so thick. I'm not sure I understood it at all. The liquid in the blue-rimmed beaker went in first . . . or was it the red one first? Don't put the liquid from the yellow bottle in . . . or did that one go in all of them?

"Did you write all that down?" I whispered to my lab partner.

"I thought you were getting it," he said. He looked about as clueless as I felt.

I looked around and saw that several others were pouring the liquid from the yellow bottle into a beaker. So I did the same thing and then set it on the stove, or cooker, or whatever they call it. Apparently everybody else had done something special to their beakers first or had superstrength ones or something. Oh no!

My beaker was the only one that shattered, sounding like a hammer hitting a lightbulb. It spewed dangerous liquid in every direction. Great. My British nickname would be Beaker Breaker.

"Ah, blimey," my partner said and tried to distance himself from me.

After getting the mess cleaned up and everyone calmed down, the instructor came over.

"Miss . . ."

"Smith," I said. "Savannah Smith."

"Have you ever had a proper chemistry class before?" he asked.

I shook my head. He said nothing more—he just kept looking at me.

"I guess I should try the gymnastics club?" I suggested, knowing that really all I wanted to do was write.

"That sounds like a splendid idea," he agreed. "A really splendid idea."

Chapter 7

The gymnastics club met every day, but new people could only try out on Mondays. I skipped Fishcoteque and slipped into a leotard after school. I had no idea that the gymnasts were expected to do anything involving coordination on the trampoline, nor that the trampoline would be so bouncy. Weren't they supposed to have spotters by the sides? Did people in London sue for injuries like they did in Seattle?

"Miss Smith! You all right?" The coach came running to my side as I lay on the cool mats several feet below the trampoline. Great. I'd be known as the Bounced Beach Ball.

"I'm . . . I'm fine." I tried to pull myself up off of the floor. One kind-looking girl held out her hand and pulled me to my feet. She smiled at me before heading back to do some perfect turns on the balance beam.

The coach made sure I was all right and then asked, "Have you done a lot of work in gymnastics?"

"Not blooming likely," I heard someone behind me mutter.

I shook my head. "I guess I should try the art club?"

"An excellent idea. If you fancy art, you should give it a go." She nodded approvingly and went back to the balance beam.

Well, no, I don't fancy art, actually. I fancy journalism. I went to change back into my school uniform. Maybe an e-mail would be waiting for me when I got home.

Chapter 8

Tuesday morning I got up early and, after putting on my uniform, headed off to school. *Jesus, I need some help*, I prayed as I made my way around campus. *I'm trying, but nothing's working out right. And to tell You the truth, it's pretty lonely.*

I looked for the school newspaper at one of the stands—it was supposed to come out on Tuesdays—but surprisingly, none were there. None were anywhere on campus, as far as I could tell. I'd been hoping to see if a new writer's byline was listed. If not, maybe I still had a chance. It was possible—I'd been spying on the newspaper table during lunchtime, and I hadn't seen any new faces yet.

I had to drop off a transfer form at the office, and miraculously, as one of the Aristocats was leaving the office, she commented on my purse.

"Nice bag," she said, offering a small smile. Her friends just turned their backs and continued their own private conversation.

"Yeah. I like Dooney & Bourke," I said. It sounded incredibly dull, I know, but it was the first thing that came into my head.

"I've designed some bags of my own in art club," she said.

"Art club?" My interest was piqued.

"Yes," she said. "Do you draw?"

I have to admit, I was tempted to tell the world's tiniest little lie, but my previous fib was a little too fresh, and I wasn't exactly trying to hit a double.

"I like photography," I said.

"Come along after school," she said. "I'll bet you can draw, too. See you later!"

She turned and walked away with her friends, but the invitation had been extended. Was this my first potential friend? What would Hazelle say if she saw me sitting at the Aristocats' table?

Of course, this girl might not have invited me if she'd known what I knew.

I couldn't draw to save my life.

Chapter 9

There was a handful of people in the art room when I walked in. The adviser seemed nice enough—he handed me a scribble pad and some pencils. "Have you got much experience in art?"

"No," I admitted. "But I'm interested in writing and photography and other creative things."

"Fine, fine," he said. "Have a seat."

I sat down in an open row, hoping there would still be a space available when the girl who'd invited me arrived. Of course there was a chance the other Aristocats would come to art club, in which case my chances of sitting with them were nil.

I opened the pad and started sketching on the edges of the first page just so I wouldn't look all prim sitting there doing nothing and talking to no one. A couple of minutes later, by some kind of miracle, that Aristocat girl came in and recognized me.

"Hullo," she said and slid into the seat next to me. I noticed her charm bracelet. Nice touch. I felt she was a kindred spirit right off.

"Hi," I said.

"Ah yes, 'hi.' You're American, right?"

I nodded. "My name is Savannah, but I go by Savvy. We moved here in August."

She set her wool book bag down and then drew out a sketchbook and a brass pencil case. "My name is Penny. Year eleven." That means she was fifteen going on sixteen, like I was.

"Nice to meet you," I said. "I'm year eleven too."

The instructor began talking and pointed to a large sandstone sculpture on a pedestal up front. "We'll be sketching this today," he said. "I've got it on the rotating platform so you can look at it from all angles as you draw. Pay attention to the clean lines, and the placement of the eyes and nose. See how there is no emotion? Be sure to copy that exactly."

Penny grinned at me and set her pencil to a

clean piece of paper about halfway through her well-worn notebook. "He gets cheesed off if you waste paper," she warned me.

I chewed on the eraser and looked at a blank page one.

Oh well, here goes.

I tried to use short sweeping motions followed by long lines like Penny and the others did, but somehow mine just didn't look the same. I did get the face outlined okay, but actually placing eyes, a nose, and a mouth inside its borders was challenging. I didn't even try to make it three dimensional. I knew that was way beyond my abilities.

After a few minutes, the instructor came by, looked at Penny's, and said, "Brilliant!" She flushed, and I was pleased for her, knowing that teachers here didn't offer praise lightly.

He looked at mine and said, "We all have to begin somewhere." But he wouldn't look me in the eye, and he knew what I knew: I wasn't going to make it much beyond the beginning.

Penny looked at my drawing, and I could tell she was struggling to say something kind. "I think the only place my artwork is going to be hung is on the refrigerator," I said.

She laughed. "You're a good sport about it,

anyway." She stared at my work, in which the eyes didn't line up and one nostril was much larger than the other. "It looks like modern art to me."

I laughed with her. I didn't care if I'd be known as the Stick Figurer.

"Speaking of modern art, have you been to the Tate?"

I shook my head. "I don't know what the Tate is."

"It's a fantastic museum. Chockablock full of great art—modern art, mostly."

"We haven't had a lot of time to sightsee," I admitted. "And we're not really sure where to go."

"Well, it's rather important you have some idea of what to do." She flipped the page on her notebook. "I'll write a list of places you might want to visit. And," she said, smiling, "I'll put down a few of the best places to shop, too."

Penny scribbled out a list, then wrote a number at the bottom of the page. "My mobile," she said. "You can text me if you have a question about it later."

"Thanks," I said and punched her number into my contacts list. "Here's mine." I wrote it down on a piece of paper. She slipped it into her bag but didn't enter it into her phone.

As the instructor had said, we all need to begin somewhere.

The club was over, and I handed my notepad and pencils back to the faculty adviser. I think we were both relieved when I told him I probably would not be back.

I stopped by the newsstand on my way out. Still no newspapers. Odd. Something was up.

Chapter 10

The week passed quickly, but there was no e-mail from Jack. Most of me was sad—after all, I knew I could do the job. There was a little tiny part of me, though, tucked way deep underneath my rib cage, that was happy. I wouldn't have to feed the lie.

Friday I arrived at class to see Jack standing outside chatting with Hazelle.

"That's her," Hazelle said, pointing at me like she was identifying a person carrying a deadly disease.

"Me?" I said, pointing to myself.

"Savannah Smith?" Jack asked.

I nodded and swallowed drily. "Yes."

"I'd like to offer you the open slot on the paper,"

he said. "Your sample article was extremely well written. It's an experience-required position, but you did say you have experience, right?"

Time to give the lie a big fat lunch.

I glanced over his shoulder and saw Hazelle standing there primly cradling her books in her arms. She didn't move, and it was obvious she was eavesdropping on our conversation and waiting for my answer.

"Yes, I have experience with the newspaper back in the U.S.," I said. Well, I did. Honestly. He didn't specify what kind of experience was required.

"Brilliant!" He flashed *that smile* at me. "You'll work out just fine. It will be interesting to get an American point of view. Are you available before school Monday morning? Half seven?"

My eyeballs felt like they were going to pop with the tension. "Yes, yes I am." Small beads of sweat gathered at my hairline. I hoped he couldn't see them. "Half seven?"

"Half past seven, of course," he said. "I'll meet you in the newspaper office then." He walked down the hall, toward his next class, I guessed.

Hazelle looked me hard in the face and said, in what I took to be her best journalist voice, "It's rather easy to verify facts on the Internet, isn't it? Even halfway around the world." I think her curly brown hair got even frizzier when she was worked up. Then she headed into our classroom.

How did she know? The answer, of course, was fairly obvious. She was a journalist. While Jack and I were talking, she'd been observing *me*.

All right. So I'd gone and told the tiniest little lie. Unfortunately, little lies can morph into big trouble. The longer I sat with the knowledge of it, the sicker I felt. I had no idea if Jack would ever find out about the, um, inconsistency, but with the Internet, as Hazelle said, you never know.

Anything is possible.

That night I shared the "good" news with my family, who rejoiced with me.

"I'm so proud of you," Dad said. *Don't be,* I wanted to tell him.

They called all the relatives in Seattle and let them know the great news that I was now a journalist and that London was working out fine for me. I heard Mom promise to send many copies of the paper with my first article in it. Then she passed the phone to me so everyone could con-gratulate me. They all knew how much I'd hoped to write for the school paper back in Seattle.

Mom made Chinese food to celebrate. I avoided the fortune cookies.

Chapter 11

Monday morning I got up early and checked my laptop for messages. Maybe Hazelle had said something to Jack and he'd changed his mind.

A forward from my grandmother on the dangers of heavy backpacks.

Spam for ultraexpensive shampoo that was not in my budget. Nothing else.

I went to a journalism Web site I'd saved to my Favorites and scanned it. One thing caught my eye right off:

Test the accuracy of information from all sources and exercise care to avoid inadvertent error. Deliberate distortion is never permissible.

I rehearsed all the way to school what I'd say to Jack. I figured I had several options: I could continue to let him believe I had experience. I could let Hazelle tell him the truth, if she ever was able to prove it. Or I could tell him myself. *Do the right thing,* I heard a voice inside say. *It always pays off.*

Was that a fortune cookie saying? Sounded more like Scripture to me, but I couldn't place it.

When I walked into the newspaper office, Jack waved. I lifted my hand and waved back limply. He motioned to a seat, and I sat there waiting, listening to the music of fingers on the keyboard and breathing in the ink-on-newsprint smell. After a minute, I heard Jack call my name.

"Savannah, come on in here." I stood up and willed my weak knees not to wobble as I made my way to his office.

"Savvy," I managed to get out.

"Savvy, then. Have a seat." Jack pointed to a wooden chair across from his scratched-up desk. As the editor, he was the only one who had a personal office. It was a cubby, really, but it made it just a little more private than the open area where everyone else worked. "Everyone's pushing hard since this week's edition is going out today," he said.

I sat down and set my book bag beside my

feet. One of my chair legs was shorter than the other three; I dug my feet into the floor so I wouldn't lose my balance and tip over.

"Tell me about your newspaper experience at your school in the States." Jack twirled a Wexburg Academy *Times* pen between his thumb and forefinger as he talked.

Even if he hated me and wanted nothing further to do with me after he found out what I was about to say, I hoped he wouldn't tell anyone else about the lie. Wasn't keeping confidentiality one of the journalistic codes, after all? "Well, it's a little bit different than I might have let on," I started. I saw his jaw set a little. *No turning back now*, I thought. *Out with the whole truth.*

"Last year in Seattle, I was in ninth grade, which was junior high at my school. Our junior high didn't have a paper, only the high school. So my English teacher helped me write some . . . practice articles. She contacted the faculty adviser at the high school and told him that I'd make a really good writer. And that he should hold a space for me at the paper when I got to high school. Only . . . we moved to London instead. So here I am."

"I see," Jack said. "So your actual published newspaper writing would amount to . . ."

"Nothing," I admitted. I looked down at my feet. "I did take pictures of sports events for the yearbook. And I wrote the captions."

I saw Hazelle striding toward Jack and me. "Jack, I need you for a moment," she said importantly. "Deadline, you know . . ."

"Excuse me for a second." He turned toward her. She asked him a question about the article she was working on, and after he answered her, he turned back to me.

"We don't really take on interns," he said. "It's a bit dodgy. Most of our staff has had some experience, and well, to be honest, the paper isn't as popular as it once was. Our budget has been cut back. We have the smallest, oldest facility in the school. Our staff doesn't have a lot of time to develop new writers, and I had to plead to add one more person to the staff already."

"I *can* write though," I said. "I wouldn't be trouble at all. I want to help."

Jack sat there for a moment before sighing. "I like you, Savvy. I just don't have a place for you or time to develop a new writer. As it is—" his face turned glum—"there may not be a Wexburg Academy *Times* for long. Fewer and fewer students read the paper. Computers and texting and online social networks and all that. This may be our last year."

"That's terrible."

He nodded his agreement and then snapped his fingers. "I've got it! Do you really want to help?"

"Of course!" I said, my hopes soaring. In my mind's eye, I could see it now. I'd come on staff and write an article about how the lack of newspapers in schools was causing the reading level to go down and was contributing to the dropout rate and how important it was to keep a newspaper at the school. The school staff would be in complete agreement, and the newspaper would be saved. All because of me!

"Savvy!" Jack's voice popped the bubble in my imagination. I came back to earth to see him standing a few feet away, next to a big red wagon. I knew all about these kinds of wagons. I'd pulled the screaming baby to the park in one.

"We need someone to deliver the papers across the campus," Jack said, waving his hand toward the wagon, which still had a few wet, lonely papers desperately clinging to its insides. "We had someone, but he got detention too many times and was disallowed from school activities.

Last week's edition went out late and was poorly distributed."

I stood up, and as I did, I could see Hazelle smirking a few feet away. She stood next to an older girl who frowned at Hazelle. She, too, seemed to be waiting to talk with Jack.

"Deliver the papers . . . ," I said. "In the wagon."

Jack nodded enthusiastically. "You'd still be officially on staff. You could sit with us at the lunch table, you know, listen in on the conversations, pick up on newspaper business around the office."

"I'd give you the odd tip here and there," the older girl said to me.

"Thanks, Melissa." Jack flashed that smile at her and then at me. How could I refuse that smile?

At least it was a foot in the door, right? Melissa seemed nice. And I didn't want to give Hazelle the satisfaction of seeing me humiliated, though that might not have been the best motivation.

"Can I give you my answer later today?" I said. I wanted time to think, and to pray.

"Sure," Jack said. "Leave your contact information, and I'll be in touch by the end of the day. Cheerio." Then someone called to him from across the room. I heard the first bell ring and knew I needed to get to class within three minutes. I turned to say good-bye, but they were already deep in deadline talk.

I felt crushed. I'd done the right thing—told the truth—but it hadn't paid off for me. I looked longingly over the newsroom, wishing I could roll up my sleeves and find that fresh angle along with the rest of them. Not deliver the papers. Distracted, I scribbled down my info and left it on Jack's desk before making my way to maths . . . with Hazelle.

Chapter 12

"I'm home," I called out as I walked in the door after school and threw my book bag into the corner. Growl came running around the corner. He had a piece of paper stuck to one of his teeth, and when I got close to him, I noticed he smelled like vanilla body mist. "What have you been into?" I asked, and then, realizing what kind of paper was stuck in his teeth, ran up the stairs.

"Ooh, you little mutt!" I surveyed my room. He'd shredded almost all my magazines into pieces and apparently had rolled in the perfume samples. He barked at me once as if to say, "I win!" before he ran back down the stairs.

My mom came into the room. "What happened

here? You haven't been home long enough to make a mess," she said.

"Not me," I grumbled before pointing at the dog. "It!"

"How did the newspaper meeting go?"

"They did invite me on staff." *As the delivery girl,* I added silently. But I couldn't disappoint her yet. She'd been hopeful for the first time in weeks, thinking that both her girls were settling in. *I'll come up with something,* I thought, knowing in my heart that I was wading deeper into the swamp.

"Wonderful, honey!" She brushed my hair back away from my face with her hands and gave my cheek a kiss.

"The editor is calling later tonight with some information for me."

Mom nodded. "I'm proud of you. And you gave me a good example. You'll be glad to know I made an effort to make a friend too. I talked with the next-door neighbor lady today—you know, Vivienne? She mentioned her book club, and I told her I love to read and would enjoy meeting with them sometime. She smiled at me but didn't really ask me to join them. Maybe she just has to speak with the others first. She'll probably come over soon with an invitation."

I nodded and kicked a magazine remnant on the floor. *That dog. All my* Teen Vogues. *And a Sweet 16.*

"I'm going to start dinner and help Louanne with her homework." Mom headed for the door. "What are you going to do?"

"Nothing. Hang out," I said. "Homework."

She nodded and closed the door behind her. I picked up all the paper scraps from the floor and threw them into the garbage can, er, dustbin. I looked at my watch. *Wonder what time Jack will call. Before dinner? After?*

To distract myself, I yanked my guitar case from under my bed, took the guitar out, and started strumming a Taylor Swift song I'd been working on. Playing music always made me feel better. Within the minute, Growl started whining outside my closed door. I stopped playing, and he stopped whining. I started again, and he started in again too. Finally I got out my amp and plugged in the guitar. I played louder. Growl moved from whine to howl. I turned the amp up and started singing louder.

Whose house was this anyway?

I heard the doorbell ring. Funny. We never had company. Aunt Maude? I opened my door and hid behind the railing so I could hear but not be seen.

"Hello, Vivienne!" I could hear the pleasure in Mom's voice. "I'm so pleased to see you. Would you like to come in?"

Please, God, I prayed, *let Vivienne invite Mom to the book club.*

"No thanks. I'll just be a minute. I—I wanted to tell you that, well, in this neighborhood, sound travels. Especially when we share a wall. That kind of racket—terribly sorry to inconvenience you—but we can hear it in every room at my house."

"I apologize. We just got the dog a few weeks ago—he was a stray who took a liking to my daughter. I'll see if we can keep him quiet."

I stood a few feet away, hidden by the staircase, steaming. *Is this dog going to ruin everything?*

"I don't mean the dog, of course," Vivienne said. "Dogs are fine. I meant that very loud guitar and . . . ah . . . the *singing* that accompanied it."

She didn't mind the dog howling, but she minded *me?*

"Oh, well, we're sorry. I'll speak with my daughter, and we'll keep it quiet."

There was a long-drawn-out silence.

"Is there anything else?" Mom spoke up hopefully.

"No, nothing," Vivienne said.

As I came down the stairs, Mom shut the door behind her and stood there for a minute, her eyes downcast and the tiny wrinkle on her forehead deeper than it had been for a while.

"I'm sorry, Mom," I said, coming over to her.

"Oh, pshaw." She waved me away. "Your music wasn't that loud. Still, no amp from now on."

"I mean I'm sorry she didn't say anything about the book club."

"Yes," Mom said softly. "Me too."

I went back to my room and checked my phone again. No message from Jack. No missed calls. I wished he'd call or text.

I'd decided what I was going to do.

Chapter 13

All through dinner I kept looking at the clock. I mean, didn't he say he'd call today? Maybe he'd found someone else. Great. I'd been turned down for not only the writing job but the delivery job too.

After dinner Dad went to work on the computer while Mom washed the dishes by hand. I was halfway up the stairs when the doorbell rang. Louanne's hand reached out and grabbed the dog by the collar. "Stay, Giggle!" she commanded. And he did.

"I'll get it," I said. I opened the door. "Jack!" I was hoping to hide the shock in my voice and on my face.

"Hullo, Savvy." His face was flushed and his

eyes brighter than usual. "Sorry I'm a bit late. Autumn rugby, you know."

"Oh, no problem. I'd just expected you to call, not visit, that's all."

He held out a piece of paper. "I had planned to ring you up, but you wrote down your address, not your phone number."

I felt my neck go hot. I'd been so distracted this morning. "I'm sorry!" I said, but I didn't invite him in, though I knew it would have been polite to do so. First, I was worried that Louanne couldn't keep her grip on the dog's collar. Second, I didn't want him to say anything about *delivering*, rather than *writing for*, the paper.

"I—I've decided to deliver the papers," I said, holding my head high. I supposed it wouldn't be the end of the world to be known as Paper Delivery Girl. Maybe ten feet from the end of the world, but not exactly the end of the world.

He smiled that smile just for me, and for that moment everything seemed okay and worthwhile.

"I'm so glad—I was hoping you'd say that. I brought this, just in case." He handed over a laminated map. "It shows all the drop-offs for the Wexburg Academy *Times*. If you start between seven and half seven you should get them all out before first bell."

I took the list and map from his hand.

"And here's this, too." Jack handed over a large, yellowed linen bag. It had a few ink stains inside and out. "You didn't seem to want to use the wagon. You can put the papers in here."

I looked at the bag. It had a distinct odor, perhaps like cheese that had been left in the back of the refrigerator for a few months. I knew I didn't want to smell like that all day after carrying the bag. "Thank you," I said, clenching it up into a little ball so I could sneak it into the house.

"No, thank *you*," Jack said. "I'm so glad you're willing to help—to do whatever we need. It's that kind of attitude that really makes a team brilliant. Be sure to sit with us at lunch tomorrow . . . okay?" He flashed that smile, and the grotty delivery bag was momentarily forgotten.

"I will."

He grinned and turned to leave. After he'd made it down our front steps and a few feet away, I heard Louanne yell, "Giggle! Come!"

This time Giggle didn't obey. Instead, he bolted down the hall, past me, and out the front door, teeth bared. Thankfully, he stopped at the foot of our stairs.

"Come *here*, boy," I shouted into the dark. "Now!"

Giggle turned and silently ran into the house, obeying me for the first time ever. However, I was horrified to see Jack stop walking and then turn and look at me.

"Were you talking to *me*?" he asked.

Apparently Jack hadn't seen the dog in the dark.

"Oh no," I said quickly. "I was talking to my sister's dog."

He looked around for evidence of the dog, which, of course, had disappeared. "Oh. All right then. See you tomorrow." He turned and continued down the street.

I slunk into the house, shut the door behind me, and buried my hot face deep into the balled-up newspaper delivery sack.

Chapter 14

The next morning I ended up using the stinky bag to deliver the Wexburg Academy *Times*. At the end of the day I went back to see if the papers needed to be restocked. I shouldn't have worried. Hardly any of them were gone. I stuffed the nasty bag deep into a closet and determined to use one of my own bags, an Au Revoir, to deliver the papers.

At lunch the next afternoon Melissa patted the seat next to her at the newspaper staff table. "Savvy, come on over here." Gratefully, I brought my lunch sack over and sat down. "How have you been?" she asked. "It must have been awfully difficult to start school here, you being new and all that."

My eyes almost filled with tears. Someone

understood! But I didn't want to overplay it. "It was hard," I admitted. "But it's getting better."

"That's the spirit," she said. "Chin up and all that. You'll be British sooner than you think." She smiled.

I was going to continue the conversation, but one of her friends came up behind her and whispered in her ear. They laughed for a minute and then walked off. Oh well. It was enough that she talked to me. And I'd done a bit of observing of my own. I saw Hazelle's face go sour when Melissa acted friendly toward me. I'd actually been observing Hazelle for a few days. She idolized Melissa.

Hazelle pointedly turned to talk writing with the new writer on the staff—the one who'd gotten the position I'd been offered. I bit into my mushy apple. As the delivery girl, I really had nothing much to discuss and therefore no real friend or connection here.

It was clear I was going to have to do something else, and soon.

My internal conscience alarm went off. I overrode it.

Chapter 15

The next Monday I went to the newspaper office right before leaving school for the day. I wanted to make sure everything was set for the next morning's delivery. The pressroom was quiet, and there was no ink smell in the air. Why not? I mean, the paper was supposed to be delivered tomorrow morning, early. Everything should be clicking along. What was wrong?

When I got a bit farther into the room, I could see everyone crowded into Jack's office, including the faculty adviser. I took a few steps in and then stopped. Who was I fooling? I wasn't wanted here, or they'd have let me know. Jack looked up at me, and I waved and started to move backward. "I'll come back later," I said.

"Good idea," Hazelle said. Then I heard her whisper, though she made sure it was loud enough for me to hear, "Americans can be really unbearable. Always popping in uninvited."

Melissa frowned. "I think Savvy should come in. She is a part of the staff, after all."

"Oh, right, sorry," Jack said. "I never thought to ask you to the meeting."

I sighed. Why wasn't I surprised? But he did look sorry, and I was new. And I wasn't in the office all the time with the rest of them. I would have liked to have crossed his mind a little more often than it seemed I did though. . . .

"Come on in," he said. But he looked distracted, and even before I pulled up a chair he'd continued with the discussion.

Melissa leaned over to get me up to speed. "The headmaster took Jack aside today and told him that perhaps it was time to close down the paper. Newspapers all over London are shutting, and perhaps it's time for us to quit too. We're taking up a lot of the school budget. Budget that might be spent on different clubs."

"Oh no," I said. "So it's all over?"

"No," she whispered. "We're not all sacked yet."

I looked around. Besides Jack, Melissa, Hazelle, and me, there were two year ten girls who did the layout for the paper and another year twelve guy, in the sixth form, or upper school, who was a main reporter. There was a nice, but really quiet, girl who took a lot of the pictures for the paper and a few other people I didn't know yet. Jack talked to the crowd of us all at once.

"Any other ideas?"

"Move the paper delivery back to Thursday," the year twelve reporter said, "instead of Tuesday when everyone is focused on the school week. Thursday they'll be thinking about the weekend, and we can report on a few more social ideas, which should get everyone involved. Right now, there's really no compelling reason to read the paper. It's dull."

"Good idea, that's good," Jack said. "I don't remember why we moved it to Tuesday. Julia always had it on Thursday, and I think that was successful."

Hazelle smiled broadly and looked over the crowd like she was the Queen about to do a royal wave.

"Who is Julia?" I whispered to Melissa.

"Hazelle's older sister. She graduated and went

on to journalism at university. Extremely clever. Definitely has a brilliant future ahead of her." Then she turned back to the group. "How about placing a few adverts?" Melissa offered. Some cheered and others groaned.

"Do we want to go all commercial? This isn't exactly *News of the World*," one of the layout girls complained.

"Better commercial than extinct," Melissa pointed out. I noticed she didn't lose her cool when crossed. "And we could find a few really tasteful ads."

"Who's going to sell the adverts?" the other girl pressed.

"All of us," Jack said. "From time to time. We've got to give it a go."

After a few more comments he wrapped up the meeting. "Savvy, are you able to deliver the paper on Thursday mornings?"

Sure, I thought. *I have no life anyway.* But all I said was, "Of course."

Thursday morning came and I got to school early. I could feel the hope in the newspaper room.

The faculty adviser, Mr. Abrams, had brought cakes and tea for everyone.

I had to admit, being from Seattle, I was a natural coffee drinker. Most of the people I knew who drank tea back home were either old or sick. But it helped take the edge off of the London fog. I liked it now too—milky, with a bit of sugar.

Jack helped load the papers into my swanky Au Revoir bag. He lifted them in gently, like he was placing infants in a baby carrier. The whole staff focused on me—for once!

"Don't worry," I said glancing at my watch. "I'll get them all out." I hoped.

Chapter 16

After school I checked the paper holders around campus. It was true that a few more papers were gone . . . but there were still plenty of unread ones remaining. I packed the leftovers in my Au Revoir.

Hey, I was a reporter, even if no one recognized me as one. Maybe I'd ask a few questions. I casually walked up to a group of guys standing by one of the newspaper stands.

"Hello," I said. "I'm on the newspaper staff, and we were wondering: do you read the paper?"

One of them snorted. "Are you daft? Not much in there now, is there?"

"There are some articles on academics and a few features of some of the students. A couple of commentaries about helping to apply to university."

"Not interested," a guy with a flirtatious smile said as he winked at me. "In the paper, that is."

Really! Yeah, right! It was nice to be noticed. But things weren't looking good for the Wexburg Academy *Times*.

I walked to another paper stand and saw . . . almost none of them had been taken.

"Excuse me." I approached a group of girls standing nearby. It's amazing how brave I was as a reporter—I never would have approached them just to say hi or to try to make friends. "Can I ask you a few questions about the school newspaper?"

One of the most fashionably dressed girls turned toward me, and I recognized her immediately as one of the Aristocats. But Penny was nowhere in sight. "That rubbish? It's not good for anything except training a puppy to piddle outside."

The group of hangers-on twittered behind their hands and started to move on. "One thing would help." One of the girls turned back toward me. "Something we care about. You know, like guys or fashion or anything like that. Something we actually fancy reading about."

"Thank you," I said with as much sincerity as I could project. "I really appreciate that."

"No problem," she said before moving on with her group.

The last person I approached was actually taking one of the papers from the stand.

"May I ask, what do you like about the paper?" I asked him.

He turned toward me, and I immediately noticed his deep brown eyes. Kind of a Johnny Depp look. "You mean besides wrapping up the fish-and-chips?" he teased. But his tone wasn't cutting, like the Aristocat who'd suggested the puppy piddle.

"I do," I said.

"Are you on the newspaper staff?" he asked.

"Yes," I answered, praying that he wouldn't ask what my position was. He didn't!

"I think there's some thoughtful reporting at times, but it can be a bit dull. Don't often read it. Rather seems like it was written for adults instead of people our age. A bit stuffy and all that. But well written!" he said, suddenly remembering, it seemed, that I was on the staff. "Do you have an article in this edition?" He opened it and thumbed through.

"Oh no, not this one." Technically true. And

then it was time to move on before I had to admit to what my real role was. "You should start reading the paper more often though. It's very good."

"Maybe I will," he said, holding my gaze just a bit longer than necessary. Then he slung his brown leather backpack over his shoulder and walked off.

I watched him for a minute before turning to leave the school. I'd gathered a couple of ideas, not the least of which involved an after-school stop. It was time for fish-and-chips.

Ten minutes later I was at Fishcoteque. I'd texted my mother to tell her where I'd be and that I'd be home soon. I set my stuff at a small table— I was way beyond hoping that anyone would sit with me at this point—and went to order.

"What'll it be then, luv? The usual?"

"I dunno," I said. "I think I'll try something different." I went for the deep-fried shrimp—or shrimps, as they said—instead.

"Here you go, luv. Fancy another Fanta?" Jeannie, the counter lady, delivered my basket of shrimps.

"No, thanks," I said. The shrimp weren't wrapped like the fish were, but the basket was still lined with newspaper. I dumped the shrimp onto a little pile of napkins to soak up the grease and decided to read the paper lining while I ate.

Lots of good ads. I jotted down the name of a secondhand fashion shop I hadn't heard about yet. Then I flipped over the paper. A boring editorial. I was going to have to buy a paper if I wanted to read my favorite column. I walked over to the paper machine and pumped a coin in, then brought it back to my booth and snapped the paper open to the inside cover.

There it was—just what I was looking for. My favorite column. I know I was supposed to aspire to serious journalism, but I thought this column did a lot of good. More good, for example, than bland reports on road construction or parliamentary spending.

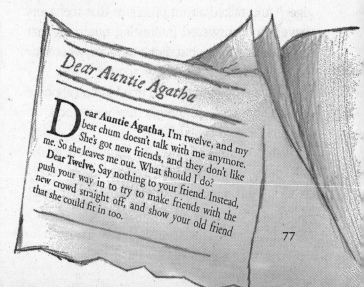

Dear Auntie Agatha

Dear Auntie Agatha, I'm twelve, and my best chum doesn't talk with me anymore. She's got new friends, and they don't like me. So she leaves me out. What should I do?

Dear Twelve, Say nothing to your friend. Instead, push your way in to try to make friends with the new crowd straight off, and show your old friend that she could fit in too.

I sighed and closed the paper. I could *not* believe what Agatha wrote back. *Oh, no, no, no.* That was not right. Auntie Agatha must be extremely old. Spiderish, even. If you truly are best friends, you have to talk with your friend first. If nothing changes, you keep trying for a while, and if they turn on you, then you find some new friends. You can't just push your way into a group. And even if you could, next thing you know, you'll be doing everything else they want you to do, just to fit in. You'll never know if they truly like you anyway.

Crazy.

Hey. Wait a minute. I snapped the paper open again.

What if Auntie Agatha were written by a teenager? And talked about problems that teenagers have? And answered interesting questions that they wanted to ask but didn't have anywhere—or anyone—confidential enough to ask?

I began to get so excited that I lost all appetite for the shrimp, even though they were good.

I had a *smashing* idea.

What if the column were published in the Wexburg Academy *Times*? People would totally read it. And once they opened the paper, well, they'd probably read other things inside it too. Right?

I'd definitely talk to Jack about this. Tomorrow. I had the right name for the column too.

Dear Auntie Savannah. No, I wasn't old enough to be an *Aunt.*

Okay. *Dear Cousin Savvy.* No, not quite right.

Well, it didn't matter. We'd figure that out. Because surely when Jack saw what a great idea this was, he'd let me write it. It would only be fair.

Chapter 17

That night at the dinner table Louanne asked, "So, Sav, do you have an article in today's paper? I noticed you brought a bunch home in your bag."

Oh yeah. I had forgotten to drop off the extra papers at the newspaper office at the end of the day.

"I noticed that too," Mom said eagerly.

I grimaced. They thought I'd brought the extras home because I had an article to share. And copies to FedEx to Grandma and Auntie Tricia and everyone else who would be happy I'd at last found a place to belong here.

I took a deep breath. "I didn't have enough experience to be a staff writer. I deliver the newspapers."

"Deliver the papers?" Dad asked, his voice

incredulous. Mom gave him the stink eye. "I mean, oh yes, good, you deliver the papers."

"Yes," I said softly. "I only deliver them. So we don't need to send these to anyone in Seattle. Maybe we can wrap up some fish-and-chips with them, though."

"I'm so sorry," Mom said and put her arm around me. Even Growl looked down at the ground, silent for once. I gave my mom a hug back and then dragged myself upstairs.

Jack *had* to like my idea.

Chapter 18

I looked for Jack before school the next morning. I mean, I didn't chase all over asking people where he was. I didn't want to look like a stalker. But I did really look, because I knew my idea was a winner.

I didn't find him, so I'd have to wait for lunch. I looked at my watch. Three and a half long, long hours.

First period, maths. "Now, let's follow along," the instructor said. I tried to follow along with what he was saying, honestly I did. But most of the time I couldn't get over the fact that he had a really large mole on his cheek, and I wondered if it had been checked for cancer.

Concentrate, Savvy. It's not going to do you any

good to fail out of maths. People with failing grades couldn't participate in clubs, even to deliver the paper.

I dutifully copied the equations the teacher was writing on the board. I sneaked a look at Hazelle, who was sitting two rows to my left. She was writing in ink, of all things. And I knew why. So she could use her Wexburg Academy *Times* pen. Only people who wrote for the newspaper got to use the pen. The printers didn't get a pen. The photographer didn't get a pen.

For sure, the delivery girl didn't get a pen. Columnists did, though.

Second period, health. I'm not exactly sure who thought it would be a good idea to have both guys and girls in the same health class, but looking at pictures of the body—even though it was only muscle and bone and nothing personal at all—was still really, really awkward in mixed company. I should address the topic in a Dear Cousin Savvy column. Without pointing fingers, of course. Maybe I'd write a dummy column from a pretend student who wanted separate health classes.

Nah. Dummy columns weren't good, honest journalism. One more class and then lunch—and Jack!

"Miss Smith!" the teacher called out to me. "Care to come back down to earth?"

Guess my boredom showed.

Third period, science. With an instructor who spoke in a thick Scottish accent and said things like, "Oon is the doon of Magoon." I had no idea what that meant. Thankfully, Gwennie and Jill, the other girl from Fishcoteque, were in that class and didn't hold the popped crawfish eye or the science club beaker explosion they'd heard about against me, and they let me be their lab partner. I was still the odd girl out—it was clear they'd been BFF for a long time. And they didn't let me handle any glass. But it was still better than trying to beg for or scare up lab partners.

"Come along, Savvy," Jill said as we brought our equipment back to the sinks to wash. "You've done quite well for a . . . for someone who, uh, doesn't fancy science."

Well, that was polite. And anyway, it was lunchtime.

It's not like I was going to run to the lunchroom like a kid, but I was pretty eager. I tried to play it cool. Jack was deep in discussion with Melissa. I thought he looked especially cute when he was serious. But enough of that. I caught his eye.

"Jack, could I talk with you for a minute?" I said.

"Sure, Savvy. Here?"

"Would it be all right to walk in the courtyard?" I asked. I'd never asked him for anything personal or significant, so I wasn't sure how he was going to answer. But he was great, of course.

"Of course," Jack said. He took his lunch sack, and I just left mine in my book bag.

Once we were in the courtyard and out of earshot, I started right in. "Well, yesterday afternoon when I was checking on the papers, I did a bit of reporting," I said.

I saw him frown.

"Not officially!" I rushed in. "I just talked to some people about why they liked, or didn't like, the paper."

I could tell he was a little miffed that I'd done that research without checking but also that he was dying to know what I'd found out.

"And?" he asked. "What did they say?"

I told him that most people felt like there wasn't enough interesting, teen-specific stuff in there. Too academic. "*Dull* was the word one really nice guy used," I said. I saw him wince at that. And who could blame him? He was editor in chief.

"But then . . . I had an idea. I was at Fishco-teque reading Auntie Agatha, and it struck me: why couldn't we have our own Auntie Agatha column right here at Wexburg Academy? You know, with students writing in and then having their questions answered. Anonymously, of course, but publicly. Because everyone likes to read advice columns."

Jack had stopped walking and was just looking at me now. He wasn't eating his lunch. His frown had softened into a grin that I knew was going to lead to that smile.

"And then," I continued before he could start looking for holes in my idea, "they'll already have the paper open. So of course they'll read the rest of it. And the new adverts."

I sat down on a stone bench, and he sat down next to me.

"What do you think?" I asked, unable to bear the silence any longer.

"I think it's brilliant," he said. "But who would write it? A faculty adviser?"

"Oh no, no," I said. "Have you ever read when Auntie Agatha answers a teen or a kid? Bad news. Literally."

He nodded and pulled out his sandwich.

"Actually," I dared, "I thought I might write it."

He looked up at me. "I dunno, Savvy. It's a great idea. But you're new. Then again, it is your idea. Let me think on it, all right? Let's keep it confidential for now, okay? I'll propose it at the newspaper staff meeting next Tuesday."

"Okay," I said. I'd been expecting a bit more enthusiasm . . . and perhaps even a Wexburg Academy *Times* pen. But that was sure to come later.

"Give me your phone number," he said. "So I can ring or text you this time."

My heart skipped a beat. I looked at his face for any sign of personal interest. But he still looked all business.

I told him, and he wrote it down on a piece of paper. Just like Penny had, only she'd never texted me after all.

"I'll text you before the next meeting and let you know what I'm going to do. That way you'll have a heads-up but no one else will see me planning with you. Just to keep it fair. All right?"

"All right," I said and kept the smile glued to my face. Inside, though, I was a mix of worry and excitement. I understood his caution. But I didn't want my chance—and my dream—to slip away from me. Like the last one had.

Chapter 19

I walked home, and as I rounded the corner to Cinnamon Street, I saw that it was what the Brits would call "chockablock" with cars, which was odd. Because normally people parked in their driveways or garages, and anyway it wasn't time for everyone to be home from work yet.

"I'm home!" I called out. Growl ran down the stairs and barked at me as if I were Jack the Ripper, back after a hundred-year hiatus.

Louanne called him from upstairs. "Giggle! Here!" And then, "Hi, Sav."

My mom hunched over the kitchen table, music playing in the background. She had her calligraphy pens out, and her Bible was open nearby. I looked at it. Her bookmark was way beyond where she'd been reading last time I'd looked. And she seemed calmer and more peaceful lately. As a journalist, I put those two facts together. As a person, I hadn't done much Bible reading myself in the past few weeks. *But I would!* I promised myself and the Lord.

"Whatcha doing?" I asked, and then I gave her a little kiss on the cheek.

"Making invitations," she said. "For the Christmas cookie exchange. What do you think?" She held out one of the linen cards on which she'd inked a perfect gingerbread boy and girl holding hands, the words *You're invited!* underneath.

"They're beautiful, Mom." I went through the mail—the post, as the British called it—sitting on the counter. "So what's with all the cars?"

"Vivienne is having her book club today," Mom said. She didn't look up from her work, just kept a steady hand. Obviously, Mom had not been invited. But she seemed pretty okay.

I dug through my backpack looking for a stick of gum and came upon my papers from art club. I grinned at the off-kilter face I'd tried to draw. Then I saw the list Penny had written for me.

"What do you have there?" Mom asked without looking up. How did she do it? Moms see everything. Moms hear everything. At least, based on her question, they don't know everything. I hoped.

"This girl I met at the art club made a list of fun things to do in London."

At this, Mom looked up, and then she set down her pen. "Really? Can I see it?"

"Sure." I handed over the list.

She read through the suggestions and started smiling. "These look kind of fun, don't you think?"

I was so happy to see her happy. "Yes, I do!" I said.

"Can I keep the list?" She had the "I'm brewing something up" look on her face.

"Okay," I said. "For a while."

Mom nodded and tucked the list into her pants pocket. She started humming as she finished up the invitation she was working on. It was infectious. I started humming too. And I felt like I could keep humming. At least till Tuesday—when Jack made his announcement.

Chapter 20

The whole newspaper staff was at the usual table at lunch on Tuesday. "I want to make sure everyone is in the newspaper office straightaway after school," Jack said. "I want to go over the ideas for improving the paper so we can implement them immediately."

He was excited and as hopeful as I'd seen him. The others must have thought so too, because everyone looked more positive than they'd been lately. Hazelle even made a little small talk with me about maths.

After school I got to the staff office as fast as I could, and nearly everyone was already there. Jack called us all into his cubicle. He'd texted me, like he'd promised he would, to tell me what he was going to do. I felt honored to be trusted with the confidential information—even though I wished he would make a different announcement. But he was the editor, after all.

"So then, we've had quite a few suggestions from staff and others," he said. "I've narrowed it down to a handful of things we're going to try. First, we're going to solicit a few adverts. Which was suggested by Melissa." The room groaned but looked kindly toward Melissa, who was well loved and respected.

"Next, we're going to try to change a bit of the content. Maybe make it a little younger. One new column we're adding is a sport column with student interviews. Rodney's in several teams and has been writing with us for two years, so he's earned the column."

Rodney and another reporter grinned at one another at that. Hazelle looked very serious, taking notes with her WA *Times* pen.

"And finally, an idea that I'm very chuffed about," Jack said. "We're going to launch an advice column. Savannah came up with that idea."

"Oh, fantastic!" Melissa enthused in a low voice. She was the only one who looked at me. The others all looked at Jack or chattered among themselves. Why had everyone looked at Melissa and Rodney when their ideas had been put forth . . . but ignored me?

Because I'm the American delivery girl.

"We're going to ask the students at Wexburg Academy to drop off their questions in a box I'll place outside the newspaper office so they can remain confidential," Jack said. "The column will be kind of like Dear Auntie Agatha, but it will deal with problems teens have, not adults."

"Splendid!" our faculty adviser, Mr. Abrams, said.

Hazelle's hand shot up.

"Hazelle?" Jack asked.

"Who's going to write the responses?" she asked. I knew her well enough by now to see that she was angling for the job.

"Glad you asked," Jack said. He pulled out a stack of orange papers and handed one to each of us. "As is always our practice, we're going to accept written samples as an application. The rules and prompts are on this piece of paper. I'm going to post them in a few appointed places around the school, and we'll run a full page in the next edition of the paper inviting anyone who wants to write to give it a shot."

I saw Hazelle scanning the orange paper, her eyes turning glassy like someone with a really high fever.

I took my paper and casually slid it into my book bag, but I needn't have bothered. No one expected me to enter, much less win—I could tell by the way they pretty much stared at Hazelle. After all, she was Julia's little sister. And Julia was brilliant and clever and had been the most successful journalist in the history of the Wexburg Academy *Times*.

That counted for something, I knew. But exactly how much?

"When the contest is over, Mr. Abrams will gather all of the responses and take the names off of them," Jack continued. "Because, uh, I want this to be completely impartial, I've asked Julia, our former editor, who is studying at Oxford, if I could post a packet of the sample advice letters to her. She has agreed to read them and then choose the new columnist. May the best journalist win."

Chapter 21

The next day was an early-release day, so I'd planned to spend the entire afternoon at home reading over the orange instruction paper and then writing careful answers. I wondered if Julia was like Hazelle. Should I slant the answers to be slightly snobby?

Nah. I knew the only way I had a chance, the only way I knew how to write, was in my own voice.

I put my hand on the knob to my front door and then stopped. I could hear my parents inside— not exactly shouting, but not exactly using calm, reasonable voices either.

I knew I shouldn't eavesdrop. I wasn't *really* eavesdropping. I was just allowing them to finish before going inside.

"I thought it would be fine," my dad said. "I thought we'd have an adventure, travel in Europe, see some things together as a family. Give the kids a chance to do something not many kids get to do. I certainly didn't travel when I was a kid!"

"Yes, dear, I know that was your intention," Mom said. "But we've been here two and a half months. I have no friends. Savannah has no friends. Louanne makes the best of it, but no one has invited her over. We have no church. It's fine for you. You're at work all day with colleagues."

"Fine for me?" Dad said. "I'm busy trying to figure out how to do a new job."

I changed my mind about letting them finish. I'd better go in and blow the whistle and call a time-out. I opened the front door, making as much noise as possible. "Hi."

"Savannah." Dad checked his watch. "What are you doing home?"

"It's early release for me today, remember?" I looked at my mom before turning back to my dad. "What are you doing home today? Early release?"

"No, no, I came to, uh, have lunch with Mom."

"Well, don't let me interrupt your romantic interlude," I teased, trying to keep a light voice.

Then I walked upstairs. I wasn't sure whether they kept fighting or made up, but in either case, their voices were lower. Half an hour later I heard the car start, and my dad drove away.

I took a deep breath and spread out my stuff over my bedroom floor. I pulled the laptop toward me, and as I did, I spied my Bible tucked under my bed.

My heart fell. In spite of my good intentions and promises, I had spent nearly no time with God in the past few months. In Seattle, we'd gone to church all the time, and that kept me in touch with the Lord. Now here I was, at my loneliest time ever, when I needed Him most. I'd kind of shoved all that under my bed.

I pulled out the Bible and put it next to my computer. Then I squeezed my eyes shut tight. Not that I thought you only had to pray with your eyes closed. But I didn't want to be distracted. And I knew how easily I could be distracted.

Jesus, I'm sorry about . . . You know, kind of pushing You to the back of my life. I've been kind of occupied trying to fit in and make some friends, and now my parents are fighting? Everything has just taken a lot of my time. I do miss You, though.

I sat there for a minute to let Him answer if

He wanted, but I didn't really hear anything. I felt kind of warm inside though.

I opened my eyes and looked at the orange paper and at my computer. *Can You help me do a good job on these letters, Lord? It's really, really important to me to get to write this article. I want this column so bad—I want to be helpful again, like I was in Seattle. I want to have friends. I want to be wise. And this time, I'm being honest. No experience required.*

I opened my Bible at the back and looked up the word *wise*. My eyes came to James 1:5, and I looked it up: "If you need wisdom, ask our generous God, and he will give it to you. He will not rebuke you for asking."

Help me be wise. Then I closed the Bible and opened my computer.

I grinned at the screen saver—good old supercute Ryan. I wondered if he was going out with anyone at home. I wondered if he even knew his picture didn't make it into the yearbook but made it onto my laptop.

I read the instructions on the orange paper out loud:

Here are three sample letters to our future advice columnist. Read them carefully, and

or the page I'd made notes on. Oh yeah,
vas. Psalm 139. I read the whole psalm
n and then started to type.

ad and Single,

sn't feel good when someone you
besn't like you back. But an even
feeling is not liking yourself—and
now you feel if you start faking it.
t be that you and this guy really
ave much in common. You don't
force your foot into a shoe that's
t—even if it's to-die-for gorgeous.
once you get it on and start walk-
going to pinch all the time. That's
anging yourself into someone else
to feel like inside.

w to finish this off? I chewed my gum
inch of its life and started typing

ourself—do the things you like
happy, and show others you're
around. God made you unique,

then answer exac___ __ yo__
for the paper. W___en ___
grammar; conver_____ __
luck!

Jack and Julia

I unbuttoned t__ __a___ __
school uniform a__ ___le__
my hair back int__ __ pony__
with a nice, shar__ pencil, ___
then I got to wo__ __ typing __
tion one:

Dear Advice ___

How impers_____ __ ___
like "Dear Cou___ __ ___ __

What do y___ __ do if __
doesn't like ___ you? ___
way the gi__ __ do___ __

I closed __y eye__ ___
remembered ___ __ la__ __
seemed to f___ and I ___

looking f___
there it ___
over agai__

Dear ___

It doe___
like d___
worse ___
that's __
It migh__
don't h___
want to ___
too tigh__
Because__
ing, it's ___
what ch___
is going ___

Now, ho__
to within a__
again.

Just be y___
to do, be___
fun to be___

104

special, one of a kind. No one can replace you, so don't try to be someone else. Soon enough, the type of guy who likes the things you do will like you for yourself.

Since I'd lived through something similar the year before with a crush of my own, I felt satisfied with my answer and went downstairs to get a Coke from the fridge before attempting the second answer. I even put in a few precious ice cubes—the British don't drink ice with their pop. I guzzled it down in several satisfying gulps before returning upstairs to continue with question two. If I could pull this off, I'd be known as Brilliant Advice Columnist! If the rest of the questions were about things I'd already conquered—how easy could that be?

As I walked up the stairs, I had a bad sense that something was wrong. I went through a mental checklist. I'd saved my answer to the computer. I'd closed the case. Wait a minute—where was Giggle/Growl?

I raced to my room and found him, all right. The orange paper with the last two questions—the questions I needed to answer *right now*—was completely shredded next to my bed. He grinned at me—if dogs can do such a thing—and then shot out of the room like a circus clown out of a cannon.

I was absolutely not going to ask anyone else on the staff for the questions and blow my cover.

Chapter 22

The next morning I got to school early, of course, because it was Thursday and I had to deliver the paper. They were all stacked neatly, ready to be slipped into my Au Revoir bag. The only other staff member in the room was Hazelle. I needed to take another orange paper, but I just couldn't face doing it in front of her. I wasn't sure whether I didn't want her to know that I was trying for the column or that I had somehow lost or mangled the first one. I felt certain she'd make fun of me either way.

I didn't ask her to help slip the papers into the bag, and she didn't offer. She sniffed and turned back to the article I supposed she was writing on the computer at her own personal staff desk.

I huffed out of the room. *I don't know why she thinks she's all that, anyway.* I'd just look up the sample advice column questions in today's paper and save one to take home for myself.

As I delivered the papers by the front office, I saw the Aristocats standing around chatting. I don't know how they managed to make the same uniform that we all had to wear look more fashionable than the rest of ours, but they did. I knew I was no slouch in the wardrobe department, but I didn't quite have that *posh*.

Penny looked up at me and smiled but said nothing.

I decided to be bold. "Hi, Penny," I said. "How are you?"

"I'm fine, Savannah," she said. "You?"

"Fine. Have a good weekend."

"You too," she said and then waved a little royal wave before turning back to her group.

Have a good weekend? Argh. It was only Thursday! I don't know why I felt so stupid talking to her. She was actually really nice.

As I placed the papers in the holder, I heard one of the girls say, "Savannah? I thought she was from America, not Africa!" The rest of them twittered. "And, um, she starts her weekends on Thursdays?"

I knew they wouldn't let that one go.

"A paper delivery girl," another one said. "Though I do like her bag."

"Her hair grip is nice too," Penny added loyally. *Thanks, Penny.*

But she still hadn't texted me, and I just didn't have the courage to make any more first moves toward London friends.

Maybe if I got the column. . . . My mind wandered. I could see it now. I'd be delivering the paper and Penny would tell them that, believe it or not, I was the journalist on the Cousin Savvy beat—yes, that's right, Savvy was short for Savannah. Were they dull? Why hadn't they gotten that? And then their tight, closed circle would open and they'd welcome me in, and every weekend would be busy with parties and clubs.

"Oh, oof, excuse me!" The bubble in my imagination popped as I ran into one of the most popular boys on campus. I backed away, glad that I hadn't bumped into him so hard that either of us had fallen down.

"Carry on," he said, brushing off his sleeves. His tone of voice was formal, and his face was hard. I was too afraid to turn around to see if Penny and the Aristocats were still there. I just didn't want to know.

Chapter 23

When I got home on Friday afternoon Dad's car was in the driveway. *Uh-oh*. Was another marital spat under way? I kicked off my shoes by the front door and walked in. Instead of frowns and loud voices, I was met with smiles—and two suitcases.

"What's going on?" I asked.

"We have to take Dad into London for the night—he's got an overnight conference."

"Okay," I said. "But do we all need to take him?"

Mom nodded. "Good family togetherness time," she said.

Louanne bounded down the steps. "Want me to deliver your invitations before we go?"

"Sure, you can both go."

"Mom!" I protested. I did not want to be Postman Patty. My social life was already in the tube—and I didn't mean the London Underground.

"Just stand nearby and watch Louanne," Mom said. "But I'll take an invitation to Vivienne next door." Mom handed the packet to Louanne. "Take one to each house on the street, and make sure you ask them to give it to the lady of the house."

I slipped my feet back into my school shoes and rolled my eyes as we walked back into the November drizzle. Every house was made of brick and looked exactly like the next—except for the tiny planted gardens in front, now sleeping till spring, and the color of the doors. Some were a demure brown, others a bright blue or a hopeful yellow. Ours was spicy red. Appropriate, I thought, for a house on Cinnamon Street. Some houses had names that were listed on plaques affixed near the door—names like Thimble Cottage or Swan Lodge. I stood on the tidy sidewalk as Louanne knocked on each door, looking like a Girl Scout selling cookies. I guess, in a way, she was.

She knocked on the first door, and a woman about my mom's age in an apron took the invitation from her, looked at it politely, and then firmly closed the door.

House number two was manned—literally—by a big guy scratching a huge beer belly, which was not well hidden by his too-small white T-shirt. He seemed friendly enough but pushed the invitation back to Louanne and shook his head, his jowls quivering as he did.

"No wife," she said to me as she headed toward door number three. Which was much the same as doors four, five, and six. From what I could tell, most of the people who answered the door looked puzzled, took the invitation, and closed the door as quickly and politely as possible.

"No one is answering here, Savvy," Louanne called back to me at the last house. I gestured for her to stick the invitation in the doorjamb, and we headed back home. On the way in the door, we could see Mom talking with Vivienne next door.

Please, Lord, let Vivienne be positive about the party, I prayed. But I didn't want to look like a lurker, so I headed into our house.

"Come on, Giggle," Louanne called and took the dog out for one last potty break. After crating him, we all got in the little car and tootled away.

I have to admit, I still closed my eyes half the

time when we were driving. It was just so weird to be on the left side of the road! I kept imagining that someone was going to come around the corner and smash right into us and we'd all be dead.

I do want to see You face-to-face, Jesus, I thought. *But not today.* I had a lot of important things to do first. Like buy some black patent zip-up boots at Topshop. Have afternoon tea at Claridge's, an extremely swanky hotel. And be a wildly successful journalist with my own byline. So no car crashes yet.

Mom popped a praise music CD into the car's player—one of my favorite mixes with "Blessed Be Your Name." But while the Matt Redman music was great, it did make me a little sad. We still hadn't found a church. If all of this great praise music was coming out of London, which is where Redman was from, where were all the good churches?

We drove through the spiderweb of paved streets that made up Wexburg and then through the damp green hills of the Kent countryside. The wind blew a little, and in the dusk it looked like the limbs of the naked trees waved us on our way to London.

Half an hour later we pulled up in front of a hotel. "Here we are," Dad said as he got out of the car. He leaned over and kissed Mom, then blew a kiss to both of us in the back.

"Have fun," Louanne called out as he shut the door.

He poked his head back in through the open window. "No, *you* have fun!" And then he winked at both of us.

"What was he talking about?" I asked my mom as she started the car and took off—in the wrong direction!

"Mom, you're going the wrong way. You're heading toward London, not toward Wexburg," I said. What was next? She'd be driving on the right side of the road and then I could kiss the black zip-up boots good-bye.

"I'm not going the wrong way," Mom said. "We're going to London for the night."

"What? Really?"

"Hooray!" Louanne piped up. Of course she would be happy. Unlike me, she'd already changed out of her school uniform.

"It's a surprise. I looked at that list your friend Penny gave you and chose a couple of things for us to do tonight and tomorrow."

"Seriously?" I could feel the excitement rising in me.

"Seriously," Mom said. "Why should Dad have all the fun?"

"Exactly!" Louanne reached her hand out for a high five, and I smacked her palm back. "But what about Giggle?" she sounded panicked.

"Vivienne will let him out tonight and in the morning. I've got you covered. I even brought a change of clothes for you, Savvy," Mom said, keeping her eyes on the road.

Well, no matter what she'd picked out, it had to be better than my uniform. Nothing was going to spoil this—my first delicious taste of downtown London.

Chapter 24

First we got to check into this amazingly cool hotel, the Renaissance Chancery Court. Even the name oozed London! We pulled up in front of a tall white building, kind of like a palace—more what I'd expected the Houses of Parliament to look like. Certainly not like anything in Seattle!

We drove through a stone arch to get to the doors, and when we did, three men with long black coats and tall black top hats came to each of our car doors and opened them for us. The one who opened my mom's door took the car keys from her and then opened the trunk and took out our suitcase.

"Thank you," Mom said.

"You're quite welcome, madam," he replied.

"Ooh, *madam*," we teased her as we walked into the luxurious hotel.

I hope Mom packed my makeup and straightener. The damp British air did a number on my hair by the end of the day. We walked through some rotating brass and glass doors into a stately lobby with wall-to-wall Turkish carpets and a gleaming white marble staircase twisting up the center. Mom checked in and we took the lift—that's *elevator* for us Americans—to the third floor. After unlocking the door, Mom pushed it open and we walked in. Cool!

Louanne ran in and flopped on the bed like a fish on the beach. I walked in a bit more slowly, took in the marble countertops in the bathroom and the neat cupboards hidden behind smooth wood paneling and decided, oh yeah, this would do.

Mom looked at her watch. "We need to change quickly!" she said. "Dinner and then . . . the show."

After a quick dinner at the hotel dining room, we took a cab across the River Thames and pulled up in front of a large, round theater. Its exterior was white stucco, but it had broad planks of wood crisscrossing it, just like hundreds of years ago. My excitement built as Louanne read the sign: "Shakespeare's Globe Theatre!"

"Really?" I turned my head and looked. It was true! For a girl like me who loved to read and write, nothing in London could be more exciting. Well, except the shopping. Maybe they were tied.

The cab dropped us off, and Mom went up to the ticket booth and got our tickets. "Benches or groundlings?" the ticket agent asked. Louanne looked to me, but I didn't know what he meant either, so I shrugged my shoulders.

"Benches," Mom said, and then paid extra for three seat cushions. She also got the playbills and handed them to me. I looked at the cover and couldn't believe the play we were about to see. My favorite. One that might be predicting *my* future in London. Without the dying part, that is.

We made our way through the theater—a swirl of gold and brown wood. It was kind of in the shape of a seashell, but with the stage in front. I looked up at the sky, clear on this autumn night, and I was glad, because if it had been raining it would have come down right into the open-air theater . . . and onto the groundlings. "The groundlings are people who are standing to watch," Mom whispered. "Just like the poor in Shakespeare's time."

Too totally cool. I was still glad we had seats on the bench—and that Mom had sprung the extra money for the bench pads.

The play was so, so great. Juliet was gorgeous, and her thick velvet costume with ruffled cuffs was to die for. "Do you think I'd look good in that?" I whispered to Louanne.

"I think they'd throw you in the loony bin if you showed up anywhere other than a Halloween party looking like that," she said.

I frowned. I could make it work. Somewhere.

Romeo was extremely good looking. And of course he was a teenager. Which meant he could be a possibility . . . right? Afterward we headed over to the gift shop, and I bought the *Romeo and Juliet* soundtrack and music to try to play on my guitar. I'd never played medieval music before.

Mom, Louanne, and I took a sleek black cab back to the hotel. "Visiting London then, is you?" The cabby seemed pretty friendly. "From the States, then?"

"We live in Kent now," Mom said, proud, I think, not to be 100 percent tourist.

"Well, then, you're a regular Britisher now, isn't you?" He laughed the thick, cough-syrupy laugh of someone who smoked too much, but it was infectious, and we laughed with him.

We drove through the streets of London. Amazingly, holiday decorations were already going up. "But it's not even Thanksgiving yet!" I pointed out to my mom as we passed some lit wreaths and a sign promising the appearance of Father Christmas.

"They don't have Thanksgiving, Savvy," Mom reminded me. Oh yeah. This was England.

"Can I see Father Christmas?" Louanne asked, face pressed to the cold window.

Mom and I laughed, but I noticed she made no promises.

That night we got our pj's on and ate warm chocolate chip cookies in bed—delivered by room service, of course.

"Thanks for everything, Mom," I said, visions of Shakespeare still playing in my mind.

"Jack, Jack, wherefore art thou, Jack?" Louanne mimicked in a high-pitched voice. I threw a pillow at her, and she broke into giggles. I did too.

The next morning we pulled on some warmer clothes. "Best wear your jumper," Mom teased, and we all laughed. When we'd first read over our uniform list for school, we'd wondered why we'd need something to start the car when the battery died. But it turned out that jumpers were sweaters, and we dutifully pulled them on today. Mine was green, pink, and black plaid. I thought it looked rather smart.

"Can we take the Underground?" I asked. I'd been dying to ride it. Most of the people at school rode it regularly. Even Hazelle. But my parents wouldn't let me ride it alone.

Mom nodded, and we walked to the station with the big red and white bull's-eye and the word *Underground* in white on blue across it. We hopped on the shiny aluminum escalator that swept us underground.

Even though the waiting area was sleek with clean, modern tile, you could hear the trains rumbling every which way in the distance, like ogres shaking deep under the city. I also smelled the grease on the tracks, kind of like an auto repair shop smell. The walls trembled. Now that I was here, I wasn't sure.

"Have I ever been claustrophobic?" I asked Mom.

She laughed. "No. And you're not now."

We got on and shot across town. When we got off, we were just a few blocks from Buckingham Palace.

"We can't take the tour, because the Queen is in residence," Mom said. "But I thought it would be fun to walk by."

I held my breath. *The Queen is in residence!* I loved being an American—go USA! But how absolutely cool—"extraordinary," as the Brits would say—to have a queen. A queen whose family had perched on this particular throne for a thousand years.

We got a coffee at Starbucks, which we still drank to ward off homesickness, and then walked by the palace.

Its smooth beige stones reached toward the sky. There were statues dotted here and there and capped with real gold.

"If I were a journalist, maybe I could get an interview with the Queen sometime," I said.

"Or Prince Harry," Louanne teased.

I cuffed her on the side of the head. "Be careful, or I'm going to feed you to the bears." I pointed at the red-coated, bear-hatted guards standing at attention in front of the palace gates.

"Let me take your picture with one of them," Mom said. Louanne went on one side of the soldier, and I stood on the other. He looked straight ahead, not wavering. Not blinking or moving at all.

It's a tradition that tourists to London are supposed to try to crack the calm of the palace guards. What could I try? I thought back to my dad, winking at us as we got out of the car yesterday. I looked at the guard, and although he didn't meet my gaze, I thought I saw his eyes flicker a little. In a flash, I winked.

He didn't twitch, but my journalistic powers of observation were dialed to high, and I thought I saw a little pink flush up from his tightly starched collar. I grinned.

I hoped that pink neck showed in the picture.

Chapter 25

Once I'd turned in my answers for the advice column contest, the whole next week was practically a washout as far as schoolwork was concerned. And at home it was even worse, because there weren't even any teachers to keep me on track. I tried to concentrate—really! But I knew that Jack and Julia were reading the sample columns this week. Jack said he would tell everyone privately—since the submissions were private. I just didn't know how I'd find out.

So here's how my week went.

Monday. The week started off okay. My stomach was a little queasy from fried clams at Fishcoteque, but I had only myself to blame for that. I talked with Gwennie and Jill. I used every last ounce of concentration not to mess up the science experiment, because I figured I had nine friendship lives with them and I'd already used up eight. Or seven, at least. When I got home that day, my chore was laundry.

I was thinking all about how the Dear Cousin Savvy column could be formatted and threw everything into the wash at once—hot water. So much for my green-black-pink jumper. I went to take it out of the washer and was horrified to find that the body had shrunk to doll size while the arms looked like long snakes. I buried it, and Mom's ruined blue silk shirt, deep in the garbage and hoped nobody would notice.

Tuesday. I was called in front of the maths class for chewing gum. I knew we weren't supposed to have gum, and normally I don't, but I'd forgotten to swallow it on the way to school that morning. As I walked up the row to throw it in the dustbin, I heard this creepy guy who had stared at me all semester whisper an old playground poem. "The gum-chewing girl and the cud-chewing cow are so alike, yet different somehow. Ah yes, I see the difference now. It's the intelligent look on the face of the cow!"

"Clever," I whispered to him with as stinging a

look as I could force as I passed him on my way back to my seat. I saw Hazelle grinning behind her grid paper notebook—not with me, but with him. He smiled at her and she blushed. Aha! The Ice Maiden had a crush. I didn't really want to be known as the Cud Chewer.

Wednesday. It was my turn to water the house-plants, and my mother insisted I do it outside—even though it was freezing out. She didn't want the water dripping and warping Aunt Maude's floors. So I hauled out the fern, the ficus, and the crazy yucca plant and set them on the small patio. I put on my iPod and watered each plant. I waited two full songs to make sure no more water was going to drip out of the bottom of the pots and ruin Aunt Maude's floors. Then I hauled them all in.

A few minutes later I was getting ready to kick back on the sofa and watch a little telly when something smelled bad, and I mean *really* bad, like only one thing could. I looked to my left. There was Growl, lying like a little angel on a rug. He opened one eye and looked at me, then stretched and went back to sleep. I looked at the bottom of my shoe—my brand-new imitation leather moccasins. Gross! Dog doo! I gave myself a minute to be completely sicked out before I ran to the kitchen and got some cleaning stuff to take care of it. I can't imagine what my mother would think of *that* on Aunt Maude's floors. I worked fast.

Thursday. First, it was raining out, so by the time I'd delivered the papers all the way around campus, my hair was completely frizzy and I looked kind of like Hazelle's secret sister. I ran into the loo (they don't call them bathrooms here) and tried to fix it up. Number one item on my Christmas list: battery-operated hair straightener. If I had a friend here, I could share her electric one. But the plugs for hair straighteners were always taken by girls who had been here a long time. Namely, the Aristocats and their barnacles.

Thursday was also Mom's day to do the shopping, so I put dinner in the oven before I went upstairs to my room. I wrote an e-mail to Jen—my second one without a response back from her—and then got back to history. Besides writing and literature, history was my favorite subject. I kind of got wrapped up in the execution of Anne Boleyn. Well, come on! Having your head chopped off is an engrossing subject. Anyway, I forgot the meat loaf till I heard Louanne shouting.

I ran downstairs, but it was too late. I'd murdered dinner. Even though I didn't think it was going to make the history books, I knew my mom would be mad.

Dad saved the day. "Let's go to Criminal Barbecue for dinner tonight," he said, arriving just as Mom got home, looking ready to blow her stack. The kitchen was filled with smoke, so I think she knew something was up. I hoped the smoke wouldn't ruin Aunt Maude's curtains.

"Great idea, Dad!" I threw my arms around him and whispered, "Thanks. I owe you!"

He grinned, and we drove off for dinner. I had a barbecue pork sandwich, and it tasted so sloppily good. Louanne, the vegetarian, gorged herself on corn bread. Mom even perked up with some ribs.

"So why do you call this Criminal Barbecue, anyway?" I asked.

My dad stabbed the menu with his finger. "Look at the prices. Criminal!"

We groaned but couldn't help laughing. By the time we got home, most of the smoke had cleared. And none of us had asthma, thankfully.

Then I went to bed, and when I got up, of course, it would be Friday.

Jack had promised to let us know who got the column on Friday.

Chapter 26

Friday morning I woke up, got dressed, and walked to school. I hadn't eaten breakfast, though I pushed a toast soldier around on my plate a little bit, not willing to dip it into the runny egg, which looked like a sick stomach on a plate.

I wasn't feeling too good about my chances, really. I mean, I was a stranger in this school. I didn't even have the lingo down exactly. Case in point: when I first got here and tried out for after-school track, the coach asked me if I had trainers. I said no, of course. I mean, who has a personal trainer when they're fifteen years old? So he told me I couldn't join the team.

I kept thinking, *Wow, these people are serious about their running.* Later someone filled me in that trainers are really running shoes. Well, no wonder! But by then, it was too late to join.

But in spite of all my doubts, my hopes soared when I walked into my first period class. Why? Hazelle was already there, looking mighty, mighty glum. I still hadn't given up on winning her over, though, so as I sat down I waved at her. She raised a hand and waved back, once. More like a swat for a mosquito than a greeting, really, but it would do.

I figured there was only one thing that could make Hazelle so upset today: she'd already heard she hadn't been chosen. Maybe even from her sister.

I unwrapped a stick of gum and put it into my mouth in the most obvious way in front of the kid who'd whispered his little cow poem at me. I'd swallow it before the instructor arrived so I wouldn't be breaking the rules.

Class dragged on, though I was careful to write every homework equation in my grid notebook. It was going to be even more important to keep my grades up . . . if things went my way.

As soon as first period was over, I heard my phone beep. Actually, so did everyone else—they all looked at me as if I were barmy and didn't know to turn off my phone. Well, duh! I hadn't had a text since I'd been in England. Except from my mom and Louanne, which didn't count.

I hurried out of the room and felt around the inside of my messenger bag for the phone. Found it! The text was from Jack.

> Savvy, I do need to speak with you in private, but I'm leaving early today for a rugby match. Is there somewhere we can meet over the weekend?

I didn't know if this was good or bad. Hazelle had obviously gotten her news in private too, and she looked like she'd swallowed dish soap.

I texted back.

> Fishcoteque? 5 on Sunday? It's pretty quiet then.

Right away my phone beeped again.

> Jolly. See you then.

I hoped. I prayed. Did Jack think I could write a successful column? And if I was really honest with myself, did I?

Chapter 27

Friday night. Family game night. Mom made chili.
We had fun, but time still dragged on.

Chapter 28

Saturday. Chores. I was taken off of laundry and dinner duty for now. I did bathrooms instead. Couldn't really mess that up.

Chapter 25

When Chang I was taken out of laundry and
soccer camp for just a day or two, they were so elated.
I don't even really miss them.

Chapter 29

Sunday finally arrived. It felt sad—and wrong, somehow—to still not be going to church on Sunday morning. My dad read from the Bible and we all read along with him, and we prayed. It was better than nothing, but it was still kind of lonely.

"I've arranged for us to try another church next week," he said, and sort of surprisingly, I was really glad. At home, even though I'd liked my youth group and pastor, there were a few mornings when I would have rather stayed in bed and gotten some extra sleep. But now that church had been taken away from me, I realized how much I missed it . . . how much it kind of kicked off and shaped my week, in a good way.

We'd tried two churches since we'd been here, and sadly, they had both been full of only old people. Nice people. Loving people. But we were hoping for a place we could fit in, with people our own age too. After that, we hadn't tried again.

I was an American in London. Not among my people. It would sure be good to be among my Christian people again. If it happened.

"I'm going to Fishcoteque," I told my mom about 4:45. I don't know why, exactly, but I didn't really want to tell anyone about the column yet. If I got it, they'd all be really happy. If I didn't, they'd feel bad all over again. And maybe even disappointed in me—I don't know. I just thought I'd keep it quiet for now.

When I walked in, Jack was already there. He spied me at the door and raised his hand to me and smiled that smile. It was still the cutest smile I'd ever seen on a guy, except maybe Ryan from the baseball team.

"Hullo, Savvy," he said. "Sit down."

I hoped I looked calmer on the outside than I was on the inside, which felt more like one of those jelly baby candies the Brits like to eat, which I found disgusting. That reminded me. I needed to find some British candy I liked. My stash of Hershey Kisses had run out.

"How's your weekend been?" Jack asked.

"Fine, very nice." It had dragged by, but of course I wasn't going to say *that*. "And your rugby match?"

"We won," he said. "Thanks for asking. Listen, Savvy, I'll get right to the point. Julia and I loved your answers to the sample column. The writing, actually, is fantastic. Especially with you having no experience and all."

My head felt like it was going to pop with the rush of excitement. I managed to squeak out, "Thank you!" in what I hoped was a normal, calm voice.

"We feel that there's real potential for your column to be a fabulous, well-liked addition to the paper. But we have one concern."

My head—and my excitement—came back to earth. "What is that?"

"Well, there are quite a few obvious American-isms in there. I can buff out the language, but sometimes, you know, there might be deeper differences. An American approach to life versus a British approach to life. That's nothing I can rewrite, nor should I. The writer has to carry that on her own."

My friend Jeannie, the counter lady, brought me a Fanta, unasked, and winked at me as she looked at Jack and then back at me. I grinned at her before turning back to Jack.

"I can do it," I said. "I'm sure I can."

"Brilliant. I think you can too, Savvy. But here's what we've decided. We'll run two test columns—with the new sport column running the weeks in between. If the word on the street, er, um, around school, is that the columns are a smashing success, the job is yours. If not, we'll have to give it to the second-place candidate. And Julia can help her get up to speed privately."

Aha! The second-place candidate *was* Hazelle—or at least a "her" that Julia could get up to speed quickly. I wondered if Hazelle knew I'd won.

And then, as if he were reading my mind, Jack answered. "However, there is one small caveat. The columnist must remain secret till we decide who it's going to be, okay? So it doesn't look like we're floundering around or like we've made a mistake if we end up changing the writer. No one knows the column is yours as of now."

Jack paused. "Shall I give you a few days to think about it?" He sprinkled vinegar over the top of his fish fingers and took a bite. The music from the darts and pool area in the back was pounding bass in time with my heart.

"No. I can do it," I said with more confidence than I felt. After all, I had the same reservations that he had about my grip of British English.

"Good," he said. "You can still sit at the lunch table, of course, because you're still our paper delivery girl. And if the column doesn't work out, you can still deliver papers!"

Big whoop-de-do, as we said in Seattle.

"Will I get a Wexburg Academy *Times* pen, like the rest of the writers?" I asked, finishing off my Fanta.

"If you keep the column permanently, absolutely. Everyone who has a byline on the paper gets one."

I could already envision the stack flying off, via FedEx, to Grandma and Auntie Tricia.

Chapter 30

That night I actually paid for a phone call to Jen.

"Savvy!" Jen screamed into the phone before I could even say anything. "I can't believe you're *calling*. We just got home from church. Mom, it's Savvy." I could hear her turning her head from the phone. "I'm going upstairs." I heard the *thud, thud, thud* as she ran to her room, and then a slam as the door shut behind her. "What's going on? It's so good to hear your voice."

"Well, I got the column . . . for now!"

She screamed again. "I knew it. I just knew you would. They'd be crazy to pass you by."

"Yeah, well, there must be a lot of crazy people here then," I said. "I'm not exactly overfilling my social calendar. But at least this is a place to start.

And . . . if the column is a success, *then* maybe I'll start filling up those weekends."

I pictured it now. I'd have to keep a whiteboard in my bedroom with the month on it and a dry-erase pen so I could mark down what I'd be doing on Friday, Saturday, and Sunday nights. And erase them if something better came up. Which it just might!

"Savvy! Are you zoning out again?" Jen's voice popped my imaginary bubble and snapped me back to earth.

"Oh, yeah, right, I'm here," I said. "Anyway, do you think I'll do okay?"

"Okay? I think you'll do great. They'll love you."

"One minor detail: they won't know it's me." I filled her in on the rest of Jack's plan.

"Well, they'll find out eventually. You're always good at keeping other people's secrets—you can help out without making people feel stupid. And your writing is great. I think you'll do fine. Oh, hey, Savvy, Samantha is beeping in. We're all hanging out at the church today and then we're going bowling and to pizza. So I gotta go, okay? I'll be praying. Good luck, Savvy."

"Okay, bye then." But she didn't hear me

because she'd already hung up. *Yes,* my heart said. *This time it really, truly is good-bye.*

I lived in London now—I'd accepted that. But would London accept me?

Chapter 31

"Has anyone seen my blue silk blouse?" Mom called out on Thursday morning.

Uh-oh. The one ruined in the Great Laundry Disaster. "Wear that salmon-colored one," I told her. "It's a better color on you."

"Really?"

"Really," I confirmed. Disaster avoided, for the moment. We were skipping school today because it was Thanksgiving—at home. Not that they celebrated it here, but Dad had taken the day off and so did we, and Mom had scared up a turkey from Wexburg Village Butcher's Shoppe.

I wondered if the paper was being properly delivered. I'd given the staff plenty of warning that I'd miss today, but Jack had forgotten already when I'd reminded him of it at last Tuesday's staff meeting.

"Hazelle, you can do it. With Rob." Jack had nodded toward one of the printers. They'd both groaned.

"I'm . . . not really prepared to do that," Hazelle had said, pushing her coarse brown hair back from her face. What she meant was, *That's beneath me.* I'd stood there, silent, and looked at the ground.

"Well, then, you'd best get prepared to. Or be prepared to forget about your article on falling A-level scores at the Academy," Jack had said.

She'd sighed dramatically and pushed her hands deep into the dark brown wool jacket she wore over her uniform. The color really didn't do much for her. If she'd have accepted my overtures of friendship, I could have suggested something more flattering.

She'd nodded her agreement and then headed toward her desk in the newspaper office. She had to pass by me to get there. She walked around, avoiding me the way you'd maneuver around a sticky spill on the floor. Melissa must have noticed, because she came up and put her arm around me.

"I think it's fab that you're taking an American holiday," she'd said. "And when you get back, would you like to read the outline for my Father Christmas article?"

"Sure!" I'd said. I had the idea that she hadn't been planning on having me read anything at all before this. I hoped Father Christmas brought her good things in her stocking this year. If he delivered presents to stockings here, that is.

So now it was Thursday afternoon, and the paper presumably had been delivered.

Mom hollered from the kitchen. "I could use a little help down here."

My dad flipped through the telly channels, trying in vain to find sports. "No football," he grumbled as I rounded the stairs. "Not even the European kind."

Louanne was sneaking bits of turkey skin to Giggle. "Hey, that dog's going to get sick," I said. "Turkey skin is too rich for him."

"I'm the dog person around here," Louanne insisted. "I know what's best for my dog."

Giggle/Growl looked at me and curled his lip. How could he possibly know I was putting an end to his treats? But he did. He bared his teeth a little, and I bared mine right back.

That shut him down.

A few minutes later I carried the mashed potatoes to the table and Dad carved the turkey, such that it was. Apparently American turkeys took steroids or British turkeys were underfed, but this looked more like a greedy chicken than a turkey to me. Even so, our turkey had barely fit in our tiny fridge. I thought it was going to pop the door open just like that red stick popped out of a roasted turkey. Seriously, this fridge was about the size of my cousin Kevin's dorm room fridge.

"Dear, you've outdone yourself," Dad complimented Mom, and she blushed prettily. I looked at Louanne, and she looked back at me and rolled her eyes. While I was glad they were no longer fighting, I wanted to keep the cheese in the meal and not at the table.

We held hands, and Dad prayed.

"Lord Jesus, thank You for this day and for our home and for our family." I heard Louanne lightly kick his leg under the table.

"And for the dog, too, Lord," Dad quickly added. "Please help us to find a church family and also some friends, because it's kind of lonely for us here. But in the loneliness, may we depend more on You. Amen."

After that, Dad started handing out meat. Louanne, the animal-loving vegetarian who couldn't bring herself to even kill a spider, sliced a big piece of vegetarian tofurkey and popped it into her mouth.

Wow. I hadn't thought that Dad might be lonely too. But he didn't really have friends here yet either.

"Anything new at school, Savvy?" Dad asked.

I chewed slowly to give myself time to think. I didn't want to tell them about the advice column just yet. No more excited—and then embarrassed—calls to Grandma and Auntie Tricia.

"Not much," I said. "But Melissa asked me to read her Father Christmas article. I guess he comes to the village every December to hear gift requests."

Louanne looked at me and then at my parents. I don't think they noticed.

After dinner I went and lay down on the couch and started reading *Romeo and Juliet*. I thought about Shakespeare. I thought about writers. I thought about my writing. I hoped

that next year I'd be giving thanks for a successful column and a solid reputation as a brilliant
friend and advice giver.

It was almost in the bag, right?

Chapter 32

Louanne knocked on my door. "Can I come in, Savvy?"

"Sure, I said, tossing my book, *The Six Wives of Henry VIII*, on the floor. "What's up?"

She came in and sat on my bed. "Will you get to meet Father Christmas?"

I smiled. "Do you believe in Father Christmas . . . and Santa Claus?"

"I believe in kind people who keep their identity secret but like to give good things to kids who ask nicely at Christmas," she said with a grin.

I looked at her hands, each finger glittering with a shiny plastic-crystal ring that she got as a ten-pack at Boots, the chemist.

I leaned over and tweaked her ponytail. "I just

might get to meet him. Want a French braid tomorrow? It'll look good with your rings."

"Okay!" she said. "I'll look . . . smart!"

Smart: the British word for fancy, dressed up. I thought it was cute that she was already adapting British words into her vocabulary.

"Can I come in?" Mom appeared at my door. "I think Dad could use your help in the kitchen, Louanne."

Louanne got the hint and hopped off the bed to head downstairs.

Mom closed the door behind her. "So how are things really going?" she asked. "At school and all."

"Well, I'm not having the time of my life," I admitted. "But . . . I'm hopeful."

"I'm hopeful too," she said. "I've been praying about it, and I think that with a new church and this cookie exchange, things are really going to turn around for me."

All of a sudden, I could picture the bleak future: Mom standing in the kitchen, with the entire house cleaned from top to bottom. She had on a new apron, and warm gingerbread cookies were waiting . . . and waiting . . . and waiting. For people who never came.

"Savvy!" Mom's voice snapped me back to reality. "Did you hear what I said?"

"Oh yeah, totally," I said. I wasn't going to tell her that I'd seen a few of her invitations in and around the neighborhood dustbins a few weeks back on a particularly windy garbage collection day. Could she be wrong about this—even though she felt like she got her answer in prayer? "Have you heard back from anyone yet?"

"No . . . not yet. But I put the RSVP for a week before the event, so it's okay. I'll hear later, I'm sure."

"I'm sure it will be great," I said, not at all sure. Far from sure. Maybe as far from sure as east is from west. My spirit prickled me. Oh yeah. "Uh, Mom?"

She looked at me expectantly.

"I ruined your blue silk shirt last week. I'm sorry."

She pulled me into her arms and gave me a Mom hug. Sometimes that's exactly what I need.

Late that night I went to do my manicure-pedicure. I got out my tools and some bright pink polish that looked very posh to me. And the remover.

I looked at the bottle. It said, "polish remover," so I knew it was still the one I'd brought from home. The Brits called it nail varnish, not nail polish. I smiled, remembering a story that my grandmother, who was from Poland, told me. She said that when she came to America and saw that, she thought it was "PO-lish remover."

Maybe they don't like people from Poland, she'd thought at the time. *Maybe they want me to go back, to be removed. Well, I'm not going to do that. I'm here to stay.* I don't think she ever wore nail polish again. At least, I'd never seen her with any on.

But I had something to learn from that. Before I'd moved to Britain, I'd had everything pretty easy. My family was happy; I had a lot of friends. We weren't rich, but we weren't poor, either.

Now things were different. Everything that used to be easy was a challenge, and I couldn't see my way out. It had been easy enough to give my friends advice back home when I had everything going for me. But now—well, now I'd better walk the talk. Maybe I needed to better understand people in tough times before I could really give advice.

I'd do what the London girls called "pulling up my boots." It meant get it in gear, show them what I'm made of.

I wondered if it'd be okay if those boots were black patent leather. Zip-up.

Chapter 33

On Sunday we tried the third church. Apparently my dad had read something about this church in the paper, and it sounded *lively*, he said. Well, I'm all for lively, because the last church we were at was about as lively as watching bread dough rise. But I think we all came to the conclusion pretty quickly that this wasn't the church for us either.

We were greeted warmly, and people seemed genuinely interested in seeing us. I felt the presence of the Lord there, and honestly, I had at the really traditional churches too. But these guys were a bit *too* exuberant for me. During worship they were waving flags or banners or something, and one of them accidentally hit my dad on the side of the head. The woman who hit him was really apologetic. The thing is, my dad is a tall, thin computer nerd. Kind of, uh, calm. Precise. Orderly. Drinks tomato juice for breakfast.

Not lively.

On the way home my mom said, "Well, that wasn't too bad."

Dad looked at her. "I don't think it's the place for us."

"Maybe we'll have to make do," I said. "I mean, what if this is the best there is?"

Dad sighed. "Then we'll go back. But let's pray about it for a while longer. Rome wasn't built in a night."

"Dad," Louanne said matter-of-factly. "We're in London, not Rome."

On Monday morning Jack grabbed me in the hall and slipped me a piece of paper. "It's this week's question," he said quietly. "You've got a few days to get this one done. We'll put out the first column next Thursday. I'll give you the second question after the first column comes out, and you'll have till the next Tuesday to get it done."

I nodded. "That's the girl," he said. I grinned.

Even if no one else knew I was on the team—yet—
Union Jack did.

I made it to history and then unfolded the
paper to read the question, hoping the teacher
wouldn't notice. He was a stickler for details. And
his left eye twitched when he was training it on
you if you were doing something wrong.

Dear Advice Columnist,

Well, that would have to change. What would
we name this column, anyway?

I think my best friend is trying to "break
up" with me. I call and text her a lot, but
she hardly answers. When I see her, she
seems nice but distant. What should I do?
Still hang out and pretend things are the
same? They're not.

Sincerely,
Left Out

I slowly folded up the piece of paper and hid
it away. This was not the question I wanted to
tackle first. The sample question I'd experienced

a long time ago—it was a scar and not a wound. But this one? Uh-uh. I didn't know why, but I felt a little dizzy, and I promised myself I'd actually eat my lunch today instead of talking with Melissa and listening to everyone's article plans. *You have eight days to answer it, Savvy,* I thought. *Don't panic.*

I was one of the first to arrive at the lunch table. Most of the others were having school dinner, that is, hot lunch. I set my sack on the table and sat down. Melissa came up to me—with no lunch at all.

"I've had a bit of a family emergency," she said. "I've got to go to London till Thursday night."

"I'm sorry," I said, flattered that she was treating me like a friend. She was obviously on her way out of school.

"So, here's the thing, Savvy. I've got my Father Christmas interview lined up for tomorrow after school. I can't cancel it. He only appears once before the Christmas season gets going—for a photo shoot. Then it's back to wherever he lives till it's time to start taking requests. In all these years as Father Christmas, he's never let his real identity slip. I've got my questions all typed out. Would you be willing to go and interview him for me?"

I felt as if I'd lifted off of my chair. I cleared my throat to steady my voice before answering. "I'd . . . I'd love to, Melissa." *Why me?* I wondered with delight. But I didn't have to wonder long.

"Brilliant, Savvy." She looked relieved. "Jack's all tied up in his other paper and sports responsibilities, and, well . . . honestly, I don't trust any of the other reporters on the WA *Times* not to scoop me or take the article in their direction and not mine. This article is really important to the paper because the shops will sponsor a big ad around the Father Christmas story."

"Don't worry," I said. "I really appreciate you trusting me. I'll ask exactly the questions you have written down."

"Thank you." She handed me a folder. "Everything's in here. I've included the address and time to interview him—he'll be doing a photo op at the town center tomorrow, and he agreed to meet me just beforehand."

"What should I do with my notes when I'm done?" I asked. Secretly I hoped she'd say that I should bring them over to her house and we'd hang out together and go over writing ideas and all that.

"Hand them back to Jack. I told him I'm having

you do the research. He'll lock up the answers in the file cabinet in the newspaper office, and I'll pick them up on Friday morning when I get back."

"Don't worry about anything here," I reassured her. "I'll make sure everything goes just right."

"I know you will, Savvy. That's why I asked you. I trust you." With that, she slung her bag—a fashionable, glossy, pink patent leather bag, I might add—over her shoulder.

Chapter 34

The town center was only a few blocks from our house. We'd seen a couple of events there—a band had played one night last month, and when a local football team had won the regional championship, they'd had a celebratory bonfire there. From what I'd heard though, the biggest event there by far was the annual appearance of Father Christmas. He showed up for a few hours each day the week before Christmas.

"I'll be back soon," I said to my mom as I left the house.

She grinned and squeezed my hand. "I'm so excited for you."

"I'm so excited for me too!" With that, I slipped Melissa's folder into my book bag, made sure I

had not one, not two, but three working pens, and headed out the door.

As I walked down the stone streets, a rare snow shower swirled around my face and my feet. I whistled the notes to "It's Beginning to Look a Lot like Christmas" as I walked and felt glad to be in an ancient village, in an ancient country, interviewing Father Christmas. When I got to the town center, I saw him all right. Not many other dudes sporting a huge white beard. That was about all he had in common with Santa Claus though. He had on thick blue and green velour robes that swished when he walked, and he had a garland on his head.

If you asked me, he kind of looked like Gandalf from *The Lord of the Rings* or one of those dudes from Dickens's *A Christmas Carol*. Both of which were written near London, after all.

The camera crew was setting up. Was I supposed to just walk right up to him? Did he have a personal assistant or something? Suddenly I felt more like the fifteen-year-old schoolgirl I really was, not the journalist I was aiming to become.

I heard him telling the crew where to set the chair and the camera in order to get the shops in the picture. "A little to the left, no, a bit right,

that's it. Two more feet to the front and Bob's your uncle!"

Bob's your uncle? I looked around. It just seemed to be the two of them. No uncle figure nearby. And why would Father Christmas be talking about the cameraman's family right now anyway? It was all kind of disorienting. Plus, I didn't know if I was supposed to be standing here or what.

Being Father Christmas and all, he noticed my distress and helped me out. "Young lady, are you from Wexburg Academy?" He motioned toward me. "I've been expecting you."

I walked forward and sat on the little stool next to his, um, throne? That's kind of what it looked like anyway. I'd have to mark that down for Melissa. "My name is Savannah Smith, and I'm here to ask you a few questions, if that's okay."

"Quite all right," he answered. "American, are you?"

"Yes. Is it . . . that noticeable?" I thought I looked very British indeed in my tweed coat and woolen scarf.

"Just the accent, that's all. We've got a lot of language in common, but sometimes one thing or another sticks out." He patted his largish stomach. "Now, what can I answer for you?"

I looked down at my sheet and asked the first question. "How long have you been Father Christmas in Wexburg?"

"Well, now, I've been Father Christmas for a very, very long time, but I've been in Wexburg Centre for about seventy-five years."

"You don't look that old!" I blurted out. *Oh, Savvy, reporters don't blurt.*

"Well, Father Christmas is rather timeless, isn't he?" By that I knew he meant that *a* Father Christmas had been there that long. Not necessarily him.

I worked through a few more questions about what kind of gifts he liked to give most (books) and least (pets that squirmed, bit, or made wee-wee), and then I got to the last question. "What's the best thing about being Father Christmas?" I asked.

"Helping others," he said. "Seeing the joy when I've done something to make them happy. I hear a lot of secrets, and I hear a lot of sorrow, as you can imagine. It all gets whispered right here." He pointed to his ear. "Or sometimes it's written in the letters that are delivered to me. I try to do a bit of good where I can—helping people sort things out for the holiday. That's what's most rewarding to me."

I liked him. I kind of felt the same way. I'd finished my official questions and was ready to snap my notebook shut when I decided to look him over closely again so Melissa could describe him in detail. Santa Claus was supposed to have a twinkle in his eye. Did Father Christmas too?

His eyes were a hazel green, like a lot of people's, but with some flecks of brown. Nothing necessarily *twinkly* though. Kind, of course, but . . .

Wait. Was that a bruise by his left eye? I thought it was. It was almost completely covered in makeup—I'd guessed that he had makeup on, and I also figured maybe it was a false beard. But if you looked hard, you could just barely see the purple skin underneath.

I decided to take a risk and ask a question that wasn't on Melissa's form. "Is that a black eye?" I asked. "A bruise?"

He grinned. "Well, I guess Mother Christmas didn't do a good enough job with the cover-up, eh?"

I laughed. "Did someone get angry with their Christmas gift and chuck it at you?"

He laughed along with me, and his belly did actually jiggle like a bowlful of jelly. So maybe he and Santa were cousins or something. "No. I ran into an open door. Suppose Father Christmas might need glasses soon."

Should I write this little fact down? Or would Melissa be mad that I'd gone off of her precise script? I decided to hold back—for now.

I stood and held out my hand. "Thank you. I'm sure Melissa will be in touch."

Late that night, at home, I furiously typed out the notes and then spell-checked and grammar-checked them. I printed them out on the cleanest, flattest sheets of white paper in my dad's office. I wanted them to look perfect. For Melissa. For Jack. This week, research for another reporter. Next week, my own secret column. In January—my own byline.

What writer didn't want her own byline, those little words at the end of the article that gave her name, her credentials, and a little bit of interesting fluff? It's what made writing worthwhile. What made writers famous. How people noticed you in class and in the hall. I'd seen it happen for Jack. I'd even seen it happen, in maths, for Hazelle.

Savannah Smith, Advice Columnist Extraordinaire.

The next day after school, I met Jack at the paper office. My Au Revoir bag was empty, having restocked that week's edition for the day. But my book bag carried Melissa's folder.

Except for Jack, the office was empty, since the paper was done for the week.

"Knock, knock," I said, alerting him before I walked in. "I have Melissa's research for her. She said you'd lock it in the cabinet?"

"Right, Savvy. Nice work. So you met with old FC then, eh?"

"FC?"

"Father Christmas," he said. "Hidden hero of the holiday and all that." He flashed that smile, and I was almost distracted from what I was going to say.

"He's hardly hidden. He's in the middle of the town center!"

"Ah yes, but where is he the rest of the year? Tell me that, and you'll really earn your byline."

"I dunno," I admitted. "Though I know he's married. Does that count?"

Jack rolled his eyes as if to say, *No, absolutely not, that does not count,* and he held out his hand for the folder. I put it in his open palm.

"So what are you planning to call the advice column?" I asked. I was careful not to call it *my* advice column.

"No idea," he said. "Dear something . . . you know."

"How about Dear Lizzy?" I offered. "You know, after the Queen!" In my mind's eye, I could see it now. It would be a huge hit. Word of it would filter back to London somehow . . . maybe a member of the Queen's staff had a child at Wexburg Academy. Or a grandchild. Or lined a birdcage with our paper. Whatever. The word *Lizzy* would catch the Queen's eye, and she'd be drawn to the column. She'd read it and decide it was wise. She'd have one of her ladies-in-waiting track me down and . . . we'd have tea!

"Savvy!" Jack's voice snapped me back to reality. "Savvy, are you paying attention?"

"Oh yes, of course." I looked him in the eye to show him my powers of concentration.

He had a worried look on his face. That smile had disappeared. "Savvy, no one calls the Queen 'Lizzy.' It's 'Her Royal Highness' or 'Your Majesty.' It concerns me that you'd even suggest that. It's the kind of thing I was worried about with having an outsider write the column."

An outsider? I shifted into recovery mode fast. "I wasn't totally serious," I said, and I saw him relax a little. I had to come up with something— and quick. "How about . . . Asking for Trouble? It's to the point, hip, knowledgeable. And everyone who writes in is in trouble of some kind."

That smile was back. "Brilliant!" he said. "Asking for Trouble it is. I'll look for your first trial article on Tuesday. Be in early."

Chapter 35

Saturday we went to an outdoor dog show for Louanne. Every breed in the world was there, it seemed, along with lots of British ladies who didn't seem to mind tottering through the mud in low heels while absorbing dog slobber through their clothes. A brown-haired boy waved to me from the other side of the arena. I recognized him—from one of my classes maybe?—and I waved back. He was kind of cute, in a friendly, open way.

"Do you know him?" Mom asked.

"I'm not sure."

"Well, it's nice to be recognized, isn't it?" she asked. "Vivienne stopped me at the foot of the driveway yesterday to tell me that the post was going to be delayed this week. I thought that was neighborly."

Neighborly, yes. Friendly, no. But I wanted to lift her up. "It *was* neighborly," I said, perhaps just a little too enthusiastically.

The cold air against my skin was refreshing. Dogs were barking all over the place and then quieting to show and compete. Louanne's eyes shone and she scribbled notes on a little score-card. There were huge dogs entered in the out-door pulling contest and smart little misses in the showy toy category inside the arena. I had to admit a certain fondness for the sporting dogs. They looked at you as if to say, *Do you love me? Will you love me?* And then they swished their tails. If I were a dog person—and I'm not—I'd have a Lab or a golden retriever.

In the car on the way home, Louanne said, "Did you notice that they had junior showman-ship?" She wiggled a brochure in front of me.

"You have to have a dog to compete," I said drily.

"I have Giggle."

"Exactly my point," I said, and she elbowed me hard. These little British cars didn't allow for enough room to avoid pesty sisters.

"Listen: 'Junior showmen will develop their handling skills, will learn good sportsmanship, will present their dogs for competition.'"

I leaned over her shoulder. "You have to be ten years old."

"I'll be ten in two months."

"We'll see," Mom said.

Then, in spite of myself, I felt sorry for Louanne. I knew what "we'll see" meant. It meant, "We'll see . . . when they locate life on Mars and they come to Earth and give an interview with *Good Morning America*. Then we'll talk about it."

Couldn't see how it was going to happen.

When we got home, Vivienne was putting her dustbins out for Monday morning, even though it was only Saturday night. Mom met her at the foot of the driveway while the rest of us went inside. Mom looked so eager. I knew she was hoping that Vivienne would say something about the cookie exchange. By the look on my mom's face as she walked up to the front door, Vivienne hadn't mentioned it. Sooner or later—probably sooner—Mom was going to have to ask her about the invitation and if she was coming.

When I walked in I noticed, shocked, that Growl was sitting in the corner. That was unlike him after spending hours in his crate.

"What's up with him?" I asked Louanne.

"He's pouting."

"Why?"

"He must have smelled the other dogs on my clothes," she said. Then she went into the kitchen, and I heard her rustling around the fridge.

Growl just looked at me. "Get some pride, kid," I said. "It was only a dog show."

He sighed and turned his head to the wall. Far be it from me to spend some of my few free hours trying to perk up a dog I didn't like and that didn't like me.

Mom came in the door, looking a little tired and maybe even discouraged. But just then Dad raced into the room.

My dad never raced anywhere, even in a lively church. He was the original tortoise in the tortoise and the hare fable.

"Guess what?" he said to my mom. "My boss is giving us a weekend away. In Bath. At a health spa—for both of us. Free!"

"Really?" Mom perked right up. "How? When?"

Louanne must have heard the commotion, because she joined us in the living room.

"He and his wife were supposed to go next weekend. They had a bed-and-breakfast all paid for, and then his wife's mother had to be hospitalized. They'll be going to Scotland to take care of her. He thought it might be a nice way for me to get a feel for another part of Britain.

"But," he said, slowing down to his normal self, "it's next weekend. Who would stay with the kids?"

"Oh, we don't need anyone to stay with us," I spoke up. "I'm a sophomore. I can take care of everything. Right, Louanne?"

"Right!" she agreed.

Both Mom and Dad shook their heads. "No," Mom said.

Dad looked up and snapped his fingers. "Hey. I know exactly who we can ask." He looked at Mom and she grinned. Apparently she knew who he had in mind.

"Who?" Louanne asked.

"I'll tell you after I talk with her," Mom said.

I glanced at Louanne, and she looked at me and sighed. We both felt the gloom descend upon us like a dreary London fog. I hoped we were wrong. But there was only one person we knew in England who would fit the bill.

Chapter 36

After grabbing a jam sandwich, I headed up to my room. I glanced again at the writing prompt for this week's advice column.

> Dear Advice Columnist,
>
> I think my best friend is trying to "break up" with me. I call and text her a lot, but she hardly answers. When I see her, she seems nice but distant. What should I do? Still hang out and pretend things are the same? They're not.
>
> Sincerely,
> *Left Out*

Suddenly I understood. *God, You're going to have me experience nearly everything You have me write about in this column, aren't You? If I get it, that is. To make me walk the talk—and understand the people I'm writing for.*

I didn't exactly hear anything, but I felt warm inside—what could only be the presence of the Lord—and it felt like He was confirming it to me. If I was offered this column, if I took this job, I was going to have to learn every lesson myself before I could share His wisdom on it.

I wasn't so sure I wanted to write this column anymore, even if it were offered to me for keeps.

Chapter 37

Thursday morning I was the first one up. I padded downstairs and poured myself a bowl of Weetabix—"Fortified with iron!" the box proclaimed. *I'll need extra strength today,* I thought. I even let Growl out. Maybe God would see me being nice to the dog and be nice to me in return.

Savvy, God doesn't work that way, I reminded myself. *I know, I know.* But I just wanted everything to go right.

After all, today's Wexburg Academy *Times* would have the first Asking for Trouble column.

I walked back upstairs and got dressed in my WA uniform. Pleated skirt—navy blue with contrasting green and maroon plaid. Crisp white shirt. Loose tie with the gold Wexburg Academy symbol

185

embroidered on it. Very . . . serviceable. But not so stylish. Fridays were the only days when we could wear nonuniform clothes. I put my hair in long, loose curls and kept tweaking one strand that didn't want to obey. A brush of mineral makeup. A swipe of lip gloss—a light color, not that Las Vegas red that Hazelle wore. It made her look like she was auditioning for a slasher movie.

I winked at myself in the mirror—after all, no one else was winking at me—and then I was ready to go.

When I got to the newspaper office, it was already humming. "Savvy! Ready to deliver the papers?" Melissa asked.

"I am." I held out my Au Revoir bag, which was wearing a little thin. I'd have to invest in another one soon. No way was I dragging that old smelly one back out from the dungeon I'd stuffed it in.

"First paper with the new advice column in it," she said to me. I looked at her perfectly straight face. Clearly she didn't know I was writing it. Jack didn't so much as glance my way. The secret was safe.

"And," she said as she flipped through her notebook, "great news! The Village Association is going to sponsor an even larger advert in the paper—a full page!—to run alongside my Father Christmas article. Thanks for your good fact gathering." She turned toward me.

"You're welcome," I said.

Hazelle threw me a stink eye. I wondered if Growl had been giving her lessons.

I gathered up the papers and loaded them into my bag. For once, all eyes were on me as I left the newsroom. After I walked out the door, I could hear Jack telling them to wrap it up and get ready for first period.

I'd been too afraid to even look at the column myself this morning. I didn't want to be in the room with everyone else when I did.

I started my walk through campus. First I slid the papers into the paper holder outside the gym. When no one was looking, I opened one of the papers and folded back the page so the Asking for Trouble column was faceup. Then I laid that paper on top of the stack and stood back. A popular jock-type guy came out of the gym, still flushed from an early-morning workout, and picked up the paper. He stood there and read it a little, and as he did, some other people came by. I scurried away but was encouraged that three papers had been taken before I even headed for the second drop-off.

After delivering most of the papers, I put the final stack in the holder outside the office, where the pack of Aristocats normally hung out. I folded back one of the papers to the Asking for Trouble column, and just as I slipped it on top, Penny came up.

I hope she didn't see me setting the stage!

"Hi, Penny," I said. Even though she hadn't made any more steps toward friendship since art club, I still thought she was really nice.

"Hullo, Savannah," she answered. Her group stood nearby but didn't look at all inviting.

"We went to London a couple of weeks back," I said. "I loved some of the places you suggested. Thanks!"

"I'm glad." She smiled warmly and genuinely but didn't start a fresh conversation.

I took a chance. If the Aristocats liked the column, that would be the start to a major buzz. And a major buzz was what I needed. "Would you like a paper?" I asked, holding one out.

She shook her head. "I don't read that, really."

Melissa had done her sales job with Father Christmas and the "shoppes" in the town center. I had to do my part too. Only my sales job wasn't to get ads sold—it was to get people to read the paper.

"There's a new advice column in there today," I said. "I think it's going to come out twice a month."

"Really? How interesting." She took the paper from me this time and tucked it under her arm. Then she smiled again before returning to her friends. "See you 'round, Savvy." She and her friends walked together, like a large, plaid-skirted caravan, down the academics hall.

I needed to get to maths myself. I booked it down my own hall and slid into my seat with two minutes to spare.

Hazelle looked like she'd been forced to eat ashes. I took this to be a good sign: if the column was well received, the current columnist would have a good chance of keeping it. Which meant it wouldn't go to the second-place person. Her.

I opened up a pack of gum and held it toward her. "Stick of gum?"

"No thank you, Savannah."

On a whim, I held the pack toward the kid who'd been teasing me with the gum-chewing cow poem. "Stick of gum?"

"Rather," he said and grinned at me as he took one. The ice was broken. I'd find a way to get through to Glacial Hazelle someday too. She gave me an even meaner look.

I got out my notebook and waited for Mr. Thompson to come into the classroom. While I waited, I imagined. Maybe the paper would sell so many copies due to the new columns that they'd decide to invest in a new bag for the delivery person. For only sixty pounds (roughly a hundred dollars) they could buy a LeSportsac bag for me to use while delivering the papers.

"Miss Smith. Miss Smith!" Mr. Thompson stood right next to my desk.

"Oh, yes?" I snapped out of my imagination and back to the present.

"Are you chewing gum?" he asked.

I thought, only for a second, about telling the tiniest little lie, that it was soft wax to protect me from a runaway canker sore. "Yes. Yes, I am," I admitted.

"Detention after school," he said. And then he walked away.

I refused to look over my shoulder and see Hazelle's sneer. I hoped my new gum-chewing friend had swallowed his in time.

Chapter 38

After I promised Mr. Thompson I wouldn't chew gum in his class anymore, he let me out of detention ten minutes early to pick up the leftovers of that day's WA *Times*. When I went from holder to holder, about half of the papers were gone. That was a good sign! Maybe the buzz had worked, and if so, we probably had Penny to thank. Or Jack and his tireless promotion with posters and flyers hung up around campus. Or the jock coming out of the gym or even the typesetters who had tried a younger, hipper font for the paper. Maybe that's what it was all about—each of us doing our job.

I found one slightly soggy paper plastered to the side of the paper holder near the bus stop at the edge of campus. I opened it up and read my column *in the paper!* for the first time.

Dear Left Out,

I'm really sorry that you're in this position. It never feels good when a friend moves on. But maybe that's how you should look at it—moving on, and moving forward. If you want, you can talk with her directly and ask if anything is wrong or if you've offended her. If she reassures you that nothing is wrong, then perhaps distancing herself is her way of telling you, kindly, that she's moving on to other friends. Part of having friends is learning to let them go sometimes too.

Go ahead and be sad for a few days. After that, though, consider that it might be a blessing. It makes more time for you to find a new friend. One who wants to get closer, and not more distant. Think about it for a minute. Who comes to mind?

I read the column again after I got over the initial tingle of seeing my words in print. I'd known from my last "good-bye" conversation with Jen what had happened between us.

I also kinda knew when I'd searched for a Bible verse to help me answer the question and found Philippians 3.

> [13]No, dear brothers and sisters, I have not achieved it, but I focus on this one thing: Forgetting the past and looking forward to what lies ahead, [14]I press on. . . .

I've said good-bye, Lord. You showed me how. But will anyone answer when I say hello?

Chapter 39

I arrived home on Friday afternoon in a fairly good mood until Louanne met me at the door.

"Bad news. She's here. And she's our baby-sitter this weekend."

"You mean . . . ?"

"Yes," she said. "Aunt Maude has arrived, and Mom and Dad are almost ready to leave."

Okay, drop the good mood. I'd forgotten that Aunt Maude was coming today.

"Hi, Savvy," my mom sang out from the kitchen. "Dad and I are just about to go. Aunt Maude has a wonderful weekend lined up for you."

"Yes, and no telly," Aunt Maude said, coming down the stairs. She must have put her things in the guest room. "A complete brain drain mixed with dodgy bits of nonsense. We'll have healthy, educational fun. And maybe do some proper Christmas shopping."

I had the suspicion that Aunt Maude's idea of a good Christmas present was a gift certificate to the local after-school Learning Centre. So imagine my surprise when, at the supper table, she sprang Saturday's plans on us.

"We're going to London tomorrow," she said. "To do some shopping for your mum and dad. However else will you buy them some gifts?"

Maybe Aunt Maude was okay after all!

Louanne and I sat in our regular chairs at the table. Growl was in the corner, behaving. Some sixth canine sense told him he'd better be on his best behavior with Aunt Maude or he'd find himself barking for his supper at the local dog pound.

"What are we having to eat?" I spoke up. I figured as the oldest I had a responsibility to make small talk.

"Toad in the hole," Aunt Maude said as she pulled a casserole dish from the oven.

I swallowed hard. Louanne, the vegetarian, looked as if she might cry.

"Oh." I tried to sound casual. "Is that like frogs' legs?" I had never eaten frogs' legs. I had never considered eating frogs' legs. But I'd give it a try. If I had to.

"No, dear." Aunt Maude set the casserole down on the table and then settled her plump self on one of the nearby cushioned seats. "It's sausage baked in batter. And here. I've made one with veg sausages for you." She pushed a small plate toward Louanne.

Louanne smiled gratefully. Not everyone was so willing to accommodate her vegetarian habits.

Aunt Maude poured a golden liquid over her portion. "It's really good with loads of syrup," she said. And it was!

The next morning we were up early. I mean, shopping in London! Who would have known? Aunt Maude was nearly done fixing breakfast.

"A proper English breakfast," she pronounced. "Toast, eggs, tomatoes, and black pudding."

"Ooh, chocolate pudding for breakfast," I said.

"Whoever said anything about chocolate?"

Aunt Maude tied her apron tighter around her waist, forcing a little roll of fat on top and beneath the tightened strings. "Black pudding is blood sausage, dear. Lots of iron."

I hate to admit it. I really do. But I fed my sausage piece by piece to Growl when Aunt Maude wasn't looking.

She drove us to London, having decided that it was entirely enough for us to go to one store—we could find everything we needed there. It was a large Marks & Spencer.

London was decked out in Christmas finery—pretend-snow spray framed each window, and there were lots of red and green bow ties on the ancient lampstands. Christmas lights shone like tiny crown jewels from each storefront. Louanne and I put our heads, and our savings, together and bought Mom some brand-new cookie sheets and some scented hot pads—they smelled like cinnamon sugar when warmed up. Amazing!

We found a book explaining English sports for Dad. Hopefully that would chase away his sports blues.

Louanne insisted on a new leather leash for Giggle.

"But he doesn't go anywhere," I said.

"He will when I start training him for the junior sportsmanship," she said.

I sighed but didn't let her see my face. Might as well not kill off her dream. I was betting Mom and Dad hadn't given it another thought.

Aunt Maude bought a few things too. "We'll take them to the village post this afternoon when we get home," she said. "I want to send them off straightaway. Only two weeks till Christmas. But first, time for a nice jam butty."

Chapter 40

It turns out a jam butty is a jelly sandwich, but I didn't think I'd be sending a big package of them to my family in Seattle.

"Come along to the post," Aunt Maude said after we'd returned to Wexburg. "Everyone who lives in a village should know the postman."

I'd forgotten that she'd lived in Wexburg— in our very house, actually—for a long time before she'd moved to the country.

We walked to the center of the village and into the post office. It was kind of like a drug-store. To my surprise, it even had some candy and gum. I picked through the candy bars look-ing for something to replace my beloved Hershey Kisses now that I was a proper Londoner. I was deciding between a Cadbury Chomp and a Cadbury Flake, but the Flake won out.

Then we went to the back, and a teenager was working the post window.

"I want to see Tom," Aunt Maude insisted.

"Mr. Tom, he don't come to the window no more," the kid said. "I do all the package and posting while he's managing."

"Tell him Maude's here," she insisted.

A tall man with a jiggly stomach came around the corner. His hair was neatly cropped to his head, almost military short. "Maude!" he said and gave her a hug.

"New glasses?" she asked.

He nodded. "That time of life, you know." His glasses slid down his nose a bit, and he pushed them back up. "Need to get me one of those screws to fix them. A little to the right, back a bit off to the left, and Bob's your uncle!"

I'd been looking at a selection of Christmas cards, but when I heard that, my neck snapped around. Something about him was gnawing at me. I couldn't figure out what it was. He looked and sounded familiar.

Aunt Maude chatted with him, and he kept

looking at me nervously. Which made me look away at first . . . and then I looked back.

Yes, there it was. Right next to his eye. The tiniest little bruise, almost gone. He'd had a black eye! And the "Bob's your uncle" phrase. The only other person I'd heard say that was . . .

The postmaster was the same person as Father Christmas!

I caught his eye and he caught mine and, he knew that I knew. I almost fainted.

I wandered back to the candy aisle and pretended to browse. What a scoop! If I wrote this up in the paper, everyone would know who Father Christmas was. Then it wouldn't matter if my columns did well or not, because even if they tanked, I'd have proven myself as a real reporter.

Except that I'd be scooping Melissa, my only real friend. And it was her story.

And Father Christmas had obviously worked very hard to keep his secret, which was, after all, really his to divulge or not.

Aunt Maude, Louanne, and I walked back to our house. "What does 'Bob's your uncle' mean?" I asked Aunt Maude.

"Oh, it means, well, 'just so,' or 'just like that,' or 'then all is right.' Something like that."

"Do many people say it?"

Maude smiled. "Not many young people, that's for sure. Perhaps a few in my generation, though I don't hear it much anymore. Why?"

"The postman said it," I replied.

"Oh, him. I hadn't noticed. But I suppose you would, being American and all."

I'd never heard it before I talked with Father Christmas.

"So, do you know much about Father Christmas?" I continued fishing with Aunt Maude. After all, I was a journalist! I watched her face closely, to see if her response revealed that she knew Tom the postman's secret.

"What do you mean?" she responded. "He'll be at the town center, as always, the week before Christmas."

"Ooh! Father Christmas. He's like Santa Claus," Louanne said.

"He's vastly superior, dear," Aunt Maude informed her. "He's British, after all. Not a Johnny-come-lately in a ridiculous red velvet suit."

I hid my grin. *No, he was in ridiculous green and blue velour robes instead.*

"Do I have to sit on his lap if I want to give him my present list?" Louanne asked.

"Of course you do, dear. No one else is going to sit on his lap for you." Aunt Maude pulled out a hanky and delicately wiped her nose.

"Can I send him a letter?"

"I don't know where you'd send it," she said. "No, you'll just have to go to the town center if you want to talk with him."

But I knew where I could send the letter. And if I chose to write about it, all of Wexburg could too. It would make my career.

Chapter 41

We kept walking. My mind was a jumble. What was I to do with this new information? Good reporters don't hold back facts. But was this fact relevant to the story?

When we got to the house, Aunt Maude let me plug the telly back in. I sat there and watched *What Not to Wear* while she bumbled around in the kitchen. Finally, unable to take the racket any longer, I went in to see what she was doing.

My mother's kitchen was completely rearranged! The shock must have registered on my face, because she said, "Just a bit of reorganizing to help your mum out." Then she withdrew one of the cookie exchange invitations from her apron pocket.

"What's this?" she asked. "I found it in with the flour."

"It's a party invitation," I said. "My mom was trying to get to know some women around here, so she thought she'd throw a little cookie exchange party."

"A . . . what?"

"A cookie exchange." Then I remembered that British people called cookies *biscuits*. "You know, each person bakes about two to three dozen Christmas biscuits and then brings them to the house. They all share what they've got, and each person takes home a nice assortment. And you get to make friends that way too."

Aunt Maude nodded slowly. "And this to-do is next Friday?"

I shook my head. "No one ever RSVP'd. I don't think there will be a party."

Aunt Maude took off her apron and patted my shoulder. "Time for your nap, I'm sure. Why don't you just toddle off upstairs and take a little lie-down and we'll eat tea in a few hours."

A nap? Toddle off? How old did she think I was? I didn't argue though. I just headed upstairs and closed my bedroom door.

I got out my history book and had started reading when I heard Aunt Maude's voice outside. I crept to the window and peeked out the corner—just enough so I could see and hear but not be seen and heard.

I could hear Aunt Maude talking with Vivienne, but I couldn't make out what either of them was saying. I lifted the window up just the tiniest amount, hoping it wouldn't creak. It didn't. I caught the end of the conversation.

"Well, it'd be a nice thing," Aunt Maude said. "She's a lovely woman, and she's trying hard, I know."

"I've grown a bit fond of her in spite of myself," I heard Vivienne admit. "I had no idea whatsoever what a cookie exchange was, and I didn't want to seem dull by asking."

Well, what do you know? Aunt Maude was down there trying to hustle up some people for Mom's cookie exchange. Maybe I'd misjudged the old girl after all. A certain unexpected fondness for toad in the hole and jam butties overcame me.

I watched as Aunt Maude handed the invitation from the flour jar to Vivienne. "See what you can do, will you?" she said.

"I'll have a go at it," Vivienne agreed. "But I don't know how much I can do, especially at this late date."

Chapter 42

Sunday afternoon, before my parents got home, my phone rang. Only I couldn't find it right away.

"Where is that phone?" I listened. My ring tone was a Taylor Swift song. I reached under my bed and grabbed it just in time.

I looked at the caller ID before answering. It was Jack.

"Hello?"

"Savvy? Jack here."

"Hi, Jack. How's it going?"

"I'm fine, thanks very much. Listen, I have a new question for the Asking for Trouble column."

"Then it's a success?" I held my breath.

"Um, well, it's a start," he answered. "More papers read last week, certainly. But nothing's definite for now. Don't worry . . . yet. And anyway, there's always the paper delivery, right?"

"Right," I said, trying to keep the gray out of my voice.

"So then, here's the question. Got a pen?" I grabbed one from my desk. And a paper napkin that I'd used to wipe my fingers after eating a particularly tasty bag of prawn cocktail—that is, shrimp-flavored—crisps. "Ready."

Dear Asking for Trouble,

I was walking in the village today, and I saw my older sister's boyfriend come out of the jewelry store with a ring box. They've been dating a long time. Maybe at Christmas he's going to ask her to marry him! Should I tell her what I saw so she can be prepared, just in case? Or keep the secret?

Sincerely,
Diamonds Are a Girl's Best Friend

"Got it, Savvy?" Jack asked.

"Got it."

"Good. Just e-mail your answer to me before deadline, okay?"

Lovely, as the Brits would say. A column about whether or not to keep secrets. It just didn't get any better than this.

Chapter 43

The week was really busy, and actually I didn't work on my column at all. I knew I had ten days before it was due and that the column would come out the week before the Christmas holidays. We had a lot of exams, though. People here took school very seriously, and everyone, not only Hazelle, was pretty competitive at the end of the term.

By the time Friday rolled around, I was ready for a break over the weekend—and then I'd write the column. But first, my dad and Louanne and I had plans to go out on Friday night.

Friday was Mom's cookie party.

"I have no idea how many will come," Mom said, flapping about the kitchen like a disoriented hen since Aunt Maude had "rearranged" things. "Vivienne said she'd talked with a few people, but some of them don't bake and had never heard of a cookie exchange. I don't know why I didn't write more about that on the invitation."

"Don't worry, Mom. Lots of people will come," I reassured her. *Please, God, let lots of people come,* I silently prayed.

Dad came waltzing into the room in his jeans, T-shirt, and socks. He slid across the floor. "Are you in the Christmas spirit, girls?" he asked.

Louanne and I looked at each other. Even Growl backed away.

"Yes . . . but I think someone's had a little too much figgy pudding," I said.

"Seven more days till Christmas Eve. I thought we'd drive out tonight and check out the location of a church I'd heard about."

"Are there only old people?" I asked.

"Do they wave banners in the aisles?" Mom asked.

"Ha! I don't know. But the girls and I will check it out while your party is on."

"Wait . . . I thought we were going to Criminal Barbecue for dinner," I protested. "Can we do both?"

"No can do," Dad said. "That's one restaurant that doesn't allow dogs."

"Dogs? Growl is coming?"

"His name is *Giggle*," Louanne said firmly.

"Can't leave him home while Mom has her party, can we? We'll get some takeout sandwiches and eat in the car."

Of course. Growl had ruined my nice carnivorous dinner.

Great, so we'll drive around for two hours, I thought. But I didn't say it out loud because I didn't want to hurt Mom's feelings. She probably wouldn't have heard me anyway. She was still nervously fluttering about, making coffee, getting the teakettle simmering, and preparing the decorated boxes for the cookies—biscuits—of the people she hoped would be there soon.

When we drove away a few minutes later, there were no cars pulling in to the street. It was five minutes till party time.

We drove to a Subway—yes, there was a Subway sandwich shop in Wexburg—and then got back into the car. Louanne and Growl were in the back, and Dad and I were in the front. I saw Louanne pinch off pieces of her sandwich and give them to the dog.

"If that dog barfs in the car, I'm going to disinherit you as my sister," I warned.

"You can't do that," she said sweetly. "I'm your sister for life." With that, she pinched off another piece of her roll and gave it to Growl, who made a point of maintaining snooty eye contact with me while he finished it off.

"There it is," Dad said about twenty minutes later. "I know it's a little bit farther from home . . . but it seems like a lot of people travel here to go to church."

It looked . . . nice! Big and pretty and new. Even on a Friday night there were a lot of cars in the parking lot. That was hopeful. It meant there were activities going on. I watched a group of normal-looking teenagers walk in through the side double doors, and there was another crowd playing casual soccer—I mean 'football'—nearby.

"It looks hopeful," I said quietly. Tears filled my eyes, and I rushed to wipe them away before Dad noticed.

He noticed. He reached over and took my hand. "It's been hard starting everything over, hasn't it?"

I nodded but didn't trust myself to speak.

"We'll try it on Christmas Eve," Dad said quietly as we drove away.

Chapter 44

Right after that we drove home. When we pulled in to our street, it was obvious we'd have to leave again ASAP and find something else to do. But we didn't mind.

The street was full of cars!

We drove in front of the house, and I could see the silhouette of my mom through the window, laughing with another lady. There must have been ten people in the house.

"I'm afraid we'll have to get ice cream," Dad said. He smiled broadly. I was sure if he hadn't been driving the car he would have done his figgy pudding dance again.

"Oh, too bad," Louanne said, faking sorrow.

We drove by the town center. "There's Father

Christmas," I said, pointing him out to Louanne. "This is the last weekend to get your requests to him before Christmas."

She shook her head. "I'm too old to visit him or sit on his lap. I'm going to look on the computer tonight and see if I can find his address."

Dad looked at me out of the corner of his eye. We both knew a letter to Father Christmas mailed to points unknown didn't have any more chance of arriving than letters addressed to Santa Claus, care of the North Pole. "Actually, I was planning to go see him tomorrow," I said. Dad and Louanne both looked at me like I was crazy.

"I have a few follow-up questions from my interview," I said. Like any good reporter, I wanted to talk directly with the source before deciding what to tell and what to hold back.

"Oh, will you take my letter then?" Louanne asked.

"I will," I said.

"Thank you, Savvy," she said quietly. "It's really important that he gets this." This time it was her eyes that brimmed with tears.

Chapter 45

The next morning when we woke up the house was a mess. But we didn't mind helping Mom clean up. She swept around the kitchen more like Mary Poppins than a chicken this time.

"So apparently there aren't a lot of women on our street," she said as she loaded the tiny dishwasher with coffee mugs.

"There sure were a lot of cars," I said.

"Vivienne decided to invite her book club, which I thought was very nice," Mom said.

I thought so too.

"She'd asked me last week if she could invite a few others, and of course I said yes. But I didn't know who she meant. I don't know why she

223

waited so long to reply, but I didn't want to seem rude and ask."

I knew why. But if Aunt Maude was keeping her secret—and not claiming credit for the good deed—then I wouldn't tell either. It made Mom happier this way, I think.

A couple of hours later I pulled on my puffy coat and sadly worn UGG boots before heading out to see Father Christmas. "These have a rip in them," I complained. "And they're stained."

Louanne stood by, smiling widely.

"What's so great?" I asked.

"Nothing." She held out an envelope to me. "Thanks for taking this."

"You're welcome," I grumbled. And then I headed off toward the town center.

There was no snow today, but the frost had made pretty patterns on the windows I passed, and the tree limbs were frozen in limbo till spring. I could feel the cobblestones beneath the worn tread of my old boots, and I was careful to step firmly and not slip. I knew I was getting close to the town center, because I could hear the music in the distance. As I got closer, I could see small groups of Dickens carolers standing here and there with their black leather music books open, singing aloud. The girls all had felt bonnets on, lined with pretty white satin ruffles, and long red velvet dresses with button-up boots. The guys wore tall top hats and black woolen jackets with ties that matched the girls' dresses. It looked—and sounded—very English. Very Christmassy.

And, of course, in the middle of the town center was Father Christmas. I got in line.

I wasn't exactly sure what I was going to say. Would I ask him questions? Would I keep his secret? Would I inform him that I was going to tell? Or simply give him Louanne's letter? I didn't know, but I hoped I would by the time I got to the front of the line.

Dear Jesus, please help me know what to say, I prayed. I'd spent an hour the night before looking up the word *secret* in an online Bible concordance, looking for wisdom for the decision I needed to make. A few verses stuck in my heart and mind. I hoped that the Holy Spirit would bring one to light as I talked with Father Christmas to let me know what to do.

"Move along then." A woman with a small boy nudged me from behind. He glared at me and then picked his nose.

Merry Christmas to you too, I thought. The line

shuffled for a few more minutes before it was my turn. "Would you like to go first?" I asked the woman behind me. I didn't want to be rushed when it was my turn to talk, and her son looked like he was going to have a breakdown pretty soon.

"That's very decent of you," she said. She eyed me carefully and kept her arm tightly around her son as they moved past me. No doubt she was wondering what a teenage girl was doing in line to see Father Christmas.

Then I took my turn. I didn't sit on his lap—of course!—but I did come close enough that our conversation would remain private.

Chapter 46

"Well, it's the intrepid reporter," Father Christmas said as I came closer. "With the eagle eye." I looked closely at his. They were twinkling.

I dived right in. "Speaking of eyes, how is yours feeling?"

"Oh, my eyes are just fine, young lady," he said. "Nothing at all to worry about. A few days of tender care by the missus, and Bob's your uncle."

He wasn't admitting anything, but he grinned. He knew that I knew. I liked being a reporter and knowing the inside scoop.

"Are you here as a reporter or someone with a Christmas list?" he asked.

"Both. I was wondering: can you tell me anything about secrets?" I asked.

"Of course I can," he said. "As Father Christmas, I hear lots of secrets. People whisper what they want for gifts, of course. But a lot of times they whisper a lot more than that. They tell me if their mum and dad are fighting and ask me to fix that for Christmas. They share their secret hopes, knowing that, as Father Christmas, I can be trusted to keep it all right in here." He thumped his chest. "Do you understand what I'm saying?" he asked.

I nodded slowly. "I do."

"Do you remember when you asked me what the best part of my job was?"

I nodded. "You said helping other people, doing a bit of good when you can."

"That's right. Now, do you think I can do more good as Father Christmas or as . . . say, a regular old postman?"

I drew in my breath. He was as good as admitting it! But then I had to think about it before answering him. It began to snow lightly, and a few flakes stuck on his cheeks and mine. "As Father Christmas, I suppose. Because people believe that you have the power to help them. If you're just, well, someone they see every day, they might not think you can."

"Even Jesus said that a prophet was rejected in his hometown. Right? Because they didn't think anyone they knew could be that special." Father Christmas knew the Bible? Well . . . I suppose it made sense that he would.

"He did say that," I agreed.

"Now I'm not perfect like Jesus, of course, but the principle is the same. Do you see that, young lady?"

"I do," I said. "But then how do you get any credit? Don't you care that people don't know about the good things you do?"

"Ah, but I am rewarded." He smiled and pointed a finger upward, toward heaven. "I just have to trust that as I do good for others, *Someone* will notice."

I nodded. I was starting to understand what he wanted me to do. He wanted me to keep his secret so he could keep his secret—and keep doing his good deeds, too. I promised nothing, though.

"You're on your way to having both a reporter's eye . . . and a writer's heart. Now—what about your Christmas list? We'd better get moving before the queue behind you starts to grumble."

I laughed. "I'm mostly here to deliver this for

my sister." I held out the small red envelope that carried a Christmas card—and Louanne's dearest wish. She'd written *Father Christmas* on the front and put our return address in the corner.

He took it from me. "Do you know what's in here?"

I shook my head. "No, though I did want to peek," I admitted. "I don't, uh, know exactly how this Father Christmas thing works. But I put my mom's e-mail address on the back of it. Just in case, you know, you needed some help getting whatever my sister needed. Because I think it's really important to her."

"Thoughtful," he said. "But . . . what about you? What would you like?"

I started to say, "Nothing." But then I thought, *Take a leap. Take a chance, Savvy.* I could hear the little girl in line behind me start to cry, so I knew I needed to hurry.

"I'd like . . . a really good friend." The words rushed out. "A guy who likes me for myself. A way to help others. A ministry. And . . ." *Should I say it? I'd be sharing a secret of my own, then.*

"A Wexburg Academy *Times* pen," I said.

"That's it?" he joked.

I grinned. "Yeah, short order. I know."

At that, the little girl behind me rushed up and dived into Father Christmas's lap. My audience was over.

Chapter 47

Monday at lunch, the newspaper table was abuzz. Last week's sport column had been a hit too. Nearly two-thirds of the papers had been taken by the time I'd picked them up, and we were hoping that maybe this week all of them would be gone.

"Good work scoring a small advert from the chemist," Jack told Hazelle in front of everyone, and he shot that smile in her direction.

She grinned—and blushed. *Aha! Hazelle is not immune to Jack's charms.* I'd never before seen her lower her eyes and—almost—bat her unmascaraed eyelashes. There might be a side to her that I didn't know about.

"So when will we find out who the mystery

advice columnist is?" asked Rob, one of the printers. "We're going to have another column for this week, right? I'll need it soon if we're going to get it in the edition."

"Assuming that Mr. Abrams agrees to keep the column and the headmaster agrees to keep the paper, all will be revealed right after holiday break," Jack said. "To great fanfare!"

"I'm dying to know who it is!" Melissa said. "He or she has done a splendid job."

I smiled to myself. I could see it all now. We'd be in the newspaper office and I'd be standing in the back, unnoticed, as usual. Jack would call everyone to gather around. Then he'd ask me to come forward, and the rows would part. As the entire staff wondered why I was going forward, I'd sit down in the chair. I'd stick out my foot, and Jack would slip the glass slipper on it. No, no, that wasn't right. I'd hold out my hand, and he'd stick my brand-new WA *Times* pen in it. Everyone would gasp. Hazelle would run crying from the room, and I'd track her down and try to be friendly.

A loud voice next to my ear snapped me out of my dream and back into the present. "Tomorrow is deadline," Jack reminded us. He shot me the tiniest little look out of the very far corner of his eye. Enough that I would see it, but I doubt anyone not looking for it would have noticed a thing.

I know. I know. I still hadn't written the column on secrets.

"I've also got a little space next to the Father Christmas article," Rob said. "Enough room for a little advert or a sidebar of interesting Christmas facts."

Or amazing inside information on Father Christmas.

"Hey, Savvy." Melissa's hair swished as she turned to face me. She always smelled a little like grapefruit. I thought it was her shampoo. I needed to find a signature shampoo too. "Got any big plans for the holidays?"

I shook my head. "Nope. Hanging out."

"Sounds low key," she said. Then she bit into her wrap sandwich. "Maybe after the holidays I can go over a couple of my articles with you. You know, show you some style marks. We can talk about how to set up research and the like—find an unusual angle, squeeze information from unwilling interview subjects, and all that."

She'd given me my first paper opportunity that

didn't involve a delivery bag when I interviewed Father Christmas. And now she was offering to help me even further. Truth be told, she'd been a really good friend.

Was I the kind of person who scooped a really good friend?

Chapter 48

The verse directing the answer to this week's Asking for Trouble column came to mind right away. I looked it up—Luke 6:31—but I knew it anyway. I wrote the column and, somewhat reluctantly, e-mailed it to Jack at 5:10 p.m. Tuesday.

Dear Asking for Trouble,

I was walking in the village today, and I saw my older sister's boyfriend come out of the jewelry store with a ring box. They've been dating a long time. Maybe at Christmas he's going to ask her to marry him! Should I tell her what I saw so she can be prepared, just in case? Or keep the secret?

Sincerely,
Diamonds Are a Girl's Best Friend

Dear Diamonds,

Some secrets are meant to be told, and some are meant to be kept. The first question to ask yourself is, would telling the secret do more harm or more good for the people involved? If telling a secret would do good—for example, if someone is stealing or being hurt—then the secret needs to be told. If sharing the secret would actually hurt the people involved, then it needs to be kept.

Next, ask yourself, if it were me, what would I want done? Doing for others what you'd like done for yourself is a good rule of thumb. If you'd bought a hush-hush gift, would you want someone to spoil the surprise?

I think you know what to do. The right thing.

Happy Christmas!
Asking for Trouble

The good news was God had given me an answer—He'd given me wisdom when I'd asked Him for it. And He'd shown me how to sneak little bits of His truth into my answer, without people even noticing.

The bad news was He'd also shown me what I needed to do next. Something completely unexpected. I didn't want to do it. I didn't see how it was going to work out for the best. But I guess that's what faith really is about.

Chapter 49

When I went to pick up the newspapers on Thursday—the last day of school before the Christmas holidays—they were almost gone. I headed back to the newspaper office. With it being so close to the holidays, there weren't many staff members there.

"Five!" I thwapped the papers down on the counter. Rob cheered and pumped his fist in the air. Melissa and Jack danced in a little circle, and I stood there with my Au Revoir bag—slightly tatty and wet, but empty.

"Can't see how the headmaster can't let us go forward," Melissa said.

"I can't either," Jack said. "At the very least, he'll

give us some more time to prove ourselves, and we can."

As a reward, I pulled a candy bar out of my bag and took a bite. "What's that?" Hazelle asked.

"Chocolate bar. Flake," I said, proud that I was eating British candy—er, sweets—now.

She snorted. "How appropriate. Your new nickname, maybe. Flake for a flake."

Melissa, who was standing nearby, must have overheard. She reached into her bag. "No, given Savvy's taste in delivery bags—and the clothes she wears on nonuniform days—I'd say this is a more appropriate sweet." She tossed something to me and I read the writing on the tube. *Smarties.*

I turned and grinned at her. "Thanks, Melissa."

"I mean that in both the British and American sense of the word," she said. "Happy Christmas, Savvy."

"Happy Christmas, Melissa," I said. Hazelle had already turned her back on me.

Oh, if only I could live up to Melissa's faith in me.

Melissa nodded and went back to the filing cabinet. Rob went to clean the ink off of the presses, and Jack came near to me. "Can you meet me at Fishcoteque in half an hour?" he asked.

"Let me check." I texted my mother, who said it was okay. "Yes," I said. "See you there."

Chapter 50

Soon I was walking through the cobbled village lane, my Au Revoir bag neatly rolled and tucked inside my school bag. Kids were running around excitedly, playing catch with a small ball in spite of the slick surfaces. Our next-door neighbor Vivienne drove by and even waved at me. I waved back. She had a special place in my heart now that she'd helped Mom out. I hadn't exactly forgotten her comments about my guitar playing, but, well, no one's perfect.

When I got to Fishcoteque, I pushed open the door. It was nearly deserted for once—probably because it was so close to Christmas.

"Hello, luv. How have you been?" Jeannie asked me.

"Merry Christmas," I said. "I've been pretty good."

"What're you doing here? Should be home wrapping gifts," she said. "We'll be closing in about an hour, for the holidays."

"I'm meeting someone," I said. At that moment, Jack pushed open the door and waved at me.

"I'll get us a booth," he said.

I turned back to the counter.

"Dishy, that one is." She smiled at me. "Nicely done."

"Oh, uh, he's not my boyfriend. He's just, uh, a friend," I stammered. I could feel the heat rush to my face.

"Mm-hmm, righto," she said. "The usual, then?"

"Just two Fantas," I said and pulled my wallet out of my bag.

"If I can make a suggestion, you should always let the chap pay. Trains 'em right from the start," she said. "But I'm old fashioned, I know." She took my money, got my change, and I was on my way.

I slid into the booth across from Jack.

"Thank you," he said as I handed him a Fanta. "So, as you can guess, the column is definitely going strong. As I told you in my e-mail, I thought your response to this week's question was spot on. Appropriate for the situation they wrote in about, and an answer all the readers can apply somewhere else to themselves. Well done!"

"Thanks." I felt the blush coming back. I was no less resistant to his praise than Hazelle, apparently.

"So, the column is a go. Here's how it'll work. You'll write two columns a month. I'll pull all the questions people submit out of the box at school or from the e-mail account I've set up, and then you and I will go over them together and decide which are to go in the paper. You'll be able to write them up, do promotion as the youngest Auntie Agatha ever, and the paper will fly out the door!"

I sipped the rest of my Fanta and resisted the urge to indulge in a little imaginary moment about how the "youngest Auntie Agatha ever" promotion would look. Then I answered, "It all sounds great . . . except for one part."

"And that is . . . ?"

"I don't want my identity to be known. I want to remain secret."

Jack said nothing for a moment. "Why? You can have your own desk in the paper office. You'll have your own WA *Times* pen. You can do public-ity for us. People will know your name."

"It's all because of Father Christmas," I explained. "Remember when Melissa sent me to interview him?"

Jack looked confused but nodded.

"Well . . . along the way—" I chose my words carefully so as to tell the truth but not let his secret loose—"he told me something. I asked him why it mattered to him that people didn't know who he was. He told me that, you know, he did more good as Father Christmas than if people knew he was a regular bloke. So if I remain secret, then people will really believe that I have good things to say. But if they know who I am, then they might see me get a poor grade from time to time or make a mistake in a friendship or something. And the mystery will be gone."

Jack nodded. "Yes . . . yes, I can see the wisdom in that. Actually, that proves to me that you really *are* the right person for the job. Thinking of the readers—and the paper—before yourself. You meant what you said in this week's column about keeping secrets, didn't you?"

He'd never know, unless I shared it with him, how much it was going to cost me to learn each lesson before I could write a column about it.

"I really meant what I said," I answered. Maybe someday I'd tell him the rest. But not now.

The restaurant crew came out and started cleaning the floors—an obvious hint to us that we should be moving on. And who could blame them? They had their own Christmases to prepare for. Jack and I stood up, and I looped the straps from my book bag over my shoulder.

As we reached the door, he hugged me. "Thanks, Savvy. You'll still deliver the papers, right?"

I nodded. "Yes. The ever-faithful delivery girl."

He pulled away and smiled, and this time I knew that smile was only for me.

"Well done, Savvy." He waved as he began to walk away. "Cheers."

I started down the street toward my house.

Okay, Father Christmas, I thought. *I've come through for you. I hope you come through for Louanne.*

Chapter 51

The next night, Christmas Eve, we pulled into an overflowing church parking lot—the church that Dad and Louanne, and, okay, Giggle, and I had checked out not long before.

"Ready?" Dad shut off the car engine.

"Ready," I said. *Please, Lord, let this work for us.*

We walked inside the double doors, and a man in a wheelchair held out his hand and warmly greeted us as we entered. His kindness made me feel welcome right off. The hallways were decorated with strings of lights, poinsettias, and greenery all the way down to the sanctuary.

"Welcome, welcome," a woman said as she handed us a bulletin.

We walked partway down the aisle and then

squished into the center of one of the rows. We sat next to another family with kids. In fact, there seemed to be a lot of families everywhere.

I closed my eyes as the lights dimmed, and when I opened them again the room blazed with candlelight. Five thousand miles away from home I felt . . . at home. I looked at my mother, my father, my sister. They looked comfortable. At home too.

Ushers came down the aisle and handed us each an orange with a ribbon and a candle. I looked down at my bulletin to see what all of this meant.

the CHRISTINGLE

Our Christmas service includes the traditional British celebration of the Christingle. Your usher will hand you an orange, which represents the world. Around it will be a red ribbon, which represents the blood of Christ. The fruits and sweets attached to the four sticks represent God's blessings and the four seasons. In the middle you'll find a candle. Please light it with the matches in the pew fronts. The light represents Jesus' teaching:

"I am the light of the world. If you follow me, you won't have to walk in darkness, because you will have the light that leads to life." JOHN 8:12

I looked at my orange. I touched where I thought Seattle would be on this globe. Then I traced my finger along the orange skin till I landed at what should be London. I made a tiny mark with my fingernail. I was in London now. This was my very own place in His universe right now, and no matter where I was, I could orbit Him. He moved me here, and He placed me here to do good. And He promised He would be with me too.

As we began to sing "Silent Night," I knew I was home.

On the way back from church, Louanne asked, "Does Father Christmas come tonight? Or tomorrow morning?"

A nervous glance passed between my parents.

Chapter 52

Christmas morning I was the first person up. In past years that would have been so I could scope out the gifts under the tree. This year it was to *give* my gift. I tiptoed downstairs and avoided the middle of the third stair and the right side of the fifth one, and I skipped the last one altogether. I'd already figured out the squeaky spots.

"Come on, Growl," I whispered to the dog, who was huddled near the back of his crate. Nothing doing. He just stared at me.

"Okay, then, *Giggle*," I said. With a self-satisfied smirk on his dog face, he obeyed.

Anyone who says dogs don't understand English hasn't met this one.

I took him outside and then dragged him into

the downstairs bathroom. I could tell he was worried. What was I doing? This was unusual!

"Bath, boy," I said. My gift to Louanne this year was to get Giggle looking his best. If she couldn't show her dog, at least her dog could look like a show dog.

Giggle started to whine, and he looked like he sorely regretted obeying. I fed him the first of about a thousand dog treats to keep him quiet. I'd purchased some dog shampoo—Dr. Ruff's organic dog wash. "Contains an enriching native blend of organic herbs, lemon-scented tea tree, rosalina, kunzea, and eucalyptus oils. You and your dog will feel fantastic!" the bottle promised.

At the moment, up to my elbows in suds, I wasn't feeling fantastic. Growl was desperately tying to paddle in the four inches of water I'd put into the tub. He couldn't, so it just splashed all over me. Then he started whining again.

I finished rinsing him off and then burst out laughing. With all his fur matted down, he looked like a rodent, not a dog.

He glared at me. He knew who I was laughing at.

I towel-dried him off and got the blow-dryer out. Apparently Growl was afraid of the blow-dryer, because he began to pass gas every time I turned it on.

Great. Locked in a small bathroom with a flatulent dog. Not exactly how I'd planned my Christmas morning.

Eventually he stopped. I brushed him out, trimmed his nails a little, and lightly sprayed him with a dog misting product I'd found at Boots. The final touch: a bow tie. I attached it to his collar.

"You look quite smart indeed," I said in my best British accent. He preened in front of me, and we went to wake up Louanne.

"Giggle!" she cried as he leaped onto her bed. He ran over and licked her cheek. "What happened to him? He looks great!" She buried her nose in his fur. "And smells great too!"

"Merry Christmas from me to you," I said. "And you can keep the organic dog wash and lavender-scented dog mist."

Louanne jumped out of bed. "Come on downstairs. I have something for you, too."

Mom and Dad heard the ruckus and came downstairs to meet us. After making some cinnamon rolls and coffee, we gathered in the living room and opened the rest of the gifts.

"I love the cookie sheets!" Mom said. "I'll use

them all through the year—and also for next year's cookie exchange."

"And maybe now I'll understand British football," Dad said as he planted a kiss on each of our cheeks.

I opened a small package from Louanne—five different colors of nail polish—and thanked her for it.

"I think there are two presents in the kitchen," Mom said. "Louanne, why don't you go and get them?"

Louanne jumped up, grabbed the gifts, and ran back into the room. "They're from Father Christmas!" she said as she handed mine to me.

Father Christmas's handwriting looks an awful lot like Dad's, I thought, but I said nothing.

"You first," I said to Louanne. She tore into the box and lifted out a dog leash and collar.

"Oh, this is good," she said, but I could hear the disappointment in her voice.

"Isn't there anything else in the box?" Mom asked. Louanne lifted up some tissue paper and pulled out an envelope. She opened it.

"It's a registration for the junior dog showing!" She jumped up and down and raced around the room.

I looked at Growl. *You poor fool. You have no idea what's in store for you.*

"Savannah, your turn," Dad said.

I held the package on my lap for a moment. I tried to steel myself. I was sure it was a jumper—sweater—to replace the one I'd shrunk. Probably in some color that worked if you were, well, older, but not for me. Like mustard. Or chive green. But they meant well, and I'd smile and put on my best happy performance.

I slit open the tape on the sides of the box and then carefully took the paper off. I lifted the lid and took a piece of tissue paper off the top.

"BLACK ZIP-UP BOOTS!" I grabbed them, one in each hand, and pulled them out. "Patent! Very, very stylish." I hugged both Mom and Dad. "But how did Father Christmas know?"

They each shrugged their shoulders but I noticed that Louanne grinned. I smiled back at her. She must have put that in her letter she'd had me deliver to Father Christmas, who then had e-mailed the information to my mom and dad.

"I'm going to take Giggle out for a walk," Louanne said. "Will you come too, Dad?"

"Sure, sweetheart." Dad put on his jacket and

then opened the front door. As he did, something fell away from it.

"Something was propped against the door," Dad said. He picked up the package and read the label. "It's for you, Savvy. It says it's from Father Christmas."

He looked so puzzled I knew he wasn't playing dumb. And when I read the writing, it wasn't Mom's or Dad's.

I sat down on the couch and unwrapped the gift. Inside the box was a pen. An actual *Times* of London pen! I carefully set it next to me on the couch and then opened the note.

It's not a Wexburg Academy *Times* pen, but maybe the next best thing. I've been Father Christmas a long time, and I think I'm able to judge character by now. If I'm not wrong, I'll be seeing you next year. And by that time you'll have that good friend and that guy, you'll have found a way to help others, and you'll have a ministry, too. See you then!

FC

"That was nice," Mom said. "Good thing Louanne put our return address on her letter, eh?"

And that he's a postman, I thought, but said nothing.

Mom stood up. "I'm going to get another batch of rolls in the oven."

"Come on." Louanne pulled Dad out of the door. "Let's help Giggle practice!"

I waved good-bye to them and headed upstairs. I popped a few Smarties in my mouth and then placed my new pen in the center of my desk. I opened my laptop and kissed the screen saver with supercute Ryan and the baseball team good-bye before I deleted it.

Then I inserted one of the newspaper team that had been handed out for publicity. Everyone was there: Hazelle and her lipstick; Melissa and her grapefruit-scented hair; Rob, with his hands in his pockets; and everyone else. Jack, smiling that smile, front and center. And I was in it too. Way, way in the back. Not even noticeable really.

Yet.

Your Father, who sees what is done in secret, will reward you. MATTHEW 6:4 (NIV)

Straight from the streets of London and hot off the presses of the high school newspaper comes the new series London Confidential. Join fifteen-year-old Savvy and her family as they adjust to the British way of life after moving from the States. Experience the high-fashion world of London and learn about life in England—all while journeying with an all-American girl and budding journalist.

Along the way, you'll probably learn the same lessons Savvy does: it's better to just be yourself, secrets can be complicated, and popularity comes with a high price tag!

Read the entire series!
Book #1: *Asking for Trouble* (available now)
Book #2: *Through Thick & Thin* (available now)
Book #3: The title is still under wraps! (available fall 2010)
Book #4: The title is still under wraps! (available fall 2010)

Giving advice to others is one thing. It's another thing to find out that God expects you to live out those lessons yourself. . . .

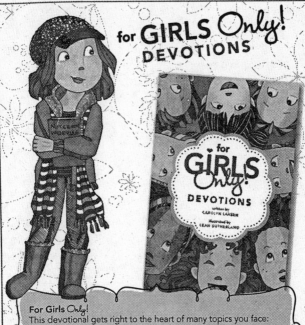

for GIRLS Only! DEVOTIONS

For Girls Only!
This devotional gets right to the heart of many topics you face:

- feeling like you don't measure up
- dealing with gossip
- trying to face your fears

Through Bible verses, stories about real issues, and self-quizzes, this devotional is a fun way to learn more about living out your faith in real life.

Filled with cool sketches and easy-to-understand devotions, *For Girls Only!* is a great tool for spending time with God and finding out more about yourself!

D0681168

Frankie Addams

Si la vie n'était si experte dans l'art de marier les contraires, ce n'est pas Reeves McCullers, le beau soldat au visage canaille et à la bouche veule, amateur d'alcools forts et de petites danseuses, que Carson aurait dû rencontrer : son véritable double se trouvait à des lieues de Columbus, à Stockholm, où il se faisait appeler Stig Dagerman, et où il vivait, dissimulé sous l'identité d'un responsable des pages culturelles d'un journal, consacrant ses nuits à l'écriture de quelque étrange manuscrit. Sans s'être jamais rencontrés, Carson McCullers et Stig Dagerman se sont adressé des signes par-delà l'océan. Carson connut son premier succès à vingt-trois ans, Stig ne cessa de maudire la précoce « gloire locale » qui fondit sur lui à l'âge de vingt-deux ans. Quand, en 1948, parut le chef-d'œuvre de Dagerman, *L'Enfant brûlé*, son double outre-Atlantique travaillait à l'adaptation théâtrale de *Frankie Addams*. Le soldat Reeves McCullers se suicida en novembre 1953; un an plus tard, en novembre 1954, Dagerman s'enferma dans son garage et laissa tourner le moteur de sa voiture jusqu'à ce qu'il mourût, étouffé.

Frankie Addams est l'histoire d'une enfant brûlée pour avoir voulu découvrir le monde adulte au cours d'un « été vert à perdre la tête ». Frankie Addams a douze ans, Bengt Lundin, le personnage de Stig Dagerman, vingt ans. Ils sont frères de solitude, ne sont membres d'aucun club, vont au cinéma seuls l'après-midi et déambulent sous les yeux de leurs semblables comme des phénomènes de foire enfermés dans leur cage. Tous deux essaient de s'introduire, par la force ou par la ruse, dans l'univers d'autrui. Bengt s'immisce dans le couple formé par son père et la maîtresse de celui-ci. Frankie se déclare amoureuse du mariage de son frère. La vie leur enseignera les règles de ce grand jeu où, selon Dagerman, « chacun prend sa chacune et où, probablement, quelqu'un reste seul ». Le tiers condamné à la solitude, c'est Frankie Addams, c'est Bengt Lundin. Ils apprendront que l'art de l'amour consiste à courtiser des fantômes : on aime toujours au mauvais moment, quand l'autre ne vous aime pas encore ou a cessé de vous aimer, et quand il vous aime de nouveau, vous avez déjà détourné le regard. N'importe quel adolescent désabusé vous le dira : l'amour, au début, c'est tellement différent du reste. Et puis, ça se met à ressembler au reste.

Il ne faut pas vouloir donner à tout prix, parce que le monde a peur de ceux qui donnent, il faut savoir hypothéquer son cœur et accepter que l'hypothèque puisse être levée du jour au lendemain, il faut se retirer dans la « chambre intérieure », dans ce cagibi où les compromis, les désillusions et les égratignures du monde ne peuvent plus se marquer sur votre visage. Il faut comprendre qu'aimer, c'est aimer sa propre solitude. Celui qui aime, disait Carson à propos de Miss Amelia, la tenancière du café triste, « sait que son amour restera solitaire. Qu'il l'entraînera peu à peu vers une solitude nouvelle, plus étrange encore,

(Suite au verso.)

et de le savoir le déchire. Aussi celui qui aime n'a-t-il qu'une chose à faire : dissimuler son amour aussi complètement et profondément que possible. Se construire un univers intérieur totalement neuf ». La difficulté est d'apprendre à mourir pour commencer à vivre. Bengt Lundin tente de s'ouvrir les veines. Frankie Addams s'enfuit, mais elle ne parvient pas à quitter la ville. La difficulté est de conclure une paix avec soi-même, une paix provisoire, car un jour ou l'autre le dégoût reviendra et il faudra de nouveau se lancer dans la course vers la solitude.

C'est cette course qui mena Dagerman au suicide. Carson McCullers aurait abouti à la même conclusion si Reeves, le beau soldat, n'avait pas assumé la part maudite en incarnant, jusqu'à la caricature, l'impuissance à créer, l'angoisse de la stérilité, la hantise de l'échec, l'horreur de la gloire. Stig Dagerman connut dix années d'activité fébrile ; Carson McCullers publia ses quatre grands livres durant la décennie qui précéda le suicide de Reeves. Les vingt années qui suivirent la mort de son mari, Carson n'écrivit presque rien. Sa vie avec Reeves commença comme dans une comédie de Truffaut. Deux jeunes gens, passionnés de littérature, se marient et concluent un pacte : chacun, pendant un an, écrira à son tour, tandis que l'autre gagnera l'argent du ménage. A la fin du film, c'est Bergman qui a pris le relais : une vieille dame, toute grise, toute fanée, est assise dans un fauteuil roulant, elle tient à la main une canne. Elle ne parle plus guère, elle a rejoint, dans son mutisme, John Singer, le personnage qu'elle inventa à vingt-trois ans dans *Le Cœur est un chasseur solitaire*. Le film se termine sur ce bref dialogue :

« Et la punition ?

– Je ne sais pas. Sans doute la solitude, voilà tout. »

Linda Lê

DU MÊME AUTEUR

Dans Le Livre de Poche :

LE CŒUR EST UN CHASSEUR SOLITAIRE.

REFLETS DANS UN ŒIL D'OR.

L'HORLOGE SANS AIGUILLES.

LA BALLADE DU CAFÉ TRISTE.

LE CŒUR HYPOTHÉQUÉ.

CARSON McCULLERS

Frankie Addams

TRADUIT DE L'ANGLAIS PAR MARIE-MADELEINE FAYET

PRÉFACE DE RENÉ LALOU

STOCK

CARSON McCULLERS
ET LA COMMUNION HUMAINE

MA première et, jusqu'à présent, unique rencontre avec Carson McCullers date d'une des
dernières soirées de février 1947. L'actif directeur du club « Maintenant » avait organisé,
en Sorbonne, dans l'accueillant amphithéâtre
Richelieu, un débat sur les tendances et les
réussites de la « nouvelle littérature américaine ». Bien des propos avaient été échan-
gés — et tout d'abord sur le sens de cette
expression. Du moins n'apparaissaient-ils point
totalement stériles, car ils permettaient à nos
auditeurs de mieux lutter contre une dange-
reuse simplification. Il en ressortait, en effet,
que, depuis une bonne décennie, nos Français
s'étaient satisfaits de réserver, assez arbitrai-
rement, le titre de « jeunes Américains » à
quelques romanciers — tels Faulkner, Heming-

way, Steinbeck, Caldwell — qui naquirent entre 1897 et 1900...

Ce fut alors que Georges-Albert Astre pria Carson McCullers de prendre la parole. On vit donc se lever une frêle jeune femme que trois beaux romans, publiés avant qu'elle eût atteint sa vingt-sixième année, autorisaient bien à témoigner pour cette fameuse « nouvelle littérature américaine ». Avec la gracieuse gaucherie qui naît d'une farouche réserve, elle s'excusa de ne point s'exprimer dans notre langue et de ne pas nous distribuer, même en son propre idiome, des formules de théoricien. Tout simplement, en signe de bonne volonté, elle était prête à nous offrir le dernier poème qu'elle avait composé et promenait depuis lors dans la poche de son manteau.

Ces douze vers, elle les lut d'une voix égale, sans rechercher aucun effet, avec une ferveur contenue, comme pour une amicale confidence. Sans doute n'eus-je point tort de trouver dans ce ton d'intimité recueillie un encouragement à lui demander de me laisser une des deux copies qu'elle allait remettre dans sa poche. Car elle y consentit fort gentiment, après avoir, d'un coup de crayon, remplacé, au dernier vers, un goes *par un* runs *plus expressif. Peut-être suis-je beaucoup moins inspiré aujourd'hui en essayant de traduire cette pure*

8

effusion lyrique ; mais je ne saurais rien pro-
poser pour nous mieux orienter :

Lorsque nous nous sentons perdus, quelle
                    [image a une valeur ?
Le néant ressemble au néant ; pourtant ce
                  [néant n'est pas un vide.
C'est l'Enfer qui a pris figure :
D'horloges observées dans les après-midi de
                          [l'hiver,
Etoiles maléfiques, réclamant un contenu,
Toutes isolées, l'air circulant entre elles.

La terreur. Naît-elle de l'Espace ? ou du
                      [Temps ?
Ou de l'imposture combinée des deux visions ?
Pour les égarés, transpercés au milieu des
           [ruines qu'ils s'infligèrent à eux-mêmes,
Tout cela est absence d'air — si ceci encore
                   [n'est point illusion —,
Pure souffrance figée. Tandis que le Temps,
Immortel imbécile, parcourt en hurlant
                       [l'univers.

Evidemment, je ne me flatte point d'avoir,
à une première audition, discerné les liaisons
et les nuances variées de ce défilé d'images.
Mais j'avais été particulièrement frappé par
la netteté de ce sixième vers : « All unrelated

and with air between. » *Je n'avais encore lu aucun livre de Carson McCullers et ne pouvais apprécier leur valeur que d'après des échos. Libre de toute opinion préconçue, j'eus l'impression qu'il y avait dans ces dix syllabes, en même temps qu'une douloureuse constatation et un appel, une clef peut-être à toute son œuvre.*

Singulièrement pathétique me semblait cet aveu d'isolement, mais surtout d'une si tranchante lucidité qu'on l'imaginerait mal sur les lèvres d'un de ces inconscients qui peuplent les romans de Steinbeck et de Faulkner. Précisément, ne sommes-nous point exposés, surtout lorsqu'il s'agit d'une littérature étrangère, à trop simplifier les perspectives ? Or, dans une époque de bonne santé, toute littérature assemble les efforts de trois générations. Pourquoi vouloir que la production américaine d'aujourd'hui échappe à cette loi ? Tandis que John Dos Passos y manifeste sa volonté d'unanimisme et que John Steinbeck pare de son réalisme panthéiste la vallée de Salinas, Sinclair Lewis et les émules de Dreiser n'ont point interrompu leurs fresques sociales et naturalistes. Mais pendant que ces aînés continuent d'explorer leurs routes, voici paraître de jeunes écrivains qui rêvent d'un art plus complexe où l'angoisse de Kierkegaard em-

10

prunterait peut-être, pour se révéler, la subtile technique d'Henry James.

***

Une angoisse américaine : le rapprochement de ces mots choquera certains. Et pourtant... Il y a une vingtaine d'années, après deux séjours d'été dans la Nouvelle-Angleterre, une question me préoccupait, entre les multiples problèmes que posait à un Européen la civilisation des U.S.A. Elle était née de souvenirs concrets : celui de braves citoyens de New York, sur un quai de métro, se ruant fiévreusement vers le distributeur de chewing-gum *avant d'entreprendre leur voyage de quelques minutes ; celui des milliers de campagnards qu'au cours de randonnées en auto j'avais aperçus, mornement balancés dans les* rocking-chairs *de leurs vérandas. Un Américain moyen était-il donc à l'aise seulement tant qu'il restait emprisonné dans les cadres de son* business *ou de son* job *? Se sentait-il désemparé, à la minute où on le rendait à sa liberté personnelle ? Souffrait-il alors de se trouver dénué de toute vie intérieure ?*

A ces interrogations Carson McCullers répondait, en 1943, par le titre même de son premier livre, The Heart is a lonely Hunter. *En le présentant au public français, Denis de*

11

Rougemont a dit quel enthousiasme mêlé de stupéfaction excita cette symphonie romanesque, composée par une jeune fille, entre ses dix-neuf et ses vingt-deux ans. Comme son atmosphère différait du conformisme béat qu'avait satirisé l'auteur de Main Street et de Babbitt, qu'avait représenté avec plus d'indulgence Thornton Wilder dans Our Town! Le cadre du récit de Carson McCullers était encore une petite ville, dans un des Etats du Sud. En une manière de contrepoint psychologique, la romancière y associait des destinées fort dissemblables. Pour le docteur Copeland, il s'agissait de trouver une solution au problème des rapports entre les Blancs et les Noirs. Le muet Singer, sorte de Spinoza inarticulé, refusait de survivre à la perte de son unique ami. L'ivrogne Jake Blount s'exilait parce que ses confessions n'avaient éveillé aucun écho. Après l'univers de la musique, la petite Mick découvrait l'importance de « la chambre intérieure » et la douleur des moments d'aridité où ce refuge nous est interdit. Finalement le cabaretier Briff Brannon demeurait seul avec sa vision d'un mystère inexprimable.

Si touchants que fussent ces personnages, Le Cœur est un chasseur solitaire ne se réduisait pourtant point à une galerie de portraits.

Un sentiment donnait au récit une profonde unité parce qu'il leur était commun à tous. A tâtons, péniblement, chacun d'eux avait tenté de s'arracher à la solitude, de communiquer avec les autres. Leur bonne volonté rendait leurs échecs à la fois plus émouvants et plus significatifs. Carson McCullers ne nous abandonnait pas au désespoir, si tendre était la sympathie qu'elle accordait, sans fausse sensiblerie, à ces infortunés quêteurs de leur propre vérité. Mais elle montrait, en termes décisifs, à quel obstacle se heurtaient maints de ses compatriotes : la difficulté de rompre les barrières pour « entrer en contact ».

To get into touch : *le même désir obsédait le protagoniste des* Reflections in a golden eye. *Sans avoir sollicité aucune confidence de Carson McCullers, on peut affirmer, je crois, qu'après la fresque du Cœur, elle a voulu s'exercer, avec ces* Reflets dans un œil d'or, *à peindre un tableau de chevalet. Aussi posait-elle son sujet dès la fin du premier paragraphe : un meurtre a été commis dans un poste militaire du Sud. Reste à savoir pourquoi le capitaine Penderton a tué le soldat Williams. Assurément la sexualité a joué son rôle dans cette tragédie ; Carson McCullers le souligne en mêlant aux person-*

13

nages humains l'étalon « Oiseau de Feu » qui paraît sortir tout droit du bestiaire symbolique de D.H. Lawrence. Cependant, comme le notait Jean Blanzat, Carson McCullers ne cède pas à la tentation de « l'imagerie lawrencienne ». Si le capitaine obéissait à un instinct de jalousie, il abattrait l'amant de sa femme, non l'humble soldat dont le seul crime est de l'avoir contemplée en sa nudité. Oui, ce qui lui dicta le geste fatal, ce fut bien, par-delà amour et haine, son impuissance à renverser la barrière qui les séparait.

En lisant le troisième roman, The Member of the Wedding, qu'elle publia en 1946, j'ai eu l'impression que Carson McCullers y avait uni les qualités que nous admirions dans ses deux premiers ouvrages. F. Jasmine Addams (que vous apprendrez à chérir sous le nom de « Frankie ») est évidemment une sœur de la Mick Kelly du Cœur. Mais son histoire est contée avec la même densité classique qu'attestait le récit des Reflets. Elle est enclose en quarante-huit heures, d'un vendredi à un dimanche de la fin d'août. La majeure partie s'en déroule dans l'atmosphère étouffante d'une cuisine de Georgie : là, Bérénice, la vieille négresse, égrène, pour Frankie et son cousin John Henry, le chapelet de ses souvenirs où flottent les ombres de quatre maris.

Plus essentielle néanmoins que ces adroits aménagements de l'espace et du temps sera ici l'unité d'action. Qu'est-ce que cette Frankie de douze ans espère si passionnément du mariage de son frère ? Le droit, en y participant, d'échapper enfin à l'accablante sensation de n'être qu'elle-même. Avec quelle ardeur elle a souhaité d'être englobée dans cette union de Jarvis et de Janice ! « Ils sont mon nous, à moi », se répétait-elle, à la veille de la cérémonie. Du coup, s'illuminait tout son passé ; ce qui l'avait tourmentée jusqu'alors, ç'avait été d'être réduite à toujours dire et penser : je. A présent, elle allait connaître le bonheur que ressent un être humain quand s'établit la communication qui lui permet d'appartenir à un nous.

Le drame de sa désillusion est retracé par Carson McCullers avec une délicatesse qui défie toute analyse et que l'on goûtera dans la traduction, souple et vigoureuse, de Marie-Madeleine Fayet. La cruelle expérience de Frankie, un critique doit se borner à en marquer l'étendue. La veille du mariage, cette enfant se persuadait que « chacun de ceux qu'elle voyait était, d'une certaine façon, relié à elle-même et qu'entre les deux s'opérait une immédiate reconnaissance ». Déçue, la voilà de nouveau en proie à l'ancienne hantise : le

15

monde est séparé d'elle et lui oppose un bloc hostile. Ce que cela signifie, elle le sait depuis longtemps. Lorsque Bérénice lui affirmait que nous étions tous « prisonniers », Frankie lui demandait s'il ne serait pas plus juste de dire que nous sommes tous « détachés ».

Cette souffrance, causée par un isolement qui n'a rien de commun avec la liberté, Carson McCullers l'a exprimée ici avec une force particulièrement poignante. Il est hors de doute qu'elle dénonce ainsi une anxiété qu'éprouvent beaucoup d'Américains et dont ils n'ont point à rougir, car pareille inquiétude peut leur être la première étape d'un salut spirituel. Mais nous-mêmes, héritiers d'une Europe où des siècles de division accumulèrent les désastres et les ruines, aurions-nous l'arrogance de contempler en pharisiens les âmes troublées qu'évoque la romancière d'outre-Atlantique ? Nous pouvons nous vanter d'avoir mieux réalisé notre solidarité avec ce monde dont nous sommes les parcelles ? Ne sentons-nous pas plutôt que l'appel à une communion humaine — message ingénu et pur de Mick et de Frankie, recueilli par Carson McCullers, leur sœur aînée — s'adresse véritablement à la conscience universelle ?

René LALOU.

PREMIERE PARTIE

CECI se passa pendant un été torride et hallucinant, alors que Frankie avait douze ans.
Cet été pendant lequel elle n'était membre
d'aucun club, ni de rien, Frankie était devenue une isolée qui flânait devant les portes
et elle avait peur. En juin, les arbres étaient
d'un vert brillant à vous donner le vertige,
mais plus tard les feuilles perdirent leur éclat
et la ville paraissait noire et recroquevillée
sous le soleil éblouissant. Tout d'abord Frankie se promena sans but précis. Les trottoirs
étaient gris au petit jour et au crépuscule,
mais le soleil de midi les faisait miroiter
comme du verre et le ciment brûlait. Les
trottoirs devinrent trop chauds pour les pieds
de Frankie et aussi elle eut des ennuis. Elle
avait de tels ennuis secrets qu'elle jugea pré-
férable de rester à la maison... et, à la mai-

son, il n'y avait que Bérénice Sadie Brown et John Henry West. Tous les trois, assis autour de la table de la cuisine, parlaient indéfiniment des mêmes choses. Si bien qu'en août, les mots commencèrent à prendre une résonance étrange. La terre semblait mourir chaque après-midi et rien ne bougeait plus. A la fin l'été ressembla à un rêve vert morbide ou à une jungle fantastique et silencieuse, mise sous globe. Et puis, le dernier vendredi d'août, tout fut changé ; ce fut si brusque que Frankie passa tout l'après-midi à réfléchir sans arriver à comprendre.

« C'est si étrange, dit-elle, la façon dont c'est arrivé.

— A'ivé ? a'ivé ? » dit Bérénice.

John Henry les écoutait tranquillement en les regardant.

« Je n'ai jamais été si intriguée.

— Int'iguée pa' quoi ?

— Par l'événement tout entier.

— Je c'ois que le soleil vous a f'it la ce'velle, remarqua Bérénice.

— Moi aussi », murmura John Henry.

Frankie admit que c'était possible. Il était quatre heures de l'après-midi et la cuisine carrée était grise et paisible. Frankie assise devant la table, les yeux mi-clos, pensait à un mariage. Elle voyait une église silencieuse, une neige étrange dont les flocons venaient s'écraser sur les vitraux coloriés. L'époux était son frère et il y avait une lueur à l'endroit où aurait dû se trouver son visage.

L'épouse portait une robe blanche à longue traîne, et elle non plus n'avait pas de visage. Il y avait, dans ce mariage, quelque chose qui faisait éprouver à Frankie une sensation qu'elle ne pouvait nommer.

« Rega'dez-moi, dit Bérénice. Vous êtes jalouse.

— Jalouse ?

— Jalouse pa'ce que vot'e f'è va se ma'ier.

— Non, dit Frankie. Seulement je n'ai jamais vu deux êtres comme eux. Quand ils sont venus à la maison aujourd'hui, c'était si drôle.

— Jalouse, déclara Bérénice. Rega'dez-vous dans la glace. Je vois ça à la couleu' de vos yeux. »

Un miroir de cuisine imprégné de vapeur d'eau était suspendu au-dessus de l'évier. Frankie se regarda mais ses yeux étaient gris comme à l'habitude. Cet été elle avait tellement grandi qu'elle était presque un phénomène ; ses épaules étaient étroites, ses jambes trop longues. Elle portait un short bleu, une chemise de polo et elle était pieds nus. Ses cheveux, coupés depuis peu comme ceux d'un garçon, n'étaient même pas coiffés en raie. Le miroir bleu lui renvoyait une image déformée, mais Frankie savait à quoi elle ressemblait ; elle haussa son épaule gauche et pencha la tête.

« Oh ! dit-elle, je n'avais jamais vu deux personnes aussi belles, je ne peux pas comprendre comment c'est arrivé.

— A'ivé quoi, bétasse ? dit Bérénice. Vot' f'é est venu avec vous ici avec la jeune fille qu'il veut épouser. Ils ont déjeuné avec vous et vot' papa. Ils se ma'i'eont à Winter Hill dimanche p'ochain. Vous i'ez au ma'iage avec vot' papa. Voilà l'histoi' depuis A jusqu'à Z. Qu'est-ce qui vous t'acasse ?

— Je ne sais pas. Je parie qu'ils s'amusent à chaque minute de la journée.

— Amusons-nous, dit John Henry.

— Nous, nous amuser ? demanda Frankie. Nous ? »

Ils s'assirent autour de la table et Bérénice donna les cartes pour un bridge à trois. Du plus loin que Frankie se souvenait, Bérénice avait été la cuisinière. Elle était très noire, large d'épaules et de petite taille. Elle disait qu'elle avait trente-cinq ans, mais elle le disait depuis au moins trois ans. Ses cheveux étaient coiffés en raie, nattés, gras à la racine et elle avait une figure plate et tranquille. Il y avait

20

quelque chose d'anormal chez Bérénice... Son œil gauche était bleu, un œil de verre brillant. Il y avait un regard fixe, sauvage dans son visage noir et tranquille, et la raison pour laquelle Bérénice avait voulu un œil bleu, aucun être humain ne la saurait jamais. Son œil droit était noir et triste. Bérénice distribua lentement les cartes, léchant son pouce quand les cartes graisseuses étaient collées. John Henry observait chaque carte. Sa poitrine était nue, blanche et humide et il portait au cou un petit âne de plomb attaché à une ficelle. Il était cousin germain de Frankie et, pendant tout l'été, il déjeunait chez elle et y passait la journée ou il venait dîner et coucher, et elle ne pouvait le décider à rentrer chez lui. Il était petit pour ses six ans mais il avait les plus gros genoux que Frankie eût jamais vus, et l'un ou l'autre d'entre eux portait toujours un pansement. John Henry avait une petite figure pâle et fermée et il portait des lunettes à monture d'or. Il observait attentivement la distribution des cartes parce qu'il avait des dettes ; il devait à Bérénice plus de cinq millions de dollars.

« Je demande un cœu', dit Bérénice.

— Un pique, dit Frankie.

— Je veux annoncer les piques, dit John Henry. J'allais les demander.

— Eh bien, ce n'est pas de chance. Je les ai annoncés la première.

— Oh ! pie bavarde. Ce n'est pas juste.

— Finissez de vous disputer, dit Bérénice. A di' v'ai, je ne c'ois pas que vous ayez l'un et l'aut' un jeu suffisant pou' fai' une annonce. Je demande deux cœu'.

— Je m'en fous, dit Frankie. C'est immatériel pour moi. »

Et elle exprimait une vérité. Ce jour-là elle jouait au bridge comme Henry, jetant ses cartes au hasard. Ils étaient assis dans la cuisine et la cuisine était une pièce laide et sale. John Henry avait couvert les murs de bizarres dessins enfantins aussi hauts que son bras pouvait atteindre. Ces dessins faisaient ressembler la cuisine à une chambre d'asile d'aliénés. Et maintenant la vieille cuisine donnait la nausée à Frankie. Elle ne pouvait donner un nom à ce qui lui était arrivé, mais elle sentait son cœur serré battre contre le rebord de la table.

« Le monde est certainement petit, dit-elle.

— Pou'quoi dites-vous ça ?

— Je veux dire rapide. Le monde est certainement rapide.

— Ma foi, je ne sais pas, dit Bérénice. Quelquefois 'apide, et quelquefois lent. »

Les yeux de Frankie étaient à demi fermés,

et sa voix résonna lointaine, à ses propres oreilles.

« Pour moi il est rapide. »

Depuis hier seulement Frankie pensait sérieusement à un mariage. Elle savait que son unique frère Jarvis allait se marier. Il était fiancé à une jeune fille de Winter Hill avant de partir pour l'Alaska. Jarvis était caporal dans l'armée et il avait passé deux ans dans l'Alaska. Frankie n'avait pas vu son frère depuis très longtemps et sa figure lui apparaissait changeante comme une figure qu'on voit dans l'eau. Mais l'Alaska ? Frankie en avait rêvé constamment et, cet été en particulier, ce pays était devenu réel. Elle voyait la neige, les glaciers, les banquises. Les igloos des Esquimaux, les ours polaires et les merveilleuses aurores boréales. Quelque temps après le départ de Jarvis pour l'Alaska, elle lui avait envoyé une boîte de caramels faits à la maison et avait enveloppé chaque cube dans du papier de cellophane. La pensée que ses caramels seraient mangés en Alaska la surexcitait et elle se représentait son frère passant la boîte à un cercle d'Esquimaux enveloppés de fourrures. Trois mois plus tard, elle reçut de Jarvis une lettre de remerciements contenant un billet de cinq dollars. Pendant un certain temps, presque chaque semaine, elle expédia des friandises à Jarvis, mais il ne lui avait envoyé d'argent qu'à Noël. Quelquefois les courtes lettres qu'il écrivait à son père la troublaient. Par exemple, il mentionna une fois qu'il s'était baigné et que les moustiques piquaient terriblement. Cette lettre bouleversa son rêve, mais après quelques jours de désarroi, elle revint à la mer gelée et à la neige. A son retour d'Alaska, Jarvis se rendit directement à Winter Hill. La fiancée s'appelait Janice Evans et le programme était tracé comme suit : son frère avait télégraphié qu'il arriverait vendredi à la maison avec Janice pour passer la journée et, le dimanche suivant, le mariage aurait lieu à Winter Hill. Frankie et son père assisteraient à la cérémonie. Ils feraient un voyage de plus de cent milles pour se rendre à Winter Hill et Frankie avait déjà préparé une valise. Elle attendait l'arrivée des fiancés mais ne pouvait se les représenter et ne pensait pas au mariage. Aussi la veille de leur visite elle dit à Bérénice :

« C'est une curieuse coïncidence que Jarvis ait dû aller en Alaska et que la femme qu'il a choisie vienne d'un endroit appelé Winter Hill. Winter Hill, répéta-t-elle lentement, les yeux fermés, et le nom se mêlait aux rêves d'Alaska et à la neige froide. Je voudrais que demain soit dimanche et non vendredi. Je voudrais déjà avoir quitté la ville.

— Dimanche viend'a, dit Bérénice.

— Je me le demande. Il y a si longtemps que je suis prête à quitter cette ville. Je voudrais n'y pas revenir après le mariage. Je voudrais aller quelque part pour de bon. Je voudrais posséder cent dollars, partir et ne jamais revoir cette ville.

— Il me semble que vous dési'ez un tas de choses, dit Bérénice.

— Je voudrais être n'importe qui, sauf moi. »

Ainsi l'après-midi où cela arriva fut semblable aux autres après-midi d'août. Frankie avait flâné dans la cuisine, puis, au crépuscule, était allée dans la cour. La tonnelle derrière la maison était d'un violet foncé dans l'ombre. Elle marcha lentement. John Henry West était assis dans un fauteuil d'osier sous la tonnelle. Il avait les jambes croisées et les mains dans les poches.

« Qu'est-ce que tu fais ? demanda-t-elle.

— Je pense.

— A quoi ? »

Il ne répondit pas.

Cet été, Frankie était trop grande pour se promener sous la tonnelle comme avant. D'autres enfants de douze ans pouvaient le

25

faire, même des dames de petite taille. Et déjà Frankie était trop grande. Elle flânait aux alentours comme les grandes personnes. Elle regarda les vrilles entremêlées de la vigne vierge et sentit l'odeur de baies écrasées et de poussière. Debout près de la tonnelle, dans la nuit tombante, Frankie eut peur. Elle ne savait pas la raison de cette peur mais elle était vraiment effrayée.

« Veux-tu dîner à la maison et passer la nuit avec moi ? » demanda-t-elle.

John Henry sortit sa montre de sa poche et la consulta comme si sa décision dépendait de l'heure. Mais il faisait trop sombre sous la tonnelle pour qu'il pût lire les chiffres.

« Va chez toi prévenir tante Pet, tu me retrouveras à la cuisine.

— Entendu. »

Elle avait peur. Le ciel était pâle et vide et la fenêtre éclairée de la cuisine découpait un carré jaune dans la cour sombre. Elle se rappela que, lorsqu'elle était petite, elle croyait que trois fantômes hantaient la cave à charbon, et que l'un des fantômes portait une bague d'argent.

Elle monta les marches en courant et dit : « Je viens d'inviter John Henry à dîner et à coucher ici. »

Bérénice pétrissait de la pâte et elle la

26

laissa tomber sur la table saupoudrée de farine.

« Je c'oyais que vous ne pouviez plus le suppo'ter.

— Je ne peux plus le supporter, dit-elle. Mais il avait l'air d'avoir peur.

— Peu' de quoi ? »

Frankie secoua la tête.

« Je voulais peut-être dire « abandonné ».

— Bon. Je ga'de'ai pou' lui un mo'ceau de pâte. »

Au sortir de la cour sombre, la cuisine était chaude, brillamment éclairée et étrange. Les murs tracassaient Frankie... les dessins bizarres représentant des arbres de Noël, des avions, des soldats informes, des fleurs. John Henry avait commencé ses gribouillages un après-midi de juin et, une fois le mur ravagé, avait continué au gré de sa fantaisie. Quelquefois, Frankie avait dessiné aussi. Tout d'abord son père avait été furieux, et puis il leur avait dit de dessiner tout ce qui leur passerait par la tête parce qu'il ferait repeindre la cuisine en automne. Mais l'été n'en finissait pas et les murs tracassaient Frankie. Ce soir, la cuisine lui paraissait étrange et elle avait peur.

Elle se planta sur le seuil de la porte et dit :

« J'ai pensé qu'il valait mieux l'inviter. »

Et John Henry arriva avec un petit sac de week-end. Il avait mis son costume blanc de cérémonie, des chaussettes et des souliers. Un poignard pendait à sa ceinture. John Henry avait vu la neige. Bien qu'il n'eût que six ans, il était allé à Birmingham l'hiver dernier et il avait vu la neige. Frankie n'en avait jamais vu.

« Je prends ton sac, dit Frankie. Tu peux commencer à faire un bonhomme de pâte.

— O. K. ! »

John Henry ne joua pas avec la pâte ; il s'appliqua à son bonhomme comme à un travail très sérieux. De temps en temps il s'arrêtait, assujettissait ses lunettes et examinait ce qu'il avait fait. On eût dit un minuscule horloger. Il approcha une chaise et s'agenouilla dessus pour travailler plus à l'aise. Quand Bérénice lui donna des raisins, il ne les planta pas au hasard comme l'aurait fait un autre enfant ; il se servit de deux pour les yeux, mais immédiatement il s'aperçut qu'ils étaient trop gros... aussi il divisa un raisin soigneusement et en piqua deux fragments pour les yeux, deux pour le nez et un pour la bouche. Lorsqu'il eut fini, il s'essuya les mains sur le fond de sa culotte et il y avait un petit bonhomme de pâte aux doigts

28

séparés, coiffé d'un chapeau et une canne à la main. John Henry avait pétri si dur que la pâte était maintenant grise et humide. Mais le bonhomme était parfaitement réussi et Frankie pensa qu'il ressemblait à John Henry.

« Maintenant, je vais t'amuser », dit-elle.

Ils dînèrent dans la cuisine avec Bérénice, le père de Frankie ayant téléphoné qu'il travaillerait tard à son magasin de bijoutier. Lorsque Bérénice sortit du four le bonhomme de pâte, il était aussi informe qu'un bonhomme fait par n'importe quel enfant... il avait tellement gonflé que les doigts s'étaient collés les uns aux autres et la canne ressemblait à une espèce de queue. Mais John Henry se contenta de le regarder à travers ses lunettes, l'essuya avec sa serviette et en beurra le pied gauche.

C'était une nuit d'août, sombre et chaude. La radio dans la salle à manger émettait un mélange de plusieurs postes ; les nouvelles de la guerre étaient entrecoupées par des réclames bruyantes et, dans le lointain, on entendait un orchestre langoureux. La radio était restée allumée pendant tout l'été, si bien qu'en règle générale personne n'entendait plus les émissions. Quelquefois quand le bruit les assourdissait, Frankie diminuait un peu l'intensité. Habituellement la musique et les voix se croisaient, s'entremêlaient et, ce mois d'août, ils ne percevaient plus la musique.

« Que veux-tu faire ? demanda Frankie. Veux-tu que je te lise un passage de Hans Brinker ou préfères-tu autre chose ?

— Je préfère autre chose.

— Quoi ?

— Allons jouer dehors.

— Je n'y tiens pas, dit Frankie.

— Il y en a des tas qui jouent dehors ce soir.

— Tu as des oreilles. Tu m'as entendue. »

John Henry se leva, ses gros genoux serrés l'un contre l'autre, et dit finalement :

« Je crois que je ferais mieux de rentrer chez moi.

— Comment ! Mais la soirée n'est pas finie ? Tu n'as pas le droit de dîner et de t'en aller comme ça.

— Je le sais », dit-il tranquillement. Les voix des enfants jouant dans la nuit se mêlaient aux sons de la radio. « Sortons, Frankie, ils ont l'air de joliment s'amuser.

— Ils ne s'amusent pas du tout. Ce sont des gosses laids et bêtes. Ils courent et hurlent, hurlent et courent... rien de drôle là-dedans. Nous allons monter et déballer ton sac de week-end. »

30

La chambre de Frankie était une sorte de véranda surélevée ajoutée à la maison ; on y accédait par un escalier partant de la cuisine. La chambre contenait un lit de fer, une commode et un pupitre. Frankie avait aussi un moteur qui pouvait servir à repasser les couteaux et même à limer les ongles s'ils avaient une longueur suffisante. La valise, préparée pour le voyage à Winter Hill, était rangée contre le mur. Sur le pupitre se trouvait une vieille machine à écrire devant laquelle Frankie s'assit pour penser aux lettres qu'elle pourrait écrire ; mais il n'y avait personne à qui elle pût écrire : elle avait déjà répondu à toutes les lettres possibles et même répondu plusieurs fois. Elle couvrit donc la machine d'un imperméable et la poussa de côté.

« Franchement, dit John Henry, ne crois-tu pas que je ferais mieux de rentrer chez moi ?

— Non, reprit-elle sans le regarder. Assieds-toi dans le coin et joue avec le moteur. »

Devant Frankie il y avait maintenant deux objets : un coquillage marin bleuâtre et une boule de verre remplie de neige ; en la secouant on provoquait une tempête de neige. Quand elle approchait la coque de son oreille, elle entendait le murmure chaud du golfe du Mexique et pensait à une île lointaine aux palmiers verts. Et elle pouvait tenir la boule de verre devant ses yeux mi-clos et regarder tourbillonner les flocons blancs jusqu'à en être aveuglée. Elle rêvait de l'Alaska. Elle gravissait une froide colline blanche et, de très haut, contemplait un désert de neige. Elle voyait le soleil colorer la glace et entendait des voix de rêve, contemplait des choses de rêve. Et tout était revêtu d'une neige froide, blanche et douce.

« Regarde, dit John Henry qui était à la fenêtre. Les grandes filles ont une réunion au club.

— La ferme ! cria Frankie brusquement. Ne parle pas de ces chipies devant moi. »

Il y avait un club dans le voisinage et Frankie n'en était pas membre. Les membres du club étaient des filles de treize et même quatorze ans. Le samedi soir elles recevaient des jeunes gens. Frankie connaissait tous les membres du club et, jusqu'à cet été, elle avait appartenu à leur groupe, mais maintenant elles avaient ce club dont elle était exclue. Elles l'avaient trouvée trop jeune et pas assez intéressante. Le samedi soir elle pouvait entendre la terrible musique et voir de loin les lumières. Quelquefois elle allait jusqu'au club et restait derrière la maison près d'une haie de chèvrefeuilles. Elles finissaient tard, ces réunions !

« Elles changeront peut-être d'idée et t'inviteront, dit John Henry.

— Les putains ! »

Frankie renifla et s'essuya le nez dans le pli de son bras. Elle s'assit sur le bord du lit, les épaules courbées et les coudes aux genoux.

« Je pense qu'elles ont raconté à toute la ville que je sentais mauvais, dit-elle. Quand j'avais des furoncles et cette pommade nauséabonde, Helen Fletcher m'a demandé quelle drôle d'odeur je sentais. Oh ! si je pouvais les tuer toutes avec un revolver. »

Elle entendit John Henry marcher vers le lit, sentit sa main lui tapoter le cou.

« Je ne trouve pas que tu sentes si mauvais que ça, dit-il. Tu sens bon.

— Les putains, répéta-t-elle. Et il y a eu autre chose. Elles disaient des mensonges dégoûtants au sujet des gens mariés. Quand je pense à tante Pet et à oncle Eustache. Et à mon père. Des mensonges dégoûtants. Je me demande pour quelle idiote elles me prennent.

— Je peux te sentir à la minute où tu entres dans la maison sans regarder si c'est toi. C'est comme des tas de fleurs.

— Je m'en fiche, dit-elle. Je m'en fiche absolument.

33

— Des tas et des tas de fleurs », dit John Henry, et il continuait à tapoter de sa petite main poisseuse le cou penché de Frankie.

Elle se redressa, lécha les larmes qui coulaient autour de sa bouche et s'essuya le visage avec le pan de sa chemise. Elle resta assise, les narines élargies, humant sa propre odeur. Puis elle ouvrit sa valise et en sortit un flacon de *Douce Sérénade*. Après s'être frictionné le sommet du crâne, elle versa quelques gouttes du parfum dans le col de sa chemise.

« Tu en veux ? »

John Henry était accroupi devant la valise ouverte et il frissonna quand elle l'inonda de parfum. Il voulait farfouiller dans sa valise et regarder de près tout ce qu'elle possédait. Mais Frankie voulait lui donner une impression générale et n'entendait pas le laisser compter ce qu'elle avait et n'avait pas. Elle boucla donc la valise et la poussa contre le mur.

« Ma parole, dit-elle, je parie que j'use plus de parfum que n'importe qui dans la ville. »

Il n'y avait aucun bruit dans la maison, sauf le ronronnement de la radio dans la salle à manger. Son père était rentré depuis longtemps et Bérénice était partie en fermant la porte de derrière. On n'entendait plus les voix d'enfants dans la nuit d'été.

« Il faudrait que nous nous amusions », dit Frankie.

Mais il n'y avait rien à faire. John Henry, les genoux serrés, les mains croisées derrière le dos, restait debout au milieu de la chambre.

Il y avait des papillons de nuit à la fenêtre, des papillons vert pâle et des papillons jaunes qui voletaient, puis aplatissaient leurs ailes sur le store.

« Les beaux papillons, dit-il. Ils essaient d'entrer ? »

Frankie regarda les papillons trembler et se presser contre le store. Ils venaient chaque soir dès que sa lampe de bureau était allumée. Ils sortaient de la nuit d'août et se collaient au store.

« Pour moi, c'est l'ironie du destin, dit-elle, la façon dont ils viennent ici. Ces papillons peuvent voler n'importe où. Et pourtant ils ne quittent pas les fenêtres de cette maison. »

John Henry toucha la monture d'or de ses lunettes pour les assujettir sur son nez et Frankie étudia sa petite figure plate et tavelée.

« Enlève ces verres », dit-elle brusquement.

John Henry les enleva et souffla dessus. Elle les mit sur son nez et la chambre lui parut embrumée et de travers. Repoussant sa chaise elle regarda fixement John Henry.

Il avait deux cercles blancs et moites autour des yeux.

« Je parie que tu n'as pas besoin de lunettes », dit-elle. Elle posa la main sur la machine à écrire : « Qu'est-ce que c'est que ça ?

— La machine à écrire. »

Frankie prit le coquillage.

« Et ça ?

— Le coquillage de la baie.

— Quelle est la petite chose qui rampe près de tes pieds ? »

Il s'accroupit.

« Oh ! c'est une fourmi. Je me demande comment elle a pu arriver ici. »

Frankie s'adossa à sa chaise et croisa ses pieds nus sur le bureau.

« Si j'étais toi, je flanquerais ces lunettes à la poubelle. Tu vois aussi bien que n'importe qui. »

John Henry ne répondit pas.

« Et c'est pas joli, des lunettes ! »

Elle lui tendit les verres et il les essuya avec un morceau de flanelle rose. Il les remit en silence.

« O. K. ! dit-elle. Fais comme tu veux. Ce que je te dis, c'est pour ton bien. »

Ils se déshabillèrent en se tournant mutuellement le dos et Frankie éteignit le moteur et la lumière. John Henry s'agenouilla pour dire ses prières et pria longtemps sans prononcer les paroles à voix haute. Puis il s'allongea à côté d'elle.

« Bonne nuit, dit-elle.

— Bonne nuit. »

Frankie restait les yeux grands ouverts dans les ténèbres.

« Tu sais, j'ai peine à comprendre que le monde tourne à la vitesse de 1 500 kilomètres à l'heure.

— Je le sais, dit-il.

— Et à comprendre pourquoi, quand on saute en l'air, on ne retombe pas à Fairview ou à Selma ou n'importe où, cent kilomètres plus loin... »

John Henry se retourna et poussa un grognement ensommeillé.

« ...ou à Winter Hill, continua-t-elle. Je voudrais partir maintenant pour Winter Hill. »

John Henry dormait déjà. Elle l'entendait respirer dans l'ombre et elle avait ce qu'elle avait désiré pendant tant de nuits cet été : quelqu'un dormant près d'elle, dans son lit. Allongée dans la nuit, elle l'écoutait respirer, puis elle se souleva sur un coude. Il était là, tout petit et plein de taches de rousseur dans la clarté de la lune, la poitrine nue et blanche, un pied pendant hors du lit. Avec précaution, elle posa sa main sur la petite poitrine nue et se rapprocha de lui : on aurait dit qu'une petite horloge marchait à l'intérieur et il sentait la sueur et *Douce Sérénade*. Il avait l'odeur d'une petite rose aigre. Frankie se pencha et le lécha derrière l'oreille. Puis elle respira profondément, appuya son menton sur la petite épaule maigre et morte et ferma les yeux. Maintenant, avec quelqu'un dormant dans le noir à côté d'elle, elle avait moins peur.

Le soleil les réveilla de bonne heure le lendemain matin, le blanc soleil d'août. Frankie ne put décider John Henry à rentrer chez lui. Il avait vu que Bérénice faisait cuire un jambon et préparait un bon déjeuner. Le père de Frankie, après avoir lu le journal au salon, alla remonter les montres de sa bijouterie.

« Si mon frère ne m'apporte pas un cadeau de l'Alaska, je deviendrai folle, dit Frankie.

— Moi aussi », déclara John Henry.

Et que faisaient-ils le matin d'août où son frère et la fiancée arrivèrent à la maison ? Ils étaient assis à l'ombre de la tonnelle et parlaient de Noël. L'éclat dur du soleil était aveuglant, les geais ivres de lumière criaient et se pourchassaient. Ils parlaient et leurs voix fatiguées s'affaiblissaient graduellement et ils répétaient sans cesse les mêmes choses. Ils somnolaient à l'ombre de la tonnelle et

Frankie était une personne qui n'avait jamais pensé à un mariage. Et voilà comment ils étaient ce matin d'août où son frère et la fiancée entrèrent dans la maison.

« Oh ! Seigneur ! » dit Frankie. Les cartes graisseuses étaient sur la table et les rayons obliques du soleil couchant traversaient la cour. Le monde est certainement un endroit rapide.

— Finissez de 'épéter ça, dit Bérénice. Vous n'avez pas l'esp'it au jeu. »

Et pourtant Frankie avait une partie de son esprit au jeu. Elle joua un atout, la reine de pique, et John Henry jeta un petit deux de carreau. Elle le regarda. Il fixait le dos de la main de Frankie comme s'il voulait que son regard pût contourner les coins et lire les cartes.

« Tu as un pique », dit Frankie.

John Henry mit son âne de plomb dans sa bouche et regarda ailleurs.

« Tricheur ! dit-elle.

— Allons, jouez vot' pique », dit Bérénice. Il discuta.

« Il était caché derrière l'autre carte.

— Tricheur ! »

Mais il ne voulait pas jouer, l'air triste, et arrêtait la partie.

« Je ne peux pas, dit-il enfin. C'est un valet.

Le seul pique que j'aie est un valet. Je ne peux pas le faire prendre par la reine de Frankie. Et je ne le ferai pas. »

Frankie jeta ses cartes sur la table.

« Vous voyez, dit-elle à Bérénice. Il ne suit même pas les premières règles du jeu. C'est un enfant. C'est désespérant ! Désespérant ! Désespérant !

— Peut-êt'e bien, dit Bérénice.

— Oh ! j'en ai par-dessus la tête ! » s'exclama Frankie.

Ses pieds nus reposaient sur les barreaux de sa chaise : elle avait les yeux fermés et sa poitrine touchait le bord de la table. Les cartes rouges poisseuses étaient éparpillées sur la table et le seul fait de les voir donna la nausée à Frankie. Ils avaient joué au bridge tous les après-midi ; si quelqu'un mangeait ces vieilles cartes il goûterait la saveur de tous les déjeuners du mois d'août imprégnés de la sueur des mains sales. Frankie, d'un revers de main, balaya toutes les cartes. Le mariage était merveilleux et lumineux comme la neige et son cœur était en lambeaux. Elle se leva.

« Tout le monde sait que les yeux g'is sont jaloux.

— Je vous ai dit que je n'étais pas jalouse. » Et Frankie arpenta rapidement la cuisine. « Je ne peux pas être jalouse d'un d'entre eux

40

sans être jalouse des deux. Pour moi, ils ne font qu'un.

— Ma foi, j'ai été jalouse, quand mon demi-f'é s'est ma'ié, dit Bérénice. Lo'sque John a épousé Clo'ina, j'ai menacé Clo'ina de lui a'acher les o'eilles. Et je l'aime beaucoup.

— JA, dit Frankie, Janice et Jarvis. Quelle chose étrange !

— Quoi ?

— JA. Les deux noms commençant par JA.

— Et alo's ?

— Si seulement je m'appelais Jane, dit Frankie en continuant à tourner autour de la table, Jane ou Jasmine.

— Je ne comp'ends pas ce que voulez di', dit Bérénice.

— Jarvis, Janice et Jasmine. Vous voyez ?

— Non. A p'opos, j'ai entendu ce matin à la 'adio que les F'ançais chassaient les Allemands de Pa'is.

— Paris, répéta Frankie d'une voix grave. Je me demande si c'est contraire aux lois de changer de nom. Ou d'y ajouter quelque chose.

— Natu'ellement. C'est cont'ai' aux lois.

— Eh bien, je m'en fiche. F. Jasmine ADDAMS. »

Sur l'escalier conduisant à sa chambre il y avait une poupée. John Henry alla la prendre et se mit à la bercer dans ses bras.

« C'est pour de bon que tu me l'as donnée ? » demanda-t-il. Il releva la robe de la poupée et caressa la petite culotte et la combinaison. « Je l'appellerai Belle. »

Frankie regarda la poupée pendant une minute.

« Je ne sais pas ce que Jarvis avait dans la tête quand il m'a apporté cette poupée. Une poupée, à moi ! Et Janice essayant de m'expliquer qu'elle me croyait une petite fille ! Je comptais sur un cadeau venant de l'Alaska.

— Ça valait la peine de voi' vot' figu' quand vous avez ouve't le paquet », dit Bérénice.

C'était une grande poupée avec des cheveux roux, des yeux de porcelaine qui s'ouvraient et se fermaient et des cils jaunes. John Henry la tenait allongée et ses yeux étaient fermés, et maintenant il essayait de les ouvrir en tirant sur les cils.

« Ne fais pas ça. Tu m'exaspères. Mets cette poupée où tu voudras mais que je ne la voie plus. »

John Henry la posa sur le perron de la cuisine pour pouvoir l'y prendre quand il rentrerait chez lui.

« Elle s'appelle Lily Belle », dit-il.

On entendait le lent tic-tac de la pendule sur l'étagère au-dessus du fourneau et il n'était que six heures moins un quart. Dehors

42

la lumière était toujours éclatante, jaune et dure. L'ombre sous la tonnelle de la cour était noire et compacte. Rien ne bougeait, quelqu'un sifflait au loin et c'était un triste chant d'août qui n'en finissait pas. Les minutes étaient très longues.

Frankie alla se regarder dans le miroir de la cuisine.

« J'ai commis une grande erreur en me faisant couper les cheveux si court ; pour le mariage j'aurais dû avoir une longue chevelure blonde. Vous ne croyez pas ? »

Debout devant le miroir elle avait peur. C'était l'été de la peur pour Frankie et il y avait une peur qu'elle pouvait exprimer en chiffres avec un crayon et un papier. Ce mois-ci, elle avait douze ans et dix mois. Elle mesurait 1,66 mètre et chaussait du 40. L'année dernière elle avait grandi de dix centimètres, du moins elle le supposait. Déjà les sales gosses des rues lui criaient : « Est-ce qu'il fait froid là-haut ? » Et les commentaires des grandes personnes lui donnaient le frisson. Si elle finissait sa croissance à dix-huit ans, il lui restait cinq ans et dix mois à grandir. Et mathématiquement si rien ne l'arrêtait, elle mesurerait 2,74 mètres. Et que serait une dame de 2,74 mètres ? Elle serait un phénomène.

Au début de l'automne, chaque année, l'Exposition de Chattahoochee venait en ville. C'était la semaine de la foire. Il y avait la grande roue, les balançoires, le Palais des Miroirs... et il y avait aussi la baraque des Phénomènes. C'était une baraque tout en longueur bordée de stalles de chaque côté. On payait deux francs pour entrer dans la grande salle et regarder chaque phénomène dans sa stalle. Il y avait, dans de petites salles, des exhibitions spéciales et l'entrée coûtait cinq francs. En octobre dernier Frankie avait vu :

Le Géant,
La Femme obèse,
Le Nain,
Le Nègre sauvage,
La Tête d'épingle,
L'Homme alligator,
L'Etre mi-homme, mi-femme.

Le géant mesurait plus de 2,50 mètres, il avait d'énormes mains et une mâchoire pendante. La femme obèse était assise dans un fauteuil et sa graisse ressemblait à la pâte qu'elle pétrissait. A côté d'elle le nain, en habit, trottinait en se pavanant. Le Nègre venait d'une île sauvage. Accroupi dans sa stalle parmi des os poussiéreux et des feuilles

de palmiers, il mangeait tout crus des rats
vivants. Ceux qui apportaient des rats avaient
l'entrée gratuite, aussi les enfants en apportaient dans des sacs et des boîtes à chaussures.
Le Nègre sauvage cassait la tête du rat sur
son genou, le dépouillait et mordait dans la
chair en roulant de gros yeux féroces. Certains disaient que ce n'était pas un vrai sauvage mais un fou de Selma. Frankie n'aimait
pas le regarder longtemps. Elle fendait la
foule pour arriver à la stalle de la Tête
d'épingle où John Henry passait l'après-midi
entier. La petite Tête d'épingle sautait et
dansait ; sa tête ratatinée, pas plus grosse
qu'une orange, était entièrement rasée, sauf
une boucle attachée par un nœud rose au
sommet du crâne. Il y avait toujours foule
à la dernière stalle où se tenait le phénomène mi-homme, mi-femme. La partie droite
de son corps était du sexe féminin, la partie
gauche du sexe masculin. Il portait du côté
gauche une peau de léopard, du côté droit
un soutien-gorge et une jupe pailletée. La
moitié de son visage était barbue, l'autre
moitié maquillée. Les yeux étaient étranges.
Frankie avait regardé longtemps toutes les
stalles. Elle avait peur de tous les phénomènes, car elle avait l'impression qu'ils la
regardaient d'un air complice, essayaient de

lui dire par leurs yeux : nous te connaissons. Elle avait peur de leurs yeux de phénomènes. Et toute l'année, jusqu'à ce jour, elle avait pensé à eux.

« Je me demande s'ils se marieront jamais ou s'ils iront à un mariage, ces phénomènes, dit-elle.

— De quels phénomènes pa'lez-vous ? demanda Bérénice.

— Ceux de la foire. Ceux que nous avons vus en octobre dernier.

— Oh ! ces gens-là !

— Je me demande s'ils gagnent beaucoup d'argent ?

— Comment le sau'ais-je ? »

John Henry pinça une jupe imaginaire et, un doigt posé sur sa grosse tête, se mit à sauter et à danser comme la Tête d'épingle autour de la table de la cuisine.

« C'est la petite fille la plus épatante que j'aie jamais vue. Je n'ai rien vu d'aussi épatant de toute ma vie. Et toi, Frankie ?

— Non, je ne l'ai pas trouvée épatante.

— C'est moi qui suis épatante, et puis vous deux, dit Bérénice.

— Pouh ! Je vous dis qu'elle était épatante aussi, maintint John Henry.

— Si vous voulez mon opinion f'anche, dit Bérénice, tous ces phénomènes de la foi' me

46

donnent la chai' de poule. Tous du p'emier au de'nier. »

Frankie regarda Bérénice dans la glace et demanda enfin d'une voix lente :

« Et moi, est-ce que je vous donne la chair de poule ?

— Vous ?

— Croyez-vous que je deviendrai un phénomène ?

— Vous ? répéta Bérénice. Ce'tainement pas, pa' Jésus qui m'entend. »

Frankie se sentit mieux. Elle se regarda de côté dans le miroir. La pendule égrena lentement six coups.

« Est-ce que je serai jolie ? demanda-t-elle.

— Peut-êt' bien. »

Frankie laissa reposer son corps sur sa jambe gauche et frotta lentement la plante de son pied droit sur le plancher. Elle sentit une écharde lui entrer sous la peau.

« Sérieusement ? dit-elle.

— Je pense que, lo'sque vous au'ez eng'aissé, vous se'ez t'ès bien. Si vous savez vous teni'.

— Mais pour dimanche ? dit Frankie. Je veux faire quelque chose pour m'embellir avant le mariage.

— Lavez-vous pou' commencer. F'ottez vos coudes et habillez-vous convenablement. Vous se'ez t'ès bien. »

Frankie se regarda une dernière fois dans la glace. Elle pensait à son frère et à la fiancée et se sentait le cœur serré.

« Je ne sais pas ce qu'il faut faire. Je voudrais mourir.

— Eh bien, mou'ez alo's, dit Bérénice.

— Mourez », répéta John Henry à voix basse.

Le monde s'arrêta.

« Va-t'en chez toi », dit Frankie à John Henry.

Debout, ses gros genoux serrés, sa petite main sale sur le bord de la table, il ne bougeait pas.

« Tu m'as entendue ? » Elle lui fit une affreuse grimace et saisit la poêle à frire suspendue au-dessus du fourneau. Elle le poursuivit trois fois autour de la table, puis dans le vestibule et au-delà de la porte. Elle ferma la porte à clef et lui cria : « Va-t'en chez toi.

— Qu'est-ce qui vous passe d'agi' comme ça ? demanda Bérénice. Vous êtes t'op méchante pou' viv'e. »

Frankie s'assit sur une des dernières marches de l'escalier de sa chambre. La cuisine était silencieuse, hallucinante et triste.

« Je le sais, dit-elle. Je veux rester seule et réfléchir à des tas de choses. »

Ce fut cet été-là que Frankie en eut assez

d'être Frankie. **Elle se haïssait et devenait** une flâneuse, une vaurienne qui traînait ses journées dans la cuisine : gourmande, sale, méchante et triste. Non seulement elle était trop méchante pour vivre, mais elle était une criminelle. Si la Justice savait tout ce qu'elle avait fait, elle serait jugée par un tribunal et mise en prison. Cependant Frankie n'avait pas toujours été une criminelle et une vaurienne. Toutes les années de sa vie, jusqu'au mois d'avril dernier, elle avait été comme les autres. Elle appartenait à un club et travaillait bien à l'école. Elle aidait son père le samedi matin et allait au cinéma le samedi après-midi. Elle n'était pas de ces gens qui ont l'idée d'avoir peur. La nuit elle dormait dans le lit de son père, mais ce n'était pas par crainte de l'obscurité.

Mais le printemps de cette année avait été une étrange et longue saison. Les choses commencèrent à changer et Frankie ne comprit pas ce changement. Après la grisaille de l'hiver, les vents de mars secouèrent les vitres et les nuages échevelés se détachaient en blanc sur le ciel bleu. Avril vint brusquement et les arbres étaient d'un vert brillant. Les pâles glycines s'épanouissaient dans toute la ville et, silencieusement, les fleurs se fanaient. Il y avait, dans les arbres verts et les fleurs d'avril, quelque chose qui attristait Frankie. Elle ne savait pas pourquoi elle était triste, mais à cause de cette tristesse étrange elle commença à comprendre qu'elle devrait quitter la ville. Elle lut les nouvelles de la guerre, réfléchit au monde et fit sa valise, mais elle ne savait pas où elle irait.

Ce fut l'année où Frankie pensa au monde. Elle ne le voyait pas comme une mappemonde de l'école, avec des pays séparés, de couleurs différentes. Elle pensait à un monde immense, disjoint, tournant à la vitesse de 1 500 kilomètres à l'heure. Son livre de géographie n'était pas à la page ; les pays avaient changé. Frankie lisait dans un journal les nouvelles de la guerre, mais il y avait tant de lieux étrangers et la guerre se déroulait si vite qu'elle ne comprenait pas toujours. C'était l'été où Patton chassait les Allemands de France. Et on se battait aussi en Russie et au Japon. Elle voyait les batailles et les soldats. Mais il y avait trop de batailles différentes et elle ne pouvait voir en même temps ces millions de soldats. Elle voyait un soldat russe, noir et gelé, avec un fusil gelé, dans la neige de Russie. Les Japonais aux yeux bridés dans la jungle d'une île, rampant parmi les lianes vertes. L'Europe et les gens pendus dans les arbres et les bateaux de guerre sur les océans bleus. Les avions à quatre moteurs, les cités en flammes et un soldat casqué riant. Quelquefois ces images de guerre, du monde, tourbillonnaient dans sa tête et elle avait le vertige. Longtemps auparavant elle avait prédit qu'il faudrait deux mois pour gagner la guerre, mais maintenant elle ne savait plus. Elle aurait voulu être un garçon et s'engager dans l'infanterie de marine. Elle se voyait pilotant des avions et gagnant des médailles d'or pour sa bravoure. Mais elle ne pouvait participer à la guerre et se sentait inquiète et triste. Elle décida de donner du sang à la Croix-Rouge ; elle en donnerait un litre par semaine et son sang circulerait dans les veines d'Australiens, de combattants français, de Chinois, dans le monde entier, et ce serait comme si elle était parente de tous ces soldats. Elle pouvait entendre les médecins de l'armée dire que le sang de Frankie ADDAMS était le sang le plus rouge et le plus fort qu'ils eussent jamais vu. Et elle se voyait des années après la guerre rencontrant des soldats qui avaient son sang et ils lui disaient qu'elle leur avait sauvé la vie, et ils ne l'appelleraient pas Frankie... ils l'appelleraient ADDAMS. Mais ce projet de donner son sang à la guerre ne se réalisa pas. La Croix-Rouge ne voulut pas de son sang. Elle était trop jeune. Frankie en voulut à mort à la Croix-Rouge et se sentit abandonnée. La guerre et le monde étaient trop rapides, immenses et étranges. Lorsqu'elle pensait longtemps au monde elle avait peur. Elle n'avait pas peur des Allemands, des bombes ni des Japonais. Elle avait peur parce qu'elle était exclue de la guerre et parce que le monde semblait être séparé d'elle.

Et donc elle comprit qu'elle devrait quitter la ville et s'en aller très loin. Le printemps de cette année-là fut trop doux. Les longs après-midi étaient ammollissants et leur douceur verte la rendaient malade. La ville la faisait souffrir. Les événements tristes et terribles n'avaient jamais fait pleurer Frankie, mais, pendant cette saison, bien des choses donnèrent à Frankie une subite envie de pleurer. Le matin, de très bonne heure, elle descendait dans la cour et regardait le ciel d'aurore. Son cœur lui posait une question et le ciel ne répondait pas. Des choses qu'elle n'avait encore jamais remarquées lui faisaient mal : les lumières des maisons qu'elle observait du trottoir, une voix inconnue dans une allée. Elle fixait les lumières, écoutait la voix et quelque chose en elle se raidissait et attendait. Mais les lumières s'éteignaient, la voix se taisait et bien qu'elle attendît, c'était tout. Elle avait peur de ces choses qui, brusquement, lui faisaient se demander qui elle était, ce qu'elle serait dans la vie, pourquoi elle restait là, regardant une lumière, écoutant, regardant le ciel : seule. Elle avait peur et son cœur se serrait étrangement.

Un soir de cet avril, alors qu'elle et son père allaient se coucher, il la regarda et dit brusquement : « Qu'est-ce que ce grand tromblon de douze ans qui veut encore dormir avec son vieux papa. » Et désormais elle fut trop grande pour dormir dans le lit de son père. Elle dut dormir seule. Elle garda rancune à son père et ils se regardaient à la dérobée. Elle n'aimait pas rester à la maison.

Elle parcourut la ville et tout ce qu'elle voyait et entendait semblait inachevé et rien ne desserrait son cœur. Elle se hâtait de faire quelque chose et tout allait de travers. Elle allait voir sa meilleure amie, Evelyn Owen, qui possédait une tenue de football et un châle espagnol ; l'une mettait la tenue de football et l'autre le châle espagnol et elles allaient ensemble à Monoprix. Mais ce n'était pas ce que Frankie voulait. Ou, après les pâles crépuscules de printemps, avec l'odeur amère et douce de poussière et de fleurs répandue dans l'air, les soirs de fenêtres éclairées et de longs appels à l'heure du dîner, lorsque les martinets, après s'être assemblés et avoir tourbillonné au-dessus de la ville, s'étaient envolés tous à la fois vers leur pays, laissant le ciel immense et vide ; après les longs crépuscules de la saison, lorsque Frankie avait arpenté les trottoirs de la ville, une tristesse confuse lui tordait les nerfs, son cœur se serrait et s'arrêtait presque.

Parce qu'elle ne pouvait briser cette contrainte qui l'étouffait, elle se hâtait de faire quelque chose. Elle rentrait, se coiffait du seau à charbon comme une vieille folle et marchait autour de la table de la cuisine. Elle réalisait toutes les idées qui lui passaient par la tête... mais quoi qu'elle fît, ce n'était jamais ce qu'elle avait voulu. Et après avoir accompli toutes ces sottises, elle se plantait, écœurée et vide, à la porte de la cuisine et disait :

« Je voudrais mettre en pièces la ville entière.

— Eh bien, mettez-la en pièces. Mais finissez de tou'ner ici avec cette figu' lugub'. Faites quelque chose. »

Et finalement les ennuis commencèrent.

Elle enfreignit la loi. Et, devenue une criminelle, elle continua à l'enfreindre. Elle prit un revolver dans le tiroir du bureau de son

père et tira toutes les balles dans un terrain
vague. Elle se fit voleuse et déroba un couteau à trois lames à l'étalage de Sears et
Rœbuck. Un samedi de mai elle commit un
péché secret et inconnu. Dans le garage de
Mac Kean, avec Barney Mac Kean, elle commit
un étrange péché, et à quel point il était
grave, elle n'en savait rien. Le péché lui cau-
sait une bizarre contraction de l'estomac et
elle craignait le regard de chacun : elle haït
Barney et voulut le tuer. Quelquefois, la nuit,
seule dans son lit, elle projetait de lui tirer
un coup de revolver ou de lui planter un
couteau entre les deux yeux.

Sa meilleure amie, Evelyn Owen, partit pour
la Floride et Frankie ne joua plus avec personne. Le long printemps fleuri avait pris fin
et l'été, en ville, était laid, solitaire et torride.
Chaque jour elle désirait davantage quitter
la ville ; partir pour l'Amérique du Sud ou
Hollywood ou New York. Mais bien qu'elle
eût fait plusieurs fois sa valise, elle ne put
jamais choisir un lieu en particulier ni décider comment elle y parviendrait.

Et donc elle restait à la maison, errait dans
la cuisine, et l'été ne finissait pas. A l'époque
de la canicule, cette grande flâneuse gourmande qui était trop méchante pour vivre
en était à 1,67 mètres. Elle avait moins peur.

Elle n'avait peur que de Barney, de son père et de la Justice. Mais même ces peurs se dissipèrent ; au bout de quelque temps le péché dans le garage Mac Kean sembla très loin et elle ne s'en souvint que dans ses rêves. Et elle ne voulait plus penser à son père et à la Justice. Elle vécut dans la cuisine avec John Henry et Bérénice. Elle ne pensa plus à la guerre ni au monde. Rien ne la faisait souffrir ; elle se moquait de tout. Elle ne restait plus dans la cour pour regarder le ciel. Elle ne faisait plus attention aux bruits et aux voix de l'été et ne se promenait plus dans les rues le soir. Elle ne permettait pas aux choses de l'attrister. Elle mangeait, écrivait des pièces de théâtre, s'exerçait à lancer des couteaux dans la porte du garage et jouait au bridge sur la table de la cuisine. Chaque jour ressemblait à la veille, sauf par sa durée et rien ne la faisait plus souffrir.

En sorte que, lorsque son frère et la fiancée arrivèrent à la maison, Frankie comprit que tout était changé ; mais pour quelle raison et ce qui lui arriverait ensuite, elle n'en savait rien. Elle en parla à Bérénice, mais Bérénice ne le savait pas non plus.

« Cela me fait de la peine de penser à eux, dit Frankie.

— Eh bien, n'y pensez pas, dit Bérénice.

Vous avez fait seulement que penser et 'adoter à leu' sujet tout cet ap'ès-midi. »

Frankie assise sur la dernière marche de l'escalier de sa chambre regardait la cuisine. Mais malgré la peine qu'elle éprouvait, il lui fallait penser au mariage. Elle se rappelait son frère et la fiancée tels qu'elle les avait vus dans le salon ce matin à onze heures. Il y avait eu un brusque silence parce que Jarvis avait éteint la radio dès son arrivée. Après le long été pendant lequel la radio avait marché nuit et jour au point que personne ne l'entendait plus, le curieux silence avait frappé Frankie. Dès le seuil de la porte, la vue de son frère et de la fiancée lui avait causé un choc. Et elle avait éprouvé cette impression à laquelle elle ne pouvait donner un nom. L'impression éprouvée au printemps, mais plus soudaine et plus violente. La même contraction bizarre dont elle avait peur. Frankie réfléchit jusqu'à en avoir le vertige et des crampes dans le pied.

« Quel âge aviez-vous quand vous avez épousé votre premier mari ? »

Pendant que Frankie réfléchissait, Bérénice avait mis ses vêtements du dimanche et maintenant elle lisait un magazine. Elle attendait Honey et T.T. Williams qui devaient venir la chercher à six heures ; tous trois iraient dîner au New Metropolitan Tea Room et se promener en ville. Quand Bérénice lisait, ses lèvres formaient chaque mot. Elle leva son œil noir pour regarder Frankie ; mais comme elle n'avait pas levé la tête, l'œil bleu semblait continuer à lire le magazine. Cette double expression gênait Frankie.

« J'avais t'eize ans, dit Bérénice.

— Pourquoi vous êtes-vous mariée si jeune ?

— Pa'ce que je le voulais. J'avais t'eize ans et depuis je n'ai pas g'andi d'un centimèt'e. »

Bérénice était très petite, et Frankie, après l'avoir fixée attentivement, demanda :

« Est-ce que le mariage arrête la croissance ?

— Ce'tainement.

— Je ne savais pas ça. »

Bérénice s'était mariée quatre fois. Son premier mari, un maçon, s'appelait Ludie Freeman et fut le meilleur des quatre ; il donna à Bérénice sa fourrure de renard et, une fois, il l'emmena à Cincinnati, et ils virent de la neige. Bérénice et Ludie Freeman avaient vécu tout un hiver de neige dans le Nord. Ils s'aimaient, mais, au bout de neuf ans de mariage, il tomba malade et mourut. Les trois autres maris étaient tous mauvais, chacun pire que le précédent et Frankie n'aimait pas entendre parler d'eux. Le premier était un vieil ivrogne ; le second était fou de

58

Bérénice et fou de toutes les façons ; la nuit il rêvait de tout dévorer et une nuit il avala un coin du drap. Il terrorisa tellement Bérénice qu'elle dut le quitter. Le dernier mari fut terrible. Il fit sauter l'œil de Bérénice et lui vola ses meubles. Elle dut avoir recours à la police.

« Vous êtes-vous, chaque fois, mariée avec un voile ? demanda Frankie.

— Deux fois avec un voile », dit Bérénice.

Frankie ne pouvait rester en place. Malgré l'écharde dans son pied droit, elle se mit à arpenter la cuisine en boitillant, les pouces dans la ceinture qui maintenait son short ; sa chemise mouillée lui collait au corps.

Finalement, elle ouvrit le tiroir de la table de la cuisine et choisit un long couteau de boucher. Puis elle s'assit et fit reposer son pied blessé sur son genou gauche. La plante étroite et longue de son pied était striée de cicatrices blanchâtres, car, chaque été, Frankie marchait sur de nombreux clous. Frankie avait les pieds les plus durs de la ville. Elle pouvait enlever de la plante de ses pieds de grands anneaux de peau morte et d'autres ne l'auraient pas fait sans en souffrir. Mais elle ne commença pas tout de suite à extraire l'écharde... elle resta là, la cheville sur le genou, le couteau dans la main droite, regardant Bérénice.

« Dites-moi, dit-elle. Dites-moi exactement ce qui s'est passé.

— Vous le savez, dit Bérénice, vous les avez vus.

— Mais racontez-moi tout.

— Je vous 'aconte'ai pou' la de'niè' fois. Vot' f'è et la fiancée sont a'ivés à la fin de la matinée ; vous étiez dans la cou' avec John Hen'y et vous êtes a'ivés en cou'ant pou' les voi'. Ap'ès ça, je ne me 'appelle qu'une chose ; c'est que vous avez bondi dans la cuisine et galopé dans l'escalier de vot' chamb'e. Vous êtes descendue avec vot' 'obe d'o'gandi et vous aviez deux centimèt'es d'épaisseu' de 'ouge à lèv'es d'une o'eille à l'aut'e. Et puis vous êtes 'estés assis dans le salon. J'avais appo'té à M. Addams une bouteille de whisky et ils en ont bu et John Hen'y et vous avez p'is de la limonade. Ap'ès le déjeuner vot' f'è et la fiancée sont pa'tis pa' le t'ain de t'ois heu' pou' Winte' Hill. Le ma'iage au'a lieu dimanche. Et c'est tout. Etes-vous satisfaite ?

— Je suis si déçue qu'ils ne soient pas restés plus longtemps... qu'ils n'aient pas passé ici une nuit au moins. Après une si longue absence de Jarvis. Mais je suppose qu'ils veulent être seuls tous les deux le plus possible. Jarvis a dit qu'il avait des formalités militaires à régler à Winter Hill. » Elle poussa un profond soupir. « Je me demande où ils iront après le mariage.

— En voyage de noces. Vot' f'è au'a quelques jou' de congé.

— Je me demande ce que sera ce voyage de noces.

— Pou' sû', je ne sais pas.

— Dites-moi, répéta Frankie. Quel air avaient-ils exactement ?

— Quel ai' ils avaient ? Eh bien, ils avaient l'ai' natu'els. Vot' f'è est un g'and ga'çon blond. Et la jeune fille est une petite et jolie b'unette. Ils font un beau couple de Blancs. Vous les avez vus, sotte. »

Frankie ferma les yeux et, bien qu'elle ne pût se les représenter, elle les sentait la quitter. Elle les sentait tous les deux dans le train s'éloignant d'elle à chaque minute. Ils étaient eux et ils la quittaient et elle était, elle, laissée toute seule devant la table de la cuisine. Mais une partie de son être les accompagnait et s'éloignait loin, toujours plus loin, et elle éprouva une immense lassitude à s'en aller si loin, et la Frankie de la cuisine n'était plus qu'une vieille coque vide laissée devant la table.

« C'est si étrange », dit-elle. Elle se pencha sur la plante de son pied et il y avait sur sa figure quelque chose comme des larmes ou des gouttes de sueur ; elle renifla et commença à entailler la peau autour de l'écharde.

« Ça ne vous fait pas de mal ? » demanda Bérénice.

Frankie secoua la tête et ne répondit pas.

« Vous est-il arrivé de voir des gens et ensuite de vous les représenter plutôt par une impression que par une image ? demanda-t-elle au bout d'un moment.

— Que voulez-vous di' ?

— Je veux dire que je les ai vus. Janice avait une robe verte et d'élégants escarpins verts à hauts talons. Ses cheveux noirs étaient noués en chignon et il y avait une petite mèche qui sortait. Jarvis était assis à côté d'elle sur le divan. Il avait son uniforme kaki ; il était hâlé et très propre. Je n'avais jamais vu un si beau couple. Mais j'avais l'impression de ne pas voir d'eux tout ce que je voulais voir. Mon cerveau ne travaillait pas assez vite pour emmagasiner tout. Et puis ils sont partis. Vous comprenez ce que je veux dire ?

— Vous vous faites mal, dit Bérénice. P'enez une aiguille.

— Je me fiche de mes vieux pieds », dit Frankie.

Il n'était que six heures et demie et les minutes de l'après-midi étaient semblables à d'étincelants miroirs. Dehors, le siffleur s'était tu et, dans la cuisine, rien ne bougeait. Frankie s'assit face à la porte donnant sur la cour. Il y avait une chatière carrée dans un coin de cette porte et, à côté, une soucoupe de lait bleuâtre. Au début de la canicule, le chat de Frankie avait disparu. Et voici ce qui caractérise l'époque de la canicule : c'est la période de l'été où, en règle générale, rien ne peut se passer... mais s'il survient un changement, ce changement dure autant que la canicule. Les choses faites ne sont pas défaites et une erreur ne se répare pas.

Ce mois d'août Bérénice avait gratté une piqûre de moustique sous son bras et l'avait infectée ; la plaie ne se cicatriserait qu'après la canicule. Deux petites familles d'aoûtats s'étaient logées au coin des paupières de John Henry et il avait beau cligner souvent des yeux, les aoûtats resteraient là. Puis Charles disparut, Frankie ne le vit pas quitter la maison, mais le 14 août, quand elle l'appela pour le faire manger, il ne vint pas, et il était parti. Elle le chercha partout et envoya John Henry brailler son nom dans toutes les rues de la ville. Mais c'était la canicule et Charles ne revint pas. Chaque après-midi Frankie disait exactement les mêmes paroles à Bérénice et les réponses de Bérénice ne variaient pas. En sorte que, maintenant, les mots ressemblaient à une monotone petite chanson qu'elle savait par cœur.

« Si seulement je savais où il est allé.

— Finissez de vous t'acasser pou' ce vieux chat de gouttiè'. Je vous ai dit qu'il ne 'eviend'ait pas.

— Charles n'est pas un chat de gouttière. C'est un persan presque pur.

— Pe'san comme moi, disait Bérénice. Vous ne 'eve'ez plus ce vieux matou. Il est pa'ti che'cher une amie.

— Chercher une amie ?

— Bien sû'. Il miaulait pou' appeler une bonne amie.

— Vous croyez ça réellement ?

— Natu'ellement.

— Pourquoi n'a-t-il pas amené sa bonne amie à la maison ? Il devait savoir que je serais trop contente d'avoir une famille de chats.

— Vous ne 'eve'ez plus ce vieux chat de gouttiè'.

— Si seulement je savais où il est allé. »

64

Et chaque après-midi leurs voix se croisaient, répétant les mêmes mots, et cela ressemblait à un poème décousu récité par deux folles. Frankie concluait en disant : « Il me semble que tout est parti et m'a laissée. » Et elle posait sa tête sur la table et avait peur.

Mais cet après-midi Frankie changea brusquement d'idée. Elle posa le couteau sur la table et se leva.

« Je sais ce que je dois faire. Ecoutez.

— J'ai des o'eilles.

— Je dois prévenir la police. Elle trouvera Charles.

— Si c'était moi, je ne fe'ais pas ça. »

Frankie alla au téléphone du vestibule et donna à la justice le signalement de son chat : « C'est un persan presque pur. Mais avec le poil ras. Une ravissante couleur grise et une petite tache blanche sur la gorge. Il répond au nom de Charles, mais il comprend quand on l'appelle « Charlina ». Voici mon nom et mon adresse : Miss F. Jasmine Addams, 124, Grove Street. »

Bérénice ricanait quand elle revint, un ricanement aigu et doux.

« Peuh ! Ils vont veni' ici, vous ligoter et vous emmener à Milledgeville. Ces g'os policiers en bleu pou'chassant les chats dans les 'ues en hu'lant : « Oh ! Cha'les. Oh ! Viens ici « Cha'lina. Doux Jésus ! »

— Oh ! la ferme ! »

Bérénice était assise devant la table ; elle ne ricanait plus et son œil noir avait une lueur de malice tandis qu'elle versait son café dans une soucoupe de porcelaine blanche pour le refroidir.

« De plus, dit-elle, ce n'est pas une idée bien sage de plaisanter avec la justice. Quelle qu'en soit la 'aison.

— Je ne plaisante pas avec la justice.

— Vous leu' donnez vot' nom et le numé'o de vot' maison. Où ils peuvent vous a'êter s'ils en ont envie.

— Eh bien, qu'ils m'arrêtent, dit Frankie avec colère. Je m'en fiche, je m'en fiche. » Et en ce moment elle se moquait que tout le monde sût qu'elle était une criminelle. « Qu'ils viennent me prendre, je m'en fiche.

— Je vous taquinais, dit Bérénice. L'ennui avec vous, c'est que vous n'avez aucun sens de la plaisante'ie.

— Je serais peut-être mieux en prison. »

Frankie marcha autour de la table et les sentit s'éloigner. Le train roulait vers le nord. Mille après mille ils s'éloignaient, ils s'écartaient de plus en plus de la ville et, à mesure qu'ils s'approchaient du nord, l'air fraîchissait et la lumière s'atténuait, semblable aux crépuscules d'hiver. Le train serpentait le long des collines, son sifflet gémissait comme la plainte du vent d'hiver et mille après mille ils s'éloignaient. Ils se passaient une boîte de bonbons, des chocolats enveloppés d'élégants papiers plissés, et regardaient par la fenêtre défiler les milles d'hiver. Maintenant ils étaient loin, très loin de la ville et, bientôt, ils seraient à Winter Hill.

« Asseyez-vous, dit Bérénice, vous m'énervez. »

Brusquement Frankie se mit à rire. Elle s'essuya le visage du revers de la main et reprit sa place à table.

« Avez-vous entendu ce que Jarvis a dit ?
— Quoi ? »

Frankie rit de plus belle.

« Ils parlaient du vote pour C.P. Mac Donald. Et Jarvis a dit : « Moi, je ne voterais « pas pour cette canaille, même s'il rattra- « pait un chien à la course. » De ma vie je n'ai rien entendu de plus spirituel. »

Bérénice ne rit pas. Son œil noir se fixa dans un coin, vit rapidement la plaisanterie et revint à Frankie. Bérénice portait sa robe de crêpe rose, et son chapeau à plume rose était sur la table. L'œil de verre bleu donnait à la sueur de son visage un reflet bleuâtre.

Bérénice caressait la plume de son chapeau.

« Et vous savez ce que Janice a fait observer ? demanda Frankie. Quand papa a parlé de ma croissance, elle a dit qu'elle ne me trouvait pas si terriblement grande. Elle a dit qu'elle-même avait presque atteint sa taille actuelle avant ses treize ans. Elle l'a dit, Bérénice.

— O. K. ! T'ès bien.

— Elle a dit que j'avais une taille parfaite et que, très probablement, je ne grandirais plus. Elle a dit que tous les mannequins et les étoiles de cinéma...

— Ce n'est pas v'ai. Je l'ai entendue. Elle a simplement dit que vous aviez p'obablement achevé vot' c'oissance. Mais elle n'a pas continué indéfiniment su' ce sujet. A vous entend', on c'oi'ait qu'elle vous a p'ise pou' texte de ses discou's.

— Elle a dit...

— C'est un de vos sé'ieux défauts, F'ankie. Quelqu'un fait une 'ema'que banale et vous t'ansfo'mez cette 'ema'que dans vot' esp'it au point que pe'sonne ne peut le 'econnaît'. Vot' tante Pet a dit un jou' à Clo'ina que vous aviez des maniè'es g'acieuses et Clo'ina vous l'a 'épété. En vous le donnant pou' ce que ça valait. Et vous n'avez 'ien de plus p'essé que d'aller c'ier su' les toits que Mme West t'ou-

68

vait que vous aviez les maniè'es les plus g'a-
cieuses que l'on puisse imaginer, que vous
dev'iez êt' à Hollywod, et je ne sais tout
ce que vous n'avez pas dit. Vous bâtissez
toute une histoi' su' le moind' compliment
qu'on vous fait. Ou si c'est une mauvaise
chose, vous faites de même. Vous exagé'ez
et changez t'op les choses dans vot' tête.
Et c'est un défaut sé'ieux.

— Assez prêché, dit Frankie.

— Je ne p'êche pas. C'est la vé'ité solennelle.

— Je l'admets en partie », dit Frankie. Elle
ferma les yeux et la cuisine était très tranquille. Elle pouvait sentir les battements de
son cœur et quand elle parla, sa voix ne fut
qu'un murmure. « Ce que je veux savoir, c'est
ceci. Pensez-vous que j'ai fait une bonne
impression ?

— Imp'ession ? Imp'ession ?

— Oui, dit Frankie, les yeux toujours fermés.

— Ma foi, comment le sau'ais-je ?

— Je veux dire, comment ai-je agi ? Qu'ai-je
fait ?

— Mais, vous n'avez 'ien fait.

— Rien ?

— Non, vous les avez 'ega'dés tous les
deux comme s'ils étaient des fantômes. Quand
ils pa'laient du ma'iage vos o'eilles se d'es-

saient, aussi la'ges que des feuilles de chou. »

Frankie porta la main à son oreille gauche.

« Ce n'est pas vrai », dit-elle avec colère. Et au bout d'un instant, elle ajouta : « Un jour vous baisserez les yeux et vous verrez votre grosse langue arrachée jusqu'aux racines posée devant vous sur la table. Qu'est-ce que vous en direz ?

— Ne soyez pas si impolie », dit Bérénice.

Frankie fit une grimace à l'écharde de son pied. Elle acheva de l'extraire avec le couteau et dit :

« N'importe qui aurait souffert, sauf moi. » Puis elle recommença à tourner dans la chambre. « Je crains tellement de n'avoir pas fait une bonne impression.

— Et alo's ? dit Bérénice. Je voud'ais bien que Honey et T.T. Williams a'ivent. Vous me 'endez ne'veuse. »

Frankie haussa son épaule gauche et se mordit la lèvre inférieure. Puis brusquement, elle s'assit et se frappa le front sur la table.

« Allons, dit Bérénice, ne jouez pas la comédie comme ça. »

Mais Frankie ne bougea pas, la figure dans le pli de son coude et les poings serrés.

« Ils étaient si beaux, gémit-elle. Ils doivent tant s'amuser. Et ils sont partis et m'ont laissée.

— 'Ed'essez-vous, dit Bérénice. Tenez-vous convenablement.

— Ils sont venus et repartis. Ils sont partis et m'ont laissée avec ce sentiment.

— Hooo, dit Bérénice. Je pa'ie que je comp'ends quelque chose. »

La cuisine était silencieuse et Bérénice donna quatre coups de talon : un, deux, trois... bong ! Son œil vivant était noir et taquin et, tout en battant la mesure avec son talon, elle commença d'une voix profonde quelque chose qui ressemblait à un chant.

F'ankie eut un choc.
F'ankie eut un choc.
F'ankie eut un choc.
A cause de la no - ce.

« Assez ! » dit Frankie.

F'ankie eut un choc.
F'ankie eut un choc.

Bérénice continuait et sa voix était syncopée comme le cœur qui bat dans votre tête quand vous avez de la fièvre. Frankie en avait le vertige et elle prit le couteau sur la table de la cuisine.

« Vous feriez mieux de vous taire. »

Bérénice s'arrêta court. La cuisine devint brusquement tranquille.

« Posez ce couteau.

— Venez le prendre. »

Elle maintint le bout du manche sur sa paume et courba lentement la lame. Le couteau était mince, pointu et long.

« Posez-le sur la table, démon. »

Mais Frankie se dressa et visa soigneusement. Les yeux étaient rétrécis et le contact du couteau sur ses mains arrêta leur tremblement.

« Essayez de le lancer, dit Bérénice. Essayez seulement. »

Toute la maison était silencieuse. La maison vide semblait attendre. Et puis il y eut le sifflement du couteau dans l'air et le choc de la lame s'enfonçant dans le bois. Le couteau avait frappé le milieu de la porte de l'escalier et vibrait. Frankie observa le couteau jusqu'à ce qu'il ne vibrât plus.

« Je suis le meilleur lanceur de couteau de la ville », dit-elle.

Bérénice, debout derrière elle, ne répondit pas.

« ... S'il y avait un concours, je gagnerais le prix. »

Frankie arracha le couteau de la porte et

le posa sur la table de la cuisine. Puis elle cracha dans sa paume et se frotta les mains.

« F'ances Addams, dit enfin Bérénice, vous avez fait ça une fois de t'op.

— Je ne m'écarte que de quelques centimètres du but.

— Vous savez ce que vot' pè' a dit au sujet de lancer des couteaux dans cette maison ?

— Je vous avais prévenue qu'il ne fallait pas me taquiner.

— Vous n'êtes pas digne de viv'e dans une maison.

— Je ne vivrai pas longtemps dans celle-ci. Je vais m'enfuir.

— Bon déba'as, dit Bérénice.

— Attendez et vous verrez. Je quitte la ville.

— Et où pensez-vous aller ? »

Frankie regarda tous les coins de la chambre.

« Je ne sais pas, avoua-t-elle.

— Je sais. Vous allez à la folie, voilà où vous allez.

— Non », dit Frankie. Sans bouger, elle regarda les dessins étranges du mur, puis ferma les yeux. « Je vais à Winter Hill. Je vais au mariage. Et, par mes deux yeux, je fais le serment à Jésus de ne jamais revenir ici. »

Elle n'avait pas été sûre de lancer le couteau jusqu'au moment où il s'enfonça et vibra dans la porte de l'escalier. Et elle n'avait pas su qu'elle dirait ces paroles jusqu'au moment où elles furent prononcées. Le serment fut aussi imprévu que le couteau ; elle le sentit frapper en elle et vibrer. Puis, quand les mots se turent, elle répéta :

« Après le mariage, je ne reviendrai pas. »

Bérénice repoussa la frange de cheveux moite qui couvrait le front de Frankie et demanda :

« Mon chou, vous dites ça sé'ieusement ?

— Bien sûr. Croyez-vous que je ferais un serment pour raconter un mensonge ? Quelquefois, Bérénice, je pense qu'il vous faut plus de temps pour comprendre un fait qu'il n'en faut à aucune créature vivante.

— Mais vous dites que vous ne savez pas où vous i'ez. Vous pa'ti'ez, mais vous ne savez pas où. Ça n'a pas de sens. »

Frankie inspectait les quatre murs de la pièce. Elle pensait au monde, et il était rapide. Sans cohésion, tournant et plus rapide, plus fragmenté et plus immense qu'il n'avait jamais été. Les images de la guerre jaillissaient de son cerveau et s'entrechoquaient. Elle voyait des îles fleuries et une contrée baignée par une mer du Nord avec des vagues grises venant mourir sur le rivage. Des yeux arrachés par une bombe et le raclement de pieds de soldats. Des tanks et un avion, les ailes brisées, en flammes, tombant à pic d'un ciel désert. Le monde était détraqué par le fracas des batailles et il tournait à la vitesse de 1 500 kilomètres à la minute. Des noms tourbillonnaient dans la tête de Frankie : la Chine, Peachville, la Nouvelle-Zélande, Paris, Cincinnati, Rome. Elle pensa à cet énorme monde tournant jusqu'à ce que ses jambes commençassent à trembler. Elle avait la paume des mains moite. Mais elle ne savait toujours pas où elle irait. Elle cessa de regarder les murs de la cuisine et dit à Bérénice :

« J'ai exactement l'impression que quelqu'un m'a écorchée vive. Je voudrais une bonne glace au chocolat. »

Bérénice avait les mains sur les épaules de Frankie ; elle secouait la tête et son œil vivant était fixé sur le visage de Frankie.

« ... Mais chaque parole que je vous ai dite était la vérité vraie. Je ne reviendrai pas ici après le mariage. »

Il y eut un bruit et elles se retournèrent : Honey et T.T. Williams étaient sur le seuil de la porte. Honey, bien qu'il fût son demi-frère, ne ressemblait pas à Bérénice... il semblait venir d'un pays étranger comme Cuba ou Mexico. Il avait une peau claire, presque bleuâtre, des yeux étroits, paisibles comme

de l'huile et un corps mince. T.T. Williams
était très gros et très noir : il avait les
cheveux blancs, paraissait plus vieux que Bérénice, et portait un costume de dimanche avec
un insigne rouge à la boutonnière. T.T. Williams était un amoureux de Bérénice, un nègre
riche, propriétaire d'un restaurant pour les
hommes de couleur. Honey était un malade
et un isolé. L'armée n'avait pas voulu de lui
et il avait travaillé dans une carrière, mais
il s'était cassé quelque chose à l'intérieur et
ne pouvait plus faire de gros travaux. Ils
étaient là, tous les trois, noirs, groupés à la
porte.

« Pou'quoi vous êtes a'ivés, comme ça, en
tapinois ? demanda Bérénice. Je vous avais
même pas entendus.

— Vous et Frankie étiez trop occupées à
discuter, dit T.T. Williams.

— Je suis p'ête, dit Bérénice. Mais voulez-
vous p'end' un petit quelque chose avant de
pa'ti' ? »

T.T. Williams regarda Frankie et remua les
pieds d'un air gêné. Il aimait plaire à tout
le monde et voulait toujours agir selon les
convenances.

« F'ankie n'est pas une 'appo'teuse, dit Bérénice. N'est-ce pas ? »

Frankie ne répondit même pas à une telle

76

question. Honey portait un complet en rayonne rouge foncé et elle dit :

« Vous en avez un chic complet, Honey ! Où l'avez-vous acheté ? »

Honey pouvait parler comme un maître d'école blanc : ses lèvres bleues pouvaient se mouvoir aussi rapides et légères que des papillons. Mais il se contenta de répondre par un mot de nègre, un son grave sorti des profondeurs de sa gorge et qui signifiait n'importe quoi : « Ahhnnh », dit-il.

Les verres étaient sur la table ainsi que la bouteille de gin, mais ils ne buvaient pas. Bérénice parla de Paris et Frankie eut l'intuition qu'ils attendaient son départ. Du seuil de la porte elle les regardait. Elle n'avait pas envie de partir.

« Vous voulez de l'eau avec, T.T. ? » demanda Bérénice.

Ils étaient autour de la table et Frankie était sur le seuil de la porte, seule.

« Au revoir, tout le monde, dit-elle.

— Au 'evoi', mon chou, dit Bérénice. Oubliez les sottises que nous avons dites et not' que'elle. Et si missié Addams ne rent' pas avant la nuit, allez chez les West. Allez jouer avec John Hen'y.

— Depuis quand ai-je peur de la nuit ? dit Frankie. Au revoir.

— Au revoir », répondirent-ils.

Elle ferma la porte mais elle entendait leurs voix. La tête contre la porte, elle entendait un murmure grave qui s'élevait et retombait doucement. Ayee... ayee. Et enfin Honey demanda :

« Qu'y avait-il ent'e toi et F'ankie quand nous sommes ent'és ? »

Elle attendit, l'oreille collée au panneau, pour entendre ce que dirait Bérénice. Et finalement les paroles furent :

« Des sottises ; Frankie disait des sottises. »

Elle écouta jusqu'au moment où elle les entendit quitter la maison.

La maison vide s'assombrissait. Elle et son père étaient seuls la nuit, car Bérénice rentrait chez elle après le dîner. Une fois ils avaient loué la chambre du devant. C'était l'année qui avait suivi la mort de sa grand-mère, quand Frankie avait neuf ans. Ils avaient loué la chambre à M. et Mme Marlowe. Frankie se rappelait la dernière remarque faite à leur sujet : on avait dit que c'étaient des gens vulgaires. Pendant qu'ils habitaient chez elle, Frankie était fascinée par M. et Mme Marlowe et la chambre du devant. Elle aimait y entrer quand ils étaient absents et inspectait soigneusement leurs affaires — le vaporisateur de Mme Marlowe qui épar-

pillait du parfum, la houppette à poudre gris
rose, les embauchoirs de bois de M. Marlowe.
Ils partirent mystérieusement après quelque
chose que Frankie ne comprit pas. C'était un
dimanche d'été et la porte des Marlowe était
ouverte. Du vestibule elle ne pouvait voir
qu'une partie de la chambre, une partie de
la commode et le pied du lit où s'étalait le
corset de Mme Marlowe. Mais il y avait dans
la chambre paisible un son qu'elle ne pouvait
situer et, quand elle franchit le seuil de la
porte, elle fut bouleversée par un spectacle
qui, après un seul regard, la fit courir à la
cuisine en criant : « M. Marlowe a une crise. »
Bérénice s'était précipitée dans le vestibule,
mais, après un coup d'œil dans la chambre,
elle avait pincé les lèvres et claqué la porte.
Et, évidemment, elle avait raconté la chose
à son père, car, ce soir-là, il dit que les Marlowe quitteraient la maison. Frankie avait
essayé de questionner Bérénice et de découvrir ce qui s'était passé. Mais Bérénice avait
seulement dit que ces gens étaient très vulgaires et ajouté que, sachant qu'une certaine
personne habitait la maison, ils auraient pu
au moins fermer leur porte. Bien que Frankie
sût qu'elle était la certaine personne, elle ne
comprenait pas. Quelle sorte de crise était-ce ?
demanda-t-elle. Mais Bérénice lui répondit :

« Bébé, seulement une c'ise o'dinai'. » Et Frankie comprit au ton de sa voix qu'il y avait dans cette affaire plus de choses qu'on ne lui en disait. Plus tard elle se rappela les Marlowe comme des gens vulgaires et, étant vulgaires, ils possédaient des objets vulgaires... et longtemps après qu'elle eût cessé de penser aux Marlowe et aux crises, se rappelant seulement leur nom et le fait qu'ils avaient loué la chambre du devant, elle associait les gens vugaires aux houppettes à poudre gris rose et aux vaporisateurs. Depuis, on n'avait plus loué la chambre du devant.

Frankie alla dans le vestibule et prit au porte-manteau un des chapeaux de son père. Elle le mit et regarda dans le miroir sa laide frimousse brune. Les questions qu'elle avait posées aujourd'hui ne rimaient à rien et Bérénice avait répondu par des plaisanteries. L'impression qu'elle éprouvait n'avait pas de nom et elle resta là jusqu'à ce que les ombres grandissantes lui fissent penser à des fantômes.

Frankie sortit dans la rue devant la maison et, les poings sur les hanches et la bouche ouverte, contempla le ciel. Il était bleu pâle et s'assombrissait par degrés. Elle entendit, dans le voisinage, les voix du soir et sentit la fraîche et délicate odeur de l'herbe qu'on arrose. C'était le moment de la journée où, la cuisine étant trop chaude, elle aimait sortir. Elle s'exerçait au lancer du couteau ou s'asseyait devant la maison, en face du magasin de boissons glacées. Ou elle allait dans la cour et la tonnelle était fraîche et sombre. Elle écrivait des pièces de théâtre, bien qu'elle eût trop grandi pour mettre encore ses costumes et pour jouer un rôle sous la tonnelle ; cet été elle avait écrit des pièces froides... avec des Esquimaux et des explorateurs gelés. Puis, à la nuit, elle rentrait dans la maison.

Mais ce soir, Frankie ne s'intéressait ni aux couteaux, ni aux pièces de théâtre, ni aux magasins de boissons glacées. Elle ne voulait pas davantage contempler le ciel ; car son cœur posait les vieilles questions et, comme au printemps, elle avait peur.

Elle sentit qu'elle avait besoin de penser à quelque chose de laid et d'ordinaire et elle se détourna du ciel crépusculaire pour regarder sa maison. Frankie vivait dans la plus laide maison de la ville, mais, maintenant, elle savait qu'elle ne l'habiterait plus longtemps. La maison était vide, sombre. Frankie descendit la rue pour se rendre chez les West. John Henry était appuyé à la balustrade du perron ; derrière lui se trouvait une fenêtre éclairée et il ressemblait à une petite poupée de papier noir collée sur un morceau de papier jaune.

« Hé ! dit-elle. Je me demande quand mon papa va rentrer. »

John Henry ne répondit pas.

« ... Je ne veux pas rentrer seule dans ma vieille maison laide et noire. »

Debout sur le trottoir elle regardait John Henry, et son adroite insinuation fut perdue. Elle s'enfonça les pouces dans les poches de son short et demanda : « Si tu devais voter dans une élection, pour qui voterais-tu ? »

La voix de John Henry s'éleva, aiguë, dans la nuit d'été :

« Je ne sais pas.

— Par exemple, si C.P. Mac Donald voulait se faire élire maire de cette ville, lui donnerais-tu ta voix ? »

John Henry ne répondit pas.

« La lui donnerais-tu ? »

Mais elle ne put le faire parler. Il y avait des moments où John Henry refusait de répondre, quelle que fût la question. Elle fut donc obligée de continuer sans réponse et, dans un monologue, la phrase perdait de sa valeur : « Eh bien, je ne voterais pas pour lui, même s'il rattrapait un chien à la course. »

La ville, dans la nuit tombante, était tranquille. Depuis longtemps déjà son frère et la fiancée étaient à Winter Hill. Ils avaient laissé la ville à cent kilomètres derrière eux et maintenant ils étaient loin, très loin. Ils étaient, eux, à Winter Hill, ensemble, tandis qu'elle était, elle, dans la même vieille ville, toute seule. Les longues centaines de milles ne la rendaient pas plus triste et ne lui donnaient pas plus une impression d'isolement que la connaissance qu'ils étaient, eux, tous deux ensemble, et qu'elle était seulement, elle, séparée d'eux, toute seule. Et tandis que cette impression l'accablait, une pensée et une explication surgirent dans son esprit et elle dit presque à haute voix : « Ils sont mon « nous » à moi. » Hier, et pendant les douze années de sa vie, elle avait été seulement Frankie. Elle était un « je » qui se promenait et agissait seule. Toutes les autres personnes se réclamaient d'un « nous »... toutes, sauf elle. Quand Bérénice disait « nous », cela signifiait Honey et grand-maman, sa loge ou son église. Le « nous » de son père c'était le magasin. Tous les membres du club avaient un « nous » auquel ils appartenaient et dont ils parlaient. Les soldats de l'armée pouvaient dire « nous » et même les criminels enchaînés dans les bagnes.

Mais la Frankie d'autrefois ne pouvait se réclamer d'un « nous », à moins que ce ne fût le « nous » du terrible été, de John Henry et de Bérénice... mais c'était bien le dernier « nous » au monde qu'elle pût accepter. Maintenant tout changeait brusquement. Il y avait son frère et la fiancée et ce fut comme une chose sue par elle depuis toujours : « Ils sont mon « nous » à moi. » Et c'était la raison pour laquelle elle avait éprouvé cette étrange impression lorsqu'ils étaient partis pour Winter Hill, la laissant seule ; c'était la coque de la vieille Frankie qui avait été laissée en ville.

« Pourquoi es-tu courbée comme ça ? cria John Henry.

— J'ai mal, dit Frankie. J'ai dû manger quelque chose qui ne passe pas. »

John Henry était debout sur le rebord de la balustrade, un bras autour du pilier.

« Ecoute, dit-elle enfin. Si tu venais dîner et passer la nuit à la maison.

— Je ne peux pas.

— Pourquoi ? »

John Henry marcha sur le rebord, les bras étendus en guise de balancier et, dans la lumière jaune de la fenêtre, il ressemblait à un petit merle. Il ne répondit qu'après avoir atteint sans encombres l'autre pilier.

« Parce que.

— Parce que quoi ? »

Comme il ne répondait pas, elle reprit :

« Je pensais que peut-être nous pourrions monter ma tente de Peau-Rouge dans la cour et coucher dessous et bien nous amuser. »

John Henry ne répondit pas.

« Nous sommes cousins germains. Je t'amuse tout le temps. Je t'ai fait des tas de cadeaux. »

Tranquillement, légèrement, John Henry revint sur ses pas le long de la balustrade et, le bras autour du pilier, regarda Frankie.

« Pourquoi ne viens-tu pas ? cria-t-elle.

— Parce que je n'en ai pas envie, Frankie, dit-il enfin.

— Idiot ! hurla-t-elle. Je ne te l'ai demandé que parce que tu avais l'air de t'ennuyer. »

John Henry sauta de la balustrade et sa voix claire d'enfant résonna dans le silence :

« Je ne m'ennuie pas du tout. »

Frankie frotta ses paumes moites sur son short et pensa : « Maintenant, demi-tour et rentre chez toi. » Mais, en dépit de cet ordre, elle fut incapable de rebrousser chemin. Il ne faisait pas encore nuit. Les maisons étaient sombres, des fenêtres s'éclairaient. Les ténèbres s'étaient rassemblées dans le feuillage épais des arbres et les formes, dans le lointain, étaient confuses et grises. Mais la nuit ne s'était pas encore emparée du ciel.

« Je crois que quelque chose ne va pas,

dit-elle. C'est trop calme. J'ai un avertissement spécial dans les os. Je te parie cent dollars qu'une tempête se prépare. »

Derrière la balustrade, John Henry l'observait.

« ... Un orage terrible. Ou peut-être même un cyclone. »

Frankie attendait la nuit. Et juste à ce moment un cornet à pistons commença à jouer. Quelque part dans la ville, pas très loin, un cornet à pistons commença une mélodie lente et désolée. C'était le mélancolique cornet à pistons de quelque nègre, mais qui il était, elle ne le savait pas. Frankie, le corps rigide, la tête penchée et les yeux clos, écoutait. Il y avait dans cette mélodie quelque chose qui la reportait au printemps : les fleurs, les yeux des étrangers, la pluie.

La mélodie était lente, sombre et triste. Puis tout d'un coup le cornet commença un jazz échevelé et zigzaguant empli de toute la magie nègre. Puis la musique ne fut plus qu'un son filé et lointain avant de revenir au blues du début. On eût dit le récit de cette longue saison troublée. Elle restait là sur le trottoir sombre, le cœur serré, les genoux collés, la gorge contractée. Puis, sans avertissement, il arriva une chose que, tout d'abord, Frankie ne put pas croire. Au milieu d'une phrase mélodique, la musique s'arrêta net. Tout d'un coup le cornet cessa de jouer. Pendant un instant Frankie ne comprit pas, se sentit perdue.

« Il s'est arrêté pour secouer la salive de son cornet, murmura-t-elle enfin à John Henry. Dans une seconde il reprendra. »

Mais la musique ne reprit pas. La mélodie resta brisée, inachevée. Et elle ne pouvait plus supporter cette terrible angoisse. Elle sentait qu'il lui fallait faire quelque chose de sauvage, d'inattendu. Elle se frappa la tête à coups de poing, mais cela ne servit à rien. Alors elle commença à parler à haute voix, bien qu'au début elle ne fît pas attention à ses propres paroles et ne sût pas d'avance ce qu'elle dirait.

« J'ai prévenu Bérénice que j'allais quitter la ville pour de bon et elle ne m'a pas crue. Il y a des jours, vraiment, où je trouve que c'est la dernière des imbéciles. »

Elle se plaignait très haut et sa voix semblait découpée et pointue comme des dents de scie. Elle parlait et ne savait pas quel mot suivrait celui qu'elle prononçait. Elle écoutait sa propre voix, mais les mots qu'elle entendait n'avaient guère de sens.

« Vous essayez de faire comprendre quelque chose à une grande idiote comme ça et c'est exactement comme si vous parliez à un bloc de ciment. Je lui ai expliqué, répété et répété. Je lui ai dit que je quitterai la ville pour de bon parce que c'est inévitable. »

Elle ne parlait pas à John Henry. Elle ne le voyait plus. Il avait quitté la fenêtre éclairée, mais il écoutait du seuil de la porte et, au bout d'un instant, il lui demanda :

« Où iras-tu ? »

Frankie ne répondit pas. Elle se sentait brusquement calme et tranquille. Elle éprouvait un sentiment nouveau. Le sentiment de savoir au fond d'elle-même où elle irait. Elle savait et, dans une minute, le nom lui viendrait. Frankie se mordit les poings et attendit ; mais elle ne cherchait pas le nom du lieu et ne pensait pas à la rotation du monde. Elle voyait dans son imagination son frère et la fiancée et son cœur était si contracté que Frankie le sentit presque se briser.

« Tu veux que j'aille dîner et dormir avec toi sous la tente ? demanda John Henry de sa voix aiguë d'enfant.

— Non, répondit-elle.

— Mais tu viens de m'inviter. »

Mais elle ne pouvait discuter avec John Henry ni lui répondre, car juste à ce moment Frankie comprit. Elle sut qui elle était et comment elle ferait partie du monde. Son cœur serré s'ouvrit brusquement et se divisa. Il se divisa en deux ailes. Et quand elle parla sa voix était assurée.

« Je sais où j'irai, dit-elle.

— Où ? demanda-t-il.

— J'irai à Winter Hill. J'irai au mariage. »

Elle attendit, pour lui permettre de dire : « Je le savais déjà. » Finalement, elle exprima la soudaine vérité.

« J'irai avec eux. Après le mariage à Winter Hill, j'accompagnerai les deux partout où ils iront. Je serai avec eux. »

Il ne répondit pas.

« Je les aime tant, tous les deux. Nous irons partout ensemble. C'est comme si j'avais su toute ma vie que je faisais partie de leur existence. Je les aime tant, tous les deux. »

Et après ces paroles, elle n'eut plus à s'étonner ni à s'interroger. Elle ouvrit les yeux et il faisait nuit. Le ciel bleu lavande était enfin devenu sombre et parsemé d'étoiles. Son cœur s'était divisé comme deux ailes et jamais elle n'avait vu une nuit si belle.

Frankie, immobile, regardait le ciel ! Et lorsque la vieille question se présenta — qui elle était et ce qu'elle serait dans le monde, et pourquoi, à cette minute même, elle était là debout ? —, quand la vieille question se présenta, elle ne souffrit pas, ne se sentit pas frustrée d'une réponse. Elle savait enfin qui elle était et où elle allait. Elle aimait son frère et sa fiancée et s'intégrait au mariage. Ils seraient tous les trois dans le monde, toujours ensemble. Et enfin, après le printemps d'effroi et l'été hallucinant, elle fut délivrée de la peur.

DEUXIEME PARTIE

La veille du mariage ne ressembla à aucun jour connu de F. Jasmine. Ce samedi où elle alla en ville et, brusquement, après l'été vide et clos, la ville s'ouvrit devant elle et elle sentit que, d'une façon nouvelle, elle faisait partie de tout. A cause du mariage, elle était liée à tout ce qu'elle voyait et, dans cet esprit, elle fit le tour de la ville. Elle arpenta les rues, fière comme une reine, et participant à tout. Pour la première fois, elle ne se sentit plus séparée du monde. Par là même, bien des choses arrivèrent — mais rien ne surprit F. Jasmine et, jusqu'à la fin, tout fut miraculeusement naturel.

Un oncle de John Henry, oncle Charles, avait une maison de campagne ; chez lui, elle avait vu de vieilles mules aveugles tourner sans arrêt dans le même cercle, entraînant les meules qui écrasaient les cannes à sucre pour en extraire le suc. Cet été, la vieille Frankie avait agi comme ces mules de la campagne. En ville, elle avait erré devant les comptoirs de Monoprix, ou s'était assise au Palace Cinéma, ou avait flâné aux alentours du magasin de son père, ou s'était plantée au coin des rues pour regarder les soldats. Ce matinlà fut absolument différent. Elle alla en des lieux où elle n'avait jamais imaginé qu'elle pût entrer jusqu'à ce jour. En particulier, Jasmine entra dans un hôtel... ce n'était pas le plus grand hôtel de la ville, ni même un hôtel de deuxième ordre, mais c'était quand même un hôtel et F. Jasmine y entra. De plus, elle s'y trouva avec un soldat et cela, aussi, fut un événement imprévu, car elle voyait cet homme pour la première fois de sa vie. Si, hier, la vieille Frankie avait eu une image de cette scène, comme un paysage vu dans la lunette d'un sorcier, elle aurait eu une moue sceptique. Mais ce fut un matin où beaucoup de choses se passèrent, et le fait le plus curieux de ce jour fut une déformation de l'étonnant ; l'inattendu ne la surprit pas, et les choses familières, longtemps connues, la bouleversèrent étrangement.

Cette journée commença à l'aube, dès son réveil, et ce fut comme si son frère et la fiancée avaient, pendant la nuit, dormi au fond de son cœur, si bien que, dès le premier instant, elle reconnut le mariage. Immédiatement après, elle pensa à la ville. Maintenant qu'elle allait quitter la maison, elle éprouvait la curieuse impression que la ville l'appelait et l'attendait. L'aube teintait d'un bleu froid les fenêtres de sa chambre. Le vieux coq des Mac Kean s'égosillait. Rapidement elle se leva et alluma la lampe de chevet et le moteur.

C'était la vieille Frankie d'hier qui avait été troublée, mais F. Jasmine ne s'étonnait plus ; déjà elle se sentait familiarisée avec le mariage depuis un long, très long temps. La nuit noire séparatrice y était pour quelque chose. Pendant les douze années précédentes, toutes les fois qu'un brusque changement survenait, un certain doute l'accompagnait ; mais après une nuit de sommeil le changement ne paraissait pas aussi brusque après tout. Deux étés auparavant elle était allée avec les West à Port-St-Peter, sur la baie ; les vagues grises de l'océan et la plage vide lui avaient semblé étrangères, et elle avait tout regardé et palpé avec méfiance. Mais le lendemain, dès son réveil, il lui sembla avoir connu Port-St-Peter toute sa vie. Maintenant elle éprouvait la même impression avec le mariage. Sans s'interroger davantage elle se tournait vers d'autres choses.

Vêtue seulement de son pantalon de pyjama rayé bleu et blanc retroussé au-dessus du genou, elle s'assit à son bureau et, frottant ses pieds nus l'un contre l'autre, réfléchit à ce qu'elle devait faire en ce dernier jour. Elle pouvait nommer certaines choses, mais il y en avait d'autres qu'elle ne pouvait compter sur ses doigts ni inscrire sur une liste. Pour commencer, elle décida de se fabriquer des cartes de visite avec : Miss F. Jasmine Addams, Esq., gravé en lettres italiques sur des petits cartons. Elle mit donc sa visière verte, découpa quelques bouts de carton et posa un porte-plume derrière chacune de ses oreilles. Mais son esprit vagabondait et elle se prépara à sortir. Elle s'habilla avec soin et choisit ce qu'elle avait de mieux et de plus sérieux : sa robe d'organdi rose. Elle se mit du rouge aux lèvres et se parfuma. Son père, toujours très matinal, s'affairait dans la cuisine lorsqu'elle descendit.

« Bonjour, papa. »

Son père était Royal Quincy Addams et il possédait une bijouterie dans la rue principale de la ville. Il lui répondit par un grognement, car c'était une grande personne qui avait besoin de boire trois tasses de café avant d'entamer la première conversation de la journée ; il voulait un peu de paix et de repos avant de mettre le nez sur la meule. F. Jasmine l'avait entendu s'agiter dans sa chambre une nuit où elle s'était réveillée pour boire de l'eau et, le lendemain matin, il avait un visage blanc comme du fromage et les yeux rouges et gonflés. Ce matin-là, il repoussa une soucoupe parce que sa tasse ne s'y adaptait pas et branlait. Aussi il posa sa tasse sur la table ou sur le fourneau laissant partout des cercles bruns immédiatement couverts de mouches. Il y avait du sucre répandu sur le plancher et chaque fois qu'il en écrasait sous sa semelle, sa figure se contractait. Aujourd'hui il portait un pantalon gris déformé aux genoux et une chemise bleue dont le col était déboutonné et une cravate à peine nouée. Depuis juin F. Jasmine avait contre lui une secrète rancune qu'elle admettait difficilement — depuis le soir où il avait demàndé qui était ce grand tromblon qui voulait encore dormir dans le lit de son vieux papa — mais maintenant cette rancune n'existait plus. Tout d'un coup il lui sembla qu'elle voyait son père pour la première fois, et elle ne le voyait pas seulement tel qu'il était à cette minute, mais des images des jours anciens tourbillonnaient et chevauchaient dans son esprit. Changeants et rapides, ces souvenirs la firent s'arrêter et elle ne bougea plus, la tête penchée de côté, observant son père dans la pièce où il se trouvait et, en même temps, d'un coin secret de son cœur. Mais il y avait des choses qui devaient être dites, et lorsqu'elle parla, sa voix fut presque naturelle.

« Papa, je crois qu'il faut vous le dire maintenant. Je ne reviendrai pas ici après le mariage. »

Il avait des oreilles pour entendre, de grandes oreilles aux ourlets bleuâtres, mais il n'écoutait pas. Il était veuf — la mère de Frankie était morte en la mettant au monde — et, comme tous les veufs, il avait des habitudes invétérées. Quelquefois, spécialement le matin, il n'écoutait pas ce qu'elle lui disait ni ses suggestions nouvelles. Aussi affermit-elle sa voix et elle burina les mots dans la tête de son père.

« Il faut que j'achète une robe, des souliers et une paire de bas mousseline roses pour le mariage. »

Il écouta et, après réflexion, fit un signe d'assentiment. Les boulettes de maïs bouillaient lentement avec d'épaisses bulles bleues et, tout en mettant le couvert, Frankie observait son père et se souvenait. Il y avait les matins d'hiver avec les fleurs de givre sur les vitres, et le poêle qui ronflait, et la main brune et calleuse de son père qui s'appuyait sur son épaule tandis que, penché sur elle, il lui expliquait, à la dernière minute, les difficultés d'un problème d'arithmétique. Les longs soirs bleus du printemps, elle les voyait aussi, et son père, assis sur le perron, les pieds sur la balustrade, buvant les bouteilles de bière glacée qu'il l'avait envoyée chercher chez Finny. Elle le voyait au magasin penché sur son établi, plongeant un minuscule ressort dans l'essence, ou sifflant tout en examinant une montre à travers sa loupe d'horloger. Les souvenirs jaillissaient, colorés selon leur saison et, pour la première fois, elle évoqua ces douze années de sa vie et, à distance, les considéra comme un tout.

« Papa, dit-elle, je vous écrirai. »

Maintenant il marchait dans la cuisine comme un homme qui a perdu quelque chose mais ne sait pas ce qu'il a perdu. En le regardant, elle oublia sa vieille rancune et eut pitié de lui. Elle lui manquerait dans cette maison où il serait tout seul après son départ. Il s'ennuierait. Elle voulait dire à son père quelques mots de regret et d'affection, mais, juste à ce moment-là, il s'éclaircit la gorge comme il avait coutume de le faire avant de la menacer des foudres de la loi.

« Veux-tu avoir la bonté de me dire ce que sont devenus le tournevis et la clef anglaise qui se trouvaient dans ma caisse à outils ?

— La clef anglaise et le tournevis... » F. Jasmine s'immobilisa, les épaules courbées, le pied droit posé sur son mollet gauche. « C'est moi qui les ai pris, papa.

— Où sont-ils maintenant ? »

F. Jasmine réfléchit.

« Chez les West.

— Maintenant, fais attention et écoute-moi, dit son père en ponctuant ses paroles avec la cuiller qui avait servi à remuer les boulettes de maïs. Si tu n'as pas assez de bon sens et de jugement pour laisser les choses tranquilles... — il la regarda d'un air menaçant — il faudra te l'apprendre. A partir de maintenant, marche droit. Ou il faudra t'apprendre. » Il renifla brusquement : « Est-ce que ce toast brûle ? »

Il était encore de bonne heure lorsque F. Jasmine quitta la maison. Le gris doux de l'aube s'était éclairci et le ciel avait la nuance bleu pâle veloutée d'un ciel d'aquarelle fraîchement peinte et pas encore séchée. Il y avait une fraîcheur dans l'air lumineux et une fraîche rosée sur l'herbe roussie. F. Jasmine entendit des voix d'enfants dans une cour au bas de la rue. Elle entendit les appels des enfants du voisinage qui essayaient de creuser une piscine. Ils étaient de toute taille et de tout âge, membres de rien du tout, et les étés précédents, la vieille Frankie avait été en quelque sorte le chef ou la présidente de leur équipe — mais maintenant qu'elle avait douze ans, elle savait d'avance qu'ils auraient beau travailler et creuser dans une cour ou dans une autre avec l'espoir obstiné d'obtenir une nappe d'eau claire et fraîche, le résultat serait toujours une large surface de boue sans profondeur.

Tandis que F. Jasmine traversait la cour, elle eut la vision d'un essaim d'enfants et entendit leurs cris chantants — et ce matin, pour la première fois de sa vie, elle perçut une douceur dans ces sons, et elle fut émue. Et, chose étrange à dire, la cour de sa maison, cette cour qu'elle avait haïe, l'émut aussi. Elle sentit qu'elle ne l'avait pas vue depuis longtemps. Là, sous l'orme, était sa vieille boutique de boissons glacées, une petite valise qu'elle pouvait traîner facilement suivant le déplacement de l'ombre, avec une enseigne portant : *Auberge de la Goutte de Rosée*. C'était l'heure où, d'habitude, la limonade plongée dans un seau, elle s'asseyait, les pieds nus sur le comptoir et son chapeau mexicain rabattu sur la figure... les yeux clos, humant l'odeur forte de la paille chauffée par le soleil, attendant. Et quelquefois il y avait des clients et elle envoyait John Henry acheter des bonbons ; mais quelquefois aussi Satan le Tentateur était plus fort qu'elle et elle buvait tout son stock. Mais, ce matin, la boutique lui parut très petite et délabrée et elle comprit qu'elle ne s'en occuperait jamais plus. F. Jasmine y pensa comme à une chose finie, terminée depuis longtemps. Et, se dit-elle soudain, après-demain, quand elle serait avec Janice et Jarvis, dans une ville lointaine, elle se rappellerait les jours anciens et... Mais F. Jasmine n'acheva pas ce projet, car, tandis que les noms flottaient dans son esprit, la joie du mariage l'envahit et, bien que ce jour fût un jour d'août, elle frissonna.

La Grand-Rue aussi lui fit l'impression d'une rue qu'elle revoyait après de nombreuses années, bien qu'elle s'y fût promenée mercredi. Il y avait les mêmes magasins de briques, la grande banque blanche et, dans le lointain, les filatures aux multiples fenêtres. La large rue était divisée en son milieu par une étroite bande de gazon et, de chaque côté, les autos roulaient lentement, comme

si elles broutaient. Les trottoirs gris étincelants, les passants, les vélums rayés des magasins, n'avaient pas changé — cependant, ce
matin-là, tandis qu'elle descendait la rue, elle
se sentait libre comme un voyageur visitant
la ville pour la première fois.

Et ce ne fut pas tout : comme elle remon-
tait la rue, elle constata quelque chose de
nouveau. Ce quelque chose concernait des
personnes variées, connues d'elle ou étrangères, qu'elle croisait dans la rue. Un vieux
nègre, raide et fier sur le siège de sa charrette
cahotante, conduisait une triste mule aveugle
vers le marché. F. Jasmine le regarda, il la
regarda et, extérieurement, ce fut tout. Mais
dans ce regard, F. Jasmine sentit entre ses
yeux et les yeux de l'homme une connexion
nouvelle et sans nom, comme s'ils se connais-
saient — et elle eut la vision immédiate du
champ de cet homme, de routes et de pins
tranquilles et sombres, tandis que la charrette
cahotait sur les pavés de la ville. Et elle aurait
voulu qu'il la connût aussi... et l'histoire du
mariage.

Et le même fait se renouvela tout le long
de la rue : avec une dame entrant dans le
magasin de Mac Dougal, avec un petit homme
attendant l'autobus devant la grande Banque
nationale, avec un ami de son père appelé

Tut Ryan. C'était un sentiment impossible à expliquer en paroles — et plus tard, quand elle essaya d'en parler à la maison, Bérénice leva les sourcils et répéta en traînant railleusement sur les syllabes : Connexion ? Connexion ? Mais malgré tout, il était là, ce sentiment... une connexion aussi étroite qu'une réponse à un appel. De plus, devant la Banque nationale, elle trouva une pièce de monnaie et, en temps normal, elle eût éprouvé une grande surprise, mais ce matin-là, elle s'arrêta seulement pour frotter la pièce sur le devant de sa robe et la mit dans son porte-monnaie rose. Sous le ciel bleu et frais, elle marchait avec une impression toute neuve de légèreté, de puissance, de liberté.

Ce fut dans un endroit appelé « La Lune bleue » qu'elle parla, pour la première fois, du mariage et elle arriva par hasard à La Lune bleue qui n'était pas dans la Grand-Rue mais dans Front Avenue, au bord de la rivière. Elle se trouva de ce côté parce qu'elle avait entendu l'orgue de Barbarie de l'homme au singe et elle s'était mise immédiatement à sa recherche. Elle n'avait pas vu l'homme au singe de tout l'été et qu'elle pût le rencontrer, en ce dernier jour qu'elle passait en ville, lui parut un signe. Elle ne les avait pas vus depuis si longtemps, l'homme et le singe, qu'elle les croyait morts. Ils ne circulaient pas dans les rues pendant l'hiver parce que le vent froid les rendait malades ; en octobre ils partaient pour la Floride et ne revenaient en ville qu'à la fin du printemps.

Eux, le singe et l'homme au singe, ils déambulaient d'une ville à l'autre — mais la vieille Frankie les avait rencontrés dans les diverses rues, tous les étés dont elle pouvait se souvenir, excepté celui-ci. Le petit singe était ravissant, et l'homme au singe était vraiment sympathique ; la vieille Frankie les avait toujours aimés et, maintenant, elle mourait d'envie de leur découvrir ses projets et de leur parler du mariage. Aussi, lorsqu'elle entendit la faible musique saccadée de l'orgue de Barbarie, elle se mit immédiatement à sa recherche et le son paraissait venir de Front Avenue. Elle se précipita dans sa direction mais, avant qu'elle eût atteint Front Avenue, l'orgue de Barbarie se tut et quand elle inspecta l'avenue du regard elle n'y découvrit ni le singe, ni l'homme au singe ; tout était silencieux et il n'y avait personne en vue. Ils s'étaient peut-être arrêtés sous un porche ou dans une boutique... aussi F. Jasmine avança lentement, l'œil aux aguets.

Front Avenue était une rue qui l'avait toujours attirée, bien qu'elle possédât les magasins les plus petits et les plus tristes de la ville. Le côté gauche de la rue était bordé d'entrepôts entre lesquels on apercevait des fragments de rivière et des arbres verts. A droite s'élevait une maison avec une pancarte sur laquelle on lisait : « Prophylaxie militaire », terme qui l'avait toujours intriguée, et des boutiques variées : une poissonnerie malodorante étalant à sa vitrine les yeux vitreux d'un poisson plongé dans de la glace pilée, un prêteur sur gages, une boutique de fripier où étaient suspendus des vêtements démodés et devant laquelle s'alignait une rangée de chaussures éculées. Puis, finalement, il y avait un endroit appelé La Lune bleue. La rue était pavée de briques et d'aspect hostile dans la lumière éblouissante et les ruisseaux étaient jonchés de coques d'œufs et d'écorces de citrons pourries. Ce n'était pas une belle rue mais, malgré tout, la vieille Frankie avait aimé la parcourir de temps à autre.

La rue était tranquille le matin et l'après-midi des jours de semaine. Mais le soir ou les jours fériés la rue se remplissait de soldats venus du camp situé à neuf milles de la ville. Ils semblaient préférer Front Avenue à toutes les autres rues et, quelquefois, la chaussée ressemblait à une rivière de soldats bruns. Ils venaient en ville les jours de congé et se promenaient en bandes joyeuses ou arpentaient les trottoirs avec des jeunes filles. Et la vieille Frankie les avait toujours observés avec jalousie ; ils venaient de tous les coins du pays et parcouraient bientôt le monde. Ils allaient en bandes, ensemble, pendant ces interminables soirées d'été — tandis que la vieille Frankie, vêtue de son short kaki et d'un chapeau mexicain, toute seule, les regardait à distance. Les bruits et les climats de contrées lointaines semblaient planer au-dessus d'eux. Elle imaginait les villes d'où venaient ces soldats et pensait aux pays où ils iraient... alors qu'elle était fixée à cette ville pour toujours. Et elle était malade de jalousie. Mais ce matin-là, son cœur n'avait de place que pour une intention : parler du mariage et de ses projets. Aussi, après avoir longtemps marché sur les pavés brûlants, en quête du singe et de l'homme au singe, elle arriva devant La Lune bleue et pensa qu'ils s'y trouvaient peut-être.

La vieille Frankie s'était souvent arrêtée sur le trottoir devant La Lune bleue, les paumes et le nez écrasés sur la porte vitrée, pour voir ce qui se passait dans la salle. Les clients, presque tous des soldats, étaient attablés dans les stalles, ou buvaient debout devant le comptoir, ou s'attroupaient autour du pick-up. Il y avait parfois des incidents. Un soir, en passant devant La Lune bleue, elle avait entendu des voix furieuses et un bruit de bouteille cassée ; et un policeman était sorti du café poussant et secouant un homme déguenillé aux jambes flageolantes. L'homme pleurait, criait ; il y avait du sang sur sa chemise en lambeaux et des larmes crasseuses coulaient sur son visage. C'était un après-midi d'avril, coupé d'averses et d'arcs-en-ciel, et la Black Maria était arrivée à toute allure et le pauvre criminel avait été jeté dans la cage des prisonniers et emmené en prison. La vieille Frankie connaissait La Lune bleue bien qu'elle n'y fût jamais entrée. Il n'existait pas de loi écrite pour lui en interdire la porte, ni de verrou ou de chaîne. Mais elle avait su, sans qu'on le lui dise, que ce lieu était interdit aux enfants. La Lune bleue était un lieu pour les soldats en congé, les grandes personnes et les gens libres. La vieille Frankie avait compris qu'elle n'avait pas le droit d'entrer là ; aussi s'était-elle contentée de flâner dans les environs. Mais, en ce matin de veille du mariage, tout fut changé. Les vieilles lois qu'elle avait connues n'eurent plus de sens pour F. Jasmine et, sans hésitation, elle entra dans le café.

Là, à La Lune bleue, se trouvait le soldat aux cheveux roux qui devait, d'une façon inattendue, se trouver mêlé à tous les événements de cette veille de mariage. F. Jasmine ne le remarqua pas immédiatement ; elle chercha du regard l'homme au singe, mais il n'était pas là. A part le soldat, le seul occupant de la salle était le propriétaire de La Lune bleue, un Portugais, debout derrière le comptoir. F. Jasmine le choisit sans hésitation comme premier confident du mariage parce qu'il était le plus près et le plus sympathique.

Après l'éclatante fraîcheur de la rue, La Lune bleue paraissait sombre. Des lampes bleues au néon éclairaient une glace embuée derrière le comptoir et donnaient aux visages une teinte vert pâle. Un ventilateur électrique tournait lentement, balayant la salle de vagues d'air chaud. A cette heure matinale l'endroit était très tranquille. Les tables étaient vides. Au fond de La Lune bleue, un escalier éclairé conduisait au premier étage. L'endroit sentait la bière éventée et le café du matin. F. Jasmine commanda du café à l'homme du comptoir et, après le lui avoir apporté, l'homme s'assit sur un tabouret en face d'elle. Il était triste, pâle, avec une figure plate. Il portait un long tablier blanc et, courbé sur son tabouret, les pieds sur les barreaux, il lisait un roman. L'histoire du mariage emplissait la tête de F. Jasmine et elle ne pouvait plus résister à l'envie de la raconter ; elle chercha une bonne formule... quelque chose de mondain pour engager la conversation. Elle dit d'une voix un peu tremblante :

« Nous avons eu un été pénible, n'est-ce pas ? »

Tout d'abord le Portugais n'eut pas l'air d'entendre et continua à lire son roman elle répéta sa phrase et il leva les yeux sur elle. Ayant enfin attiré son attention elle continua :

« Demain, mon frère et sa fiancée se marieront à Winter Hill. »

Elle dévida l'histoire comme un chien de cirque dressé à crever les cerceaux de papier et, à mesure qu'elle parlait, sa voix devenait plus claire, plus affirmative. Elle exposa ses projets comme s'ils étaient définitifs et défiant toute objection. Le Portugais l'écoutait, la tête penchée de côté, ses yeux noirs cernés de gris et, de temps en temps, il essuyait ses mains pâles, moites et veinées de bleu sur son tablier sale. Elle lui raconta le mariage et ses projets et il ne la contredit en rien.

C'est beaucoup plus facile de convaincre des étrangers de la réalisation des plus chers désirs que de convaincre les habitués de la cuisine familiale, pensa-t-elle en se rappelant

Bérénice. L'émotion qu'elle éprouvait à prononcer certains mots — Jarvis et Janice, mariage à Winter Hill — était telle que, lorsque F. Jasmine eut fini, elle désira tout recommencer. Le Portugais prit la cigarette placée derrière son oreille et en tapa une extrémité sur son comptoir mais il ne l'alluma pas. Dans la lumière artificielle du néon, sa figure paraissait étonnée mais il ne parla pas. L'histoire du mariage résonnait en elle comme vibre la dernière corde d'une guitare longtemps après qu'elle a été pincée. F. Jasmine se tourna du côté de la porte d'entrée et du rectangle de rue flamboyante qu'elle encadrait ; des passants noirs longeaient le trottoir et leurs pas faisaient écho dans La Lune bleue.

« C'est une impression étrange, dit-elle, de savoir qu'après avoir passé ma vie dans cette ville, je n'y reviendrai jamais. »

C'est alors qu'elle remarqua le soldat qui allait être mêlé si bizarrement à cette dernière et longue journée. Plus tard, en réfléchissant, elle essaya de discerner en lui les signes de future démence — mais, à ce moment précis, il n'était qu'un soldat qui buvait de la bière devant le comptoir. Il n'était ni grand ni petit, ni gros ni maigre... à part ses cheveux rouges il n'avait rien

109

d'extraordinaire. C'était un de ces milliers de soldats venus en ville du camp le plus proche. Mais tandis qu'elle regardait le soldat dans les yeux, à la lumière vague de La Lune bleue, elle comprit qu'elle le regardait d'une façon nouvelle.

Ce matin-là, pour la première fois, F. Jasmine ne fut pas jalouse. Ce soldat venait peut-être de New York ou de la Californie... mais elle ne l'enviait pas. Il prendrait peut-être la route de l'Angleterre ou de l'Inde... elle n'était pas jalouse. Pendant le printemps d'inquiétude et l'été hallucinant, elle avait observé les soldats avec un cœur lourd, car ils allaient d'un lieu à l'autre tandis qu'elle était attachée à la ville pour toujours. Mais, en cette veille de mariage, tout était changé ; ses yeux, en rencontrant les yeux du soldat, étaient dénués de jalousie et de désirs. Non seulement elle sentait cette inexplicable connexion qu'elle devait sentir ce jour-là entre elle et des étrangers, mais de plus elle croyait le reconnaître : F. Jasmine eut l'impression qu'ils échangeaient le regard particulier, amical, des libres voyageurs qui se croient sur une route. Le regard fut long. Et, débarrassée du fardeau de la jalousie, F. Jasmine se sentit en paix. La Lune bleue était tranquille et l'histoire du mariage semblait encore murmurer dans la salle. Après ce long regard de compagnons de voyages, ce fut le soldat qui, finalement, détourna la tête.

« Oui, dit Jasmine sans s'adresser à quelqu'un en particulier, j'éprouve une drôle d'impression, un peu comme si j'étais obligée de faire tout ce que j'aurais fait si j'étais restée en ville. Et je n'ai plus que cette journée. Aussi je crois qu'il vaut mieux que je m'en aille. Adios. »

Ce dernier mot s'adressait au Portugais, et en même temps elle leva automatiquement la main pour ôter le chapeau mexicain qu'elle avait porté tout l'été ; mais sa main ne trouva rien et se sentit gênée. Rapidement, F. Jasmine se gratta la tête et, après un dernier regard au soldat, quitta La Lune bleue.

Pour plusieurs raisons, ce matin-là fut différent de tous les matins qu'elle avait connus. D'abord, bien entendu, il y avait le récit du mariage. Longtemps auparavant, la vieille Frankie avait aimé parcourir la ville en jouant une comédie : elle avait circulé partout — dans le nord de la ville où des pelouses de gazon s'étendaient devant les maisons, dans le triste quartier des filatures, dans le quartier nègre de Sugarville — portant son chapeau mexicain, de hauts brodequins lacés et un lasso de cow-boy autour de la taille :

elle prétendait être Mexicaine. « Moi pas parler anglais — adios Buenos Noches abla pokie, peekie, poo », marmottait-elle en mexicain de son invention. Quelquefois une petite troupe d'enfants la suivait et la vieille Frankie se gonflait d'orgueil — mais le jeu fini, lorsqu'elle se retrouvait à la maison, elle se sentait mécontente. Ce matin-là lui rappelait les vieux jours du jeu mexicain. Elle alla aux mêmes endroits et les gens, des étrangers pour la plupart, étaient les mêmes. Mais ce matin-là, elle n'essayait pas de tromper les gens — loin de là —, elle voulait seulement se faire connaître telle qu'elle était. Ce besoin était si impérieux — cette soif d'être connue et reconnue — que F. Jasmine oublia la réverbération éclatante des pavés, la poussière étouffante et les milles (au moins cinq milles) qu'elle avait parcourus.

Un second événement de ce jour fut la musique oubliée qui jaillit brusquement dans son esprit — des bribes de musique d'orchestre, des marches, des valses et le cornet à pistons de Horney Brown — et ses pieds chaussés de cuir verni s'adaptèrent à un rythme. Une dernière différence, ce matin-là, fut la division de son monde en trois parties bien distinctes : les douze années de la vieille Frankie, le jour présent, et l'avenir avec les trois JA réunis dans toutes les villes lointaines.

Tandis qu'elle marchait, il lui sembla que le fantôme de la vieille Frankie, sale, les yeux avides, l'accompagnait silencieusement à une faible distance et la pensée de l'avenir, après le mariage, était aussi immuable que le ciel même. Ce jour-là, à lui seul, paraissait aussi important que le long passé et que le brillant futur... comme un gond est important dans une porte qui s'ouvre. Et comme en ce jour se mêlaient le passé et l'avenir, F. Jasmine ne s'étonna pas qu'il fût étrange et long. Ce furent donc les principales raisons pour lesquelles F. Jasmine comprit obscurément que ce matin-là différait de tous les matins qu'elle avait connus. Mais cet ensemble de faits et de sentiments était dominé par le désir impérieux de faire connaître et admettre sa vraie personnalité.

Le long des trottoirs ombragés du secteur nord de la ville, elle dépassa une rangée de pensions de famille aux rideaux de dentelle avec des fauteuils vides derrière les balustrades et arriva devant une dame qui balayait le perron de sa maison. A cette dame, après avoir entamé la conversation par une remarque sur le temps, F. Jasmine exposa ses projets et, comme avec le Portugais, au café de La

Lune bleue, et les personnes qu'elle devait rencontrer ce jour-là, l'histoire du mariage eut une fin et un commencement, une forme comme une chanson.

Au moment où elle commença, il se fit dans son cœur un silence brusque ; puis, à mesure qu'elle prononçait les noms et développait les plans, une exaltation grandissante la souleva, et à la fin elle se sentit soulagée. Pendant ce temps, la dame écoutait, appuyée sur son balai. Derrière elle s'ouvrait un vestibule sombre avec un escalier nu ; à gauche, une table pour poser le courrier ; et, de ce vestibule sombre, s'échappait une forte odeur chaude de choux-raves. Les vagues d'odeur pénétrante et le vestibule sombre semblaient s'associer à la joie de F. Jasmine, et quand elle regarda les yeux de la dame elle l'aima, bien qu'elle ne sût même pas son nom.

La dame ne fit aucune objection. Elle ne prononça pas une parole. A la fin cependant, au moment où F. Jasmine la quittait, elle s'exclama : « Ma parole !... » Mais déjà F. Jasmine était partie, accordant son pas au rythme vif d'une réminiscence de marche joyeuse.

Dans le voisinage de pelouses ombragées, elle descendit une petite rue et rencontra des hommes occupés à réparer la route. L'odeur du goudron fondu et des graviers chauds et le tracteur bruyant remplissaient l'air de vacarme et d'excitation. F. Jasmine choisit le conducteur du tracteur pour confident de ses projets, courant à côté de lui, la tête renversée en arrière pour voir la figure hâlée de l'homme, elle dut mettre ses mains en cornet autour de sa bouche pour se faire entendre. Et elle ne put savoir s'il avait compris, car, lorsqu'elle s'arrêta, il rit et lui cria quelque chose qu'elle ne saisit pas. Ici, dans le tapage et l'agitation, F. Jasmine vit, plus distinctement que partout ailleurs, le fantôme de la vieille Frankie — rôdant aussi près que possible des travailleurs en mâchant un gros morceau de goudron, les regardant à midi ouvrir leurs paniers de provisions. Une belle motocyclette était parquée tout près de là et, avant de s'en aller, F. Jasmine la contempla avec admiration, puis cracha sur la selle de cuir et la fit reluire en la frottant longuement de son poing. Elle était dans un quartier élégant, un quartier de maisons en briques, aux trottoirs bordés de fleurs, avec des autos stationnant dans les allées dallées ; mais plus un quartier est élégant, moins il est animé, et F. Jasmine se dirigea vers le centre de la ville. Le soleil pesait comme un couvercle de fer brûlant sur sa tête et sa combinaison trempée de sueur lui collait au corps ; même la robe d'organdi était humide et collait, par endroits. La marche rapide qu'elle fredonnait intérieurement s'était transformée en un chant rêveur joué par un violon et son pas s'était ralenti, accordé à ce nouveau rythme. Flânant presque, elle arriva, par-delà la Grand-Rue et la filature, aux rues tortueuses et grises des quartiers ouvriers où, parmi les taudis et la poussière étouffante, elle trouverait un public disposé à entendre parler du mariage.

(De temps en temps, une petite conversation bourdonnait à l'arrière-plan de son esprit. C'était la voix de Bérénice lorsque, plus tard, elle apprendrait les événements de la matinée. « Et vous avez erré partout, disait la voix, et fait vos confidences à ces gens totalement inconnus. De ma vie, je n'avais entendu une chose pareille. » Ainsi résonnait la voix de Bérénice, entendue mais aussi peu remarquée que le bourdonnement d'une mouche.)

Quittant les ruelles tristes et tortueuses du quartier des filatures, elle franchit la ligne invisible séparant Sugarville de la ville des Blancs. Il s'y trouvait les mêmes baraques à deux pièces et les mêmes lieux d'aisances infects que dans le quartier des filatures, mais de gros azédaracs ronds projetaient une ombre épaisse et quelques perrons étaient ornés de fraîches fougères en pot. Elle connaissait bien cette partie de la ville et elle se rappela ces chemins familiers d'autrefois et d'autres moments — les matins d'hiver pâles comme de la glace, alors que les feux orange sous les lessiveuses noires des blanchisseuses semblaient frissonner, et les soirs d'automne où soufflait le vent.

Aujourd'hui, dans la lumière éblouissante, elle rencontra beaucoup de gens et leur parla ; elle en connaissait quelques-uns de nom et de vue, d'autres étaient des étrangers. Les projets du mariage s'affirmaient davantage chaque fois qu'elle les racontait et finalement devinrent inchangeables. A onze heures et demie, elle était très fatiguée et même les chants avaient, dans sa tête, un rythme traînant ; le désir de faire admettre sa vraie personnalité était maintenant satisfait. Elle revint donc à l'endroit d'où elle était partie... la Grand-Rue où les trottoirs étincelants et brûlants étaient à moitié déserts dans la lumière blanche.

Toutes les fois qu'elle venait en ville, elle passait devant le magasin de son père. Ce magasin appartenait au même pâté de maisons que La Lune bleue, mais à deux portes de la Grand-Rue et beaucoup mieux situé. C'était un magasin étroit à la vitrine duquel s'étalaient des bijoux précieux dans des écrins de velours. Derrière la vitrine, son père travaillait et, du trottoir, on le voyait assis à son établi, la tête penchée sur de minuscules montres, ses longues mains brunes voltigeant aussi légères que des papillons. On voyait son père comme un personnage public de la ville, connu par tous de nom et de vue. Mais son père n'était pas orgueilleux et ne levait jamais les yeux sur ceux qui s'arrêtaient pour le regarder. Ce matin, il n'était pas à son établi, mais derrière le comptoir, déroulant ses manches de chemise comme s'il s'apprêtait à mettre son veston et à sortir.

La longue vitrine étincelait de bijoux, de montres, d'argenterie et le magasin sentait le pétrole. Son père essuya de l'index les gouttes de sueur qui perlaient à sa lèvre supérieure et se frotta le nez d'un air inquiet.

« Où diable as-tu été toute la matinée ? Bérénice a téléphoné deux fois pour savoir où tu étais.

— Je me suis promenée dans toute la ville. »
Mais il n'écoutait pas.

« Je vais chez ta tante Pet, dit-il, elle a reçu de mauvaises nouvelles aujourd'hui.

— Quelles mauvaises nouvelles ?

— Oncle Charles est mort. »
Oncle Charles était le grand-oncle de John Henry West, mais bien que John Henry et

elle fussent cousins germains, oncle Charles
ne lui était pas parent. Il vivait à vingt milles
de la ville sur la route de Renfroe, dans une
maison de campagne en bois entourée de
rouges champs de coton. Un homme vieux,
très vieux, malade depuis longtemps ; on disait
qu'il avait un pied dans la tombe — et il
portait toujours des pantoufles. Maintenant il
était mort. Mais cela n'avait rien à voir avec
le mariage ; aussi, F. Jasmine dit simplement :
« Pauvre oncle Charles, c'est vraiment
triste ! »

Son père alla derrière le vieux rideau de
velours gris qui divisait le magasin en deux
parties inégales : la partie la plus vaste en
façade était réservée au public et derrière le
rideau était réservé un petit espace poussiéreux où se trouvaient un réfrigérateur, quelques rayonnages chargés de boîtes et le grand
coffre-fort où l'on enfermait les bagues de
diamants pour la nuit. F. Jasmine entendit
son papa aller et venir et elle s'assit devant
l'établi. Une montre, déjà démontée, était étalée sur le buvard vert.

Il y avait une forte dose de sang d'horloger en elle et toujours la vieille Frankie avait
aimé s'asseoir devant l'établi de son père.
Elle chaussait les lunettes paternelles munies
de la loupe, et, fronçant le sourcil d'un air

affairé, plongeait les ressorts dans l'essence. Elle travaillait aussi avec le tour. Quelquefois des flâneurs s'attroupaient dans la rue pour la regarder et elle imaginait qu'ils disaient : « Frankie Addams travaille pour son père et gagne quinze dollars par semaine. Elle répare les montres les plus compliquées et va au Club avec son père. Regardez-la. Elle fait honneur à sa famille et un grand honneur à la ville entière. » Elle imaginait ainsi leurs conversations tout en regardant une montre avec un air de profonde concentration. Mais aujourd'hui elle jeta un coup d'œil sur la montre étalée et ne mit pas la loupe. Il lui restait quelque chose à dire au sujet d'oncle Charles.

Quand son père revint dans le magasin, elle prit la parole :

« Autrefois, oncle Charles a été un personnage important. Ce sera une perte pour la région entière. »

Les mots ne semblèrent pas impressionner son père.

« Tu ferais mieux de rentrer. Bérénice ne savait où te trouver.

— Bon. Rappelez-vous que je dois m'acheter une robe de mariage. Et des bas et des souliers.

— Mets-les à mon compte chez Mac Dougal.

« — Je ne vois pas pourquoi nous serions obligés de nous fournir toujours chez Mac Dougal sous prétexte qu'il appartient au commerce local, grommela-t-elle en sortant. Là où j'irai il y a aura des magasins cent fois plus grands que celui de Mac Dougal. »

L'horloge de la tour de l'église anabaptiste sonna douze coups ; la sirène de la filature gémit. Il y avait une tranquillité assoupie dans la rue et même les autos parquées de biais, le capot dirigé vers le centre du rond-point gazonné, ressemblaient à des véhicules épuisés, en plein sommeil. Les quelques personnes dehors à cette heure de midi marchaient à l'ombre des vélums. Le soleil enlevait toute la couleur du ciel et les magasins de briques paraissaient rétrécis, sombres, sous l'aveuglante lumière. Un bâtiment à corniche surplombante donnait, à distance, l'impression d'une maison de briques qui a commencé à fondre. Dans ce silence de midi, elle entendit l'orgue de Barbarie de l'homme au singe, le son qui aimantait toujours ses pas, et, automatiquement, elle se dirigea de son côté. Cette fois elle les trouverait et leur dirait au revoir.

Tandis que F. Jasmine descendait rapidement la rue, elle les vit tous les deux dans son imagination, le singe et l'homme au singe, et se demanda s'ils la reconnaîtraient. La vieille Frankie les avait toujours aimés. Ils se ressemblaient — ils avaient tous les deux une expression anxieuse, interrogative, comme s'ils se demandaient à chaque minute s'ils ne faisaient rien de mal. Le singe, en fait, ne commettait que des erreurs ; après avoir dansé au son de l'orgue, il devait enlever sa ravissante petite casquette et la présenter aux spectateurs... mais il se trompait toujours, saluait son maître et lui présentait sa casquette. Et l'homme au singe le réprimandait et s'agitait beaucoup. Quand il levait la main pour gifler le singe, le singe pleurnichait et protestait... et ils se regardaient avec la même exaspération craintive. Après les avoir regardés longtemps, la vieille Frankie, fascinée, imitait inconsciemment leurs jeux de physionomie et les suivait dans leur tournée. Et maintenant F. Jasmine avait un désir impérieux de les voir.

Elle pouvait entendre nettement la musique saccadée de l'orgue de Barbarie ; cependant ils n'étaient pas dans la Grand-Rue mais sans doute à l'angle du pâté de maisons suivant. En approchant du coin, elle entendit d'autres sons qui éveillèrent sa curiosité, si bien qu'elle s'arrêta pour écouter. Dominant la musique de l'orgue, s'élevaient une voix d'homme querelleuse et les paroles excitées et volubiles de l'homme au singe. Le singe donnait aussi de la voix. Puis brusquement l'orgue se tut et les voix continuèrent hautes et furieuses. F. Jasmine avait atteint l'angle près du magasin Sears et Roebuck. Elle passa lentement devant le magasin, tourna le coin de la rue et se trouva en face d'un curieux spectacle.

C'était une rue étroite et en pente qui aboutissait à Front Avenue ; une lumière aveuglante l'inondait. Sur un trottoir se trouvaient le singe, l'homme au singe et un soldat qui brandissait une poignée de dollars... à première vue, une centaine de dollars. Le soldat paraissait furieux et l'homme au singe était pâle et excité. Ils se disputaient et F. Jasmine comprit que le soldat essayait d'acheter le singe. Le singe était accroupi, tout frissonnant, contre le mur de briques du magasin Sears et Roebuck. Malgré la chaleur torride, il était vêtu de son petit habit rouge à boutons d'argent et sa petite face, effrayée et désespérée, avait l'expression de quelqu'un sur le point d'éternuer. Tremblant et pitoyable, il saluait un public absent et présentait sa casquette à l'air. Il savait que les voix furieuses le concernaient et il se sentait coupable.

F. Jasmine, debout près d'eux, essayait de

comprendre la querelle. Brusquement le soldat empoigna la chaîne du singe, mais le singe hurla et, avant qu'elle eût compris ce qui se passait, le singe lui avait grimpé le long de la jambe et du corps et s'était blotti sur son épaule, ses petites mains de singe lui enserrant la tête. Ce fut rapide comme l'éclair et elle fut si surprise qu'elle ne put bouger. Les voix se turent et, à part les cris entrecoupés du singe, la rue devint silencieuse. Le soldat resta la bouche ouverte, pétrifié, tendant toujours sa main remplie de billets de banque.

L'homme au singe fut le premier à reprendre ses esprits ; il parla au singe d'une voix douce et, en une seconde, le singe bondit de l'épaule de F. Jasmine sur l'orgue de Barbarie que l'homme avait sur le dos. Tous deux s'en allèrent. Avant de tourner le coin de la rue, ils se retournèrent et leur visage avait la même expression de reproche et de ruse. F. Jasmine s'adossa au mur de briques ; elle sentait encore le singe sur son épaule et humait son odeur aigre et poussiéreuse ; elle frissonna. Le soldat grommela jusqu'à la disparition du couple et F. Jasmine remarqua qu'il avait les cheveux roux : c'était le soldat qu'elle avait rencontré à La Lune bleue. Il fourra les billets dans sa poche.

« C'est un amour de petit singe, dit F. Jasmine. Mais cela m'a fait une drôle d'impression quand il a grimpé sur moi. »

Le soldat sembla remarquer sa présence pour la première fois. L'expression de son visage changea lentement et toute trace de colère en disparut. Il regarda F. Jasmine de haut en bas : sa tête, sa robe d'organdi rose et ses souliers noirs.

« Je suppose que vous vouliez à tout prix avoir le singe, dit-elle. Moi aussi, j'ai toujours désiré un singe.

— Quoi ? » demanda-t-il.

Puis il dit d'une voix étouffée comme si sa langue était en feutre ou en papier buvard très épais :

« De quel côté allez-vous ? Viendrez-vous de mon côté ou irai-je du vôtre ? »

F. Jasmine ne s'attendait pas à cela. Le soldat se joignait à elle comme un voyageur qui rencontre un autre voyageur dans une station touristique. Pendant une seconde elle s'imagina avoir déjà entendu cette phrase, peut-être au cinéma, mais c'était une question nette qui demandait une réponse nette. Ne sachant pas de réponse toute faite, elle dit avec diplomatie :

« De quel côté allez-vous ?

— Marchons », dit-il.

Et il lui prit le coude.

Ils descendirent la rue sur leurs ombres courtes de l'heure de midi. Le soldat était la première personne qui, ce jour-là, lui eût adressé la parole. Mais quand elle commença à lui parler du mariage, quelque chose sembla sonner faux. Peut-être, parce qu'elle avait exposé ses projets à tant de personnes, n'avait-elle plus besoin d'en parler. Ou peut-être sentait-elle que le soldat n'écoutait pas réellement. Un demi-sourire aux lèvres, il regardait du coin de l'œil la robe d'organdi. F. Jasmine ne pouvait accorder ses pas à ceux du soldat, malgré ses efforts, car on eût dit qu'il avait des jambes mal attachées à son corps, de sorte que sa démarche était incertaine.

« Puis-je vous demander de quel Etat vous venez ? » dit-elle poliment.

Pendant la seconde qui s'écoula entre la demande et la réponse, son esprit eut le temps d'évoquer Hollywood, New York et le Maine. Le soldat répondit :

« Arkansas. »

Des quarante-huit Etats de l'Union, l'Arkansas était un de ceux qui n'avaient jamais attiré son attention, mais son imagination frustrée se tourna immédiatement d'un autre côté :

« Savez-vous où vous irez ?

— Je flânerai par-ci, par-là, dit le soldat. J'ai trois jours de congé. »

Il n'avait pas compris sa question, car elle la lui avait posée comme à un soldat capable d'être désigné pour n'importe quelle contrée du globe, mais, avant qu'elle expliquât sa pensée, il dit :

« Je loge dans une sorte d'hôtel tout près d'ici. »

Puis après avoir regardé le col plissé de sa robe, il ajouta :

« Il me semble que je vous ai déjà vue. Vous allez quelquefois danser à L'Heure de Paresse ? »

Ils descendirent Front Avenue et maintenant les rues commençaient à avoir un air de samedi après-midi. Une dame séchait ses cheveux blonds à une fenêtre du deuxième étage au-dessus de la poissonnerie et elle interpella deux soldats qui passaient dans la rue. Un prédicateur ambulant, bien connu dans la ville, adressait un sermon à un groupe de jeunes nègres et d'enfants déguenillés. Mais F. Jasmine ne s'intéressait pas à ce qui se passait autour d'elle. La proposition de danser faite par le soldat, l'évocation de L'Heure de Paresse, touchaient son esprit comme une baguette magique. Elle se rendit compte pour la première fois qu'elle se promenait avec

127

un soldat, un de ceux qui, en bandes joyeuses et bruyantes, circulaient dans les rues ou se promenaient avec des jeunes filles. Ils dansaient à L'Heure de Paresse et s'amusaient pendant que la vieille Frankie dormait. Et elle n'avait jamais dansé avec personne, sauf avec Evelyn Owen, et n'avait jamais mis les pieds à L'Heure de Paresse.

Et maintenant F. Jasmine accompagnait un soldat qui voulait la faire participer à des plaisirs inconnus. Mais sa fierté n'était pas sans mélange. Elle éprouvait un malaise, un doute qu'elle ne pouvait exactement définir. L'air était épais et collant comme du sirop chaud, imprégné de l'odeur suffocante des teintureries de la filature. Elle entendit, venant de la Grand-Rue, le son faible de l'orgue de Barbarie.

Le soldat s'arrêta.

« Voici l'hôtel », dit-il.

Ils étaient devant La Lune bleue, et F. Jasmine fut surprise d'entendre désigner sous le nom d'hôtel ce qu'elle croyait un café. Quand le soldat tint la porte ouverte pour la laisser entrer, elle remarqua qu'il vacillait légèrement. Après la lumière aveuglante du dehors, ses yeux ne virent que du rouge aveuglant, puis du noir, et il leur fallut une minute pour s'adapter à la lumière bleue.

Elle suivit le soldat à une stalle de droite.

« De la bière », dit-il, sans une nuance d'interrogation dans la voix, comme si la réponse était acquise.

F. Jasmine n'aimait pas le goût de la bière ; une ou deux fois elle en avait pris des gorgées dans le verre de son père, et c'était amer. Mais le soldat ne lui laissait pas le choix.

« Je serai ravie, dit-elle. Merci. »

Bien qu'elle eût souvent pensé à des hôtels et même écrit des pièces où il en était question, elle n'était jamais entrée dans un hôtel. Son père lui avait une fois rapporté d'un hôtel de Montgomery deux petites savonnettes qu'elle avait mises de côté. Elle regarda La Lune bleue avec une curiosité nouvelle. Brusquement, elle se sentit très femme du monde. En s'asseyant, elle lissa soigneusement sa robe comme elle le faisait dans une réunion ou à l'église pour ne pas froisser les plis de sa jupe. Elle se tint très droite et prit un air de circonstance. Cependant La Lune bleue lui semblait une sorte de café plus qu'un véritable hôtel. Elle ne voyait pas le pâle et triste Portugais et une grosse dame souriante, avec une dent d'or, versa de la bière au comptoir pour le soldat. L'escalier du fond de la salle conduisait probablement aux chambres de l'hôtel et les marches recouvertes de linoléum étaient éclairées par une ampoule de néon bleue. Un chœur à la radio chantait une réclame : Denteen Chewing-Gum, Denteen Chewing-Gum, Denteen. L'atmosphère de la salle lui évoqua une chambre où un rat crevé pourrit derrière un mur. Le soldat revint à la stalle, portant deux verres de bière ; il lécha la mousse qu'il avait répandue sur sa main et s'essuya la main sur le fond de son pantalon. Quand il fut assis, F. Jasmine dit d'une voix absolument nouvelle pour elle... une voix aiguë, nasale, distinguée et digne :

« Ne trouvez-vous pas que c'est terriblement excitant ? Nous sommes ici tous les deux, assis à cette table, et dans un mois qui sait où nous serons ? Peut-être que, demain, l'Armée vous enverra dans l'Alaska comme elle y a envoyé mon frère. Ou en France, ou en Afrique, ou à Burma. Et je n'ai pas la moindre idée de l'endroit où je serai. J'aimerais que nous allions passer quelque temps en Alaska, et ensuite nous irions ailleurs. On dit que Paris a été libéré. A mon avis, la guerre sera finie le mois prochain. »

Le soldat leva son verre et renversa la tête en arrière pour avaler la bière. F. Jasmine but quelques gorgées bien que le goût lui parût affreux. Aujourd'hui elle ne voyait pas le monde disjoint, craquelé, tournant à mille

130

milles à l'heure, entraînant dans un tourbillon vertigineux ces visions de guerre et les contrées lointaines. Le monde n'avait jamais été si près d'elle. Assise en face du soldat, dans cette salle de La Lune bleue, elle vit soudain les trois — elle, son frère et la fiancée — marchant sous le ciel froid de l'Alaska, le long de la mer, et de vertes vagues gelées, roulées sur le rivage ; ils escaladaient un glacier ensoleillé aux pâles couleurs froides et une corde les rattachait tous les trois, et des amis, d'un autre glacier, criaient, dans la langue du pays, leurs noms Ja. Elle les voyait ensuite en Afrique où, avec une foule d'Arabes en burnous, ils galopaient sur des chameaux dans le vent de sable. Burma était sombre comme une jungle et elle en avait vu des photographies dans le magazine *Life*. A cause du mariage, ces pays lointains, le monde, semblaient à la fois possibles et proches : aussi proches de Winter Hill que Winter Hill l'était de la ville ; c'était le présent, en fait, qui semblait à F. Jasmine un peu irréel.

« Oui, c'est terriblement excitant », répéta-t-elle.

Le soldat, sa bière finie, essuya sa bouche humide du revers de sa main parsemée de taches de rousseur. Sa figure paraissait enflée et luisante à la lumière du néon et tachetée

131

de milliers de petites taches de rousseur. Il n'avait de beau que ses cheveux roux bouclés et lustrés. Ses yeux bleus, rapprochés, avaient la cornée injectée de sang. Il la regardait avec une expression particulière, non comme un voyageur qui observe un autre voyageur, mais comme une personne qui partage un projet secret. Pendant quelques minutes il ne parla pas. Quand, à la fin, il ouvrit la bouche, ses paroles n'eurent aucun sens pour elle et elle ne les comprit pas. Il lui sembla que le soldat disait :

« Qui c'est qui est un plat de roi ? »

Il n'y avait pas de plats sur la table et elle eut l'impression gênante qu'il entamait une conversation à double sens. Elle essaya de détourner l'entretien.

« Je vous ai dit que mon frère faisait partie de l'Armée. »

Mais le soldat ne l'entendit pas.

« Je pourrais jurer que je vous ai déjà rencontrée. »

Les soupçons de F. Jasmine se confirmèrent. Le soldat la croyait plus âgée qu'elle n'était, mais le plaisir qu'elle en éprouvait était incertain. Pour entretenir la conversation elle remarqua :

« Certaines personnes n'aiment pas les cheveux roux. Mais c'est ma couleur favorite...

avec le châtain foncé et le blond, ajouta-t-elle se rappelant son frère et la fiancée. Je pense toujours que le Seigneur gaspille ses trésors lorsqu'il donne aux garçons des cheveux bouclés. Alors que tant de jeunes filles ont des cheveux aussi raides que des baguettes de tambour. »

Le soldat se pencha en avant et, tout en la fixant, commença à promener ses doigts, le deuxième et le troisième doigt de chaque main, sur la table dans sa direction. Les doigts étaient sales, les ongles noirs de crasse. F. Jasmine eut l'impression qu'une chose étrange allait se passer, mais, à ce moment précis, il y eut un brusque brouhaha et trois ou quatre soldats entrèrent à l'hôtel en se bousculant. Ils parlaient tous à la fois et la porte claqua. Les doigts du soldat cessèrent d'avancer sur la table et, quand il regarda les autres soldats, ses yeux avaient perdu leur étrange expression.

« C'était vraiment un amour de petit singe, dit-elle.

— Quel singe ? »

Ses soupçons se confirmaient : il y avait quelque chose qui n'allait pas.

« Mais le singe que vous avez essayé d'acheter tout à l'heure. Qu'avez-vous ? »

Quelque chose n'allait pas et le soldat porta ses poings à sa tête. Son corps s'affaissa et il s'appuya au dossier de sa chaise comme s'il avait une syncope.

« Oh ! ce singe ! dit-il d'une voix pâteuse. C'est la promenade au soleil après tous ces verres de bière. J'ai traîné mes guêtres toute la nuit. » Il soupira, ses deux mains ouvertes posées sur la table. « Je crois que je suis pompé. »

Pour la première fois F. Jasmine commença à se demander ce qu'elle faisait là et si elle ne devrait pas rentrer à la maison. Les autres soldats s'étaient groupés autour d'une table près de l'escalier et la dame à la dent d'or s'affairait derrière le comptoir. F. Jasmine avait fini sa bière et une dentelle de mousse crémeuse décorait l'intérieur du verre. L'odeur chaude, renfermée, de l'hôtel lui donna une impression de malaise.

« Il faut que je rentre chez moi maintenant. Merci de votre aimable invitation. »

Elle sortit de la stalle, mais le soldat la rattrapa par un pan de sa robe.

« Hé ! dit-il, ne partez pas comme ça. Arrangeons quelque chose pour ce soir. Que diriez-vous d'un rendez-vous à neuf heures.

— Un rendez-vous ?... » F. Jasmine eut l'impression que sa tête était énorme et vacillante. La bière produisait aussi un effet bizarre sur ses jambes comme si elle en avait quatre à manœuvrer au lieu de deux. N'importe quel jour autre que celui-ci, il lui aurait paru impossible qu'un homme, surtout un soldat, lui donnât un rendez-vous. Le mot « rendez-vous » n'était employé que par les jeunes filles.

Mais il y avait encore une ombre à son plaisir. S'il avait su qu'elle n'avait pas encore treize ans, il ne l'aurait jamais invitée. Elle était un peu troublée, mal à l'aise.

« Je ne sais pas.

— Mais si, insista-t-il. Nous nous retrouverons ici à neuf heures. Nous pourrons aller à L'Heure de Paresse ou ailleurs. Ça vous va ? Ici, à neuf heures.

— Très bien, dit-elle. Je serai enchantée. »

Elle se retrouva sur le trottoir brûlant et les passants paraissaient sombres, ratatinés dans l'éblouissante lumière crue. Il lui fallut un peu de temps pour revenir à l'état d'esprit du mariage, car la demi-heure passée à l'hôtel l'avait un peu déroutée. Mais avant d'atteindre la Grand-Rue, elle l'avait recouvré. Elle rencontra une petite fille de son école, de deux ans plus jeune qu'elle et l'arrêta pour lui raconter ses projets. Elle lui dit aussi qu'un soldat lui avait donné un rendez-vous et, cette fois, elle le dit d'un ton de bravade. La petite fille l'accompagna dans les magasins pour acheter la robe du mariage, ce qui prit une heure et signifia l'essayage de plus d'une douzaine de magnifiques toilettes.

Mais le fait principal qui la ramena à l'état d'esprit du mariage fut un incident qui se passa lorsqu'elle regagnait la maison. Ce fut un tour mystérieux que lui jouèrent sa vue et son imagination. Tandis qu'elle marchait, elle éprouva un choc intérieur, comme si un couteau lancé s'enfonçait dans sa poitrine et vibrait. F. Jasmine s'arrêta net, un pied encore levé, et, tout d'abord, ne comprit pas ce qui était arrivé. Quelque chose à côté d'elle et derrière elle avait frappé le coin de son œil gauche ; elle avait vu à moitié quelque chose, une forme double et sombre dans la rue transversale qu'elle venait de dépasser. Et à cause de cet objet à moitié vu, de ce bref éclair dans le coin de son œil, l'image soudaine de son frère et de la fiancée avait surgi en elle. Dans un éclair brillant et zigzaguant elle les vit tous les deux tels qu'ils avaient été, debout devant la cheminée, le bras de son frère entourant les épaules de la fiancée. L'image fut si nette que F. Jasmine sentit que Jarvis et Janice étaient derrière elle, dans la rue transversale et qu'elle les avait vus — bien qu'elle sût fort bien qu'ils étaient à Winter Hill, à cent milles d'ici.

F. Jasmine posa son pied sur le sol et se

retourna lentement. La ruelle était située entre deux grands magasins d'alimentation, une ruelle étroite, sombre dans la lumière crue. Elle ne la regarda pas directement parce qu'elle avait peur. Ses yeux parcoururent les murs de briques et s'attachèrent enfin à la forme double et sombre. Et qu'était-ce ? F. Jasmine fut pétrifiée. Là, dans la ruelle, il n'y avait que deux jeunes nègres et le plus grand appuyait un bras sur l'épaule de son compagnon. C'était tout — mais quelque chose dans la façon dont ils se tenaient avait réfléchi l'image soudaine de son frère et de la fiancée qui l'avait tant bouleversée. Et le matin finit sur cette vision nette et précise du couple et elle rentra à la maison à deux heures.

L'après-midi fut comme l'intérieur du gâteau que Bérénice avait fait le dimanche précédent, un gâteau manqué. La vieille Frankie avait été ravie que le gâteau fût manqué, non par méchanceté, mais parce qu'elle préférait ces gâteaux mal cuits. Elle aimait la consistance humide, pâteuse, du centre et ne comprenait pas pourquoi les grandes personnes déclaraient ces gâteaux manqués. Dimanche dernier, les bords du gâteau étaient bien levés et le milieu humide et compact — après le matin brillant, léger, l'après-midi fut dense et solide comme le centre de ce gâteau. Et parce que c'était le dernier de tous les après-midi, F. Jasmine découvrit une douceur inaccoutumée dans la vieille cuisine familière. A deux heures, quand elle y entra, Bérénice repassait. John Henry, assis devant la table, soufflait des bulles de savon et il lui adressa un long et mystérieux regard vert.

« Pou' l'amou' du Ciel, où avez-vous été ? demanda Bérénice.

— Nous savons quelque chose que tu ne sais pas, dit John Henry. Sais-tu quoi ?

— Quoi ?

— Bérénice et moi, nous irons au mariage. »

F. Jasmine enlevait sa robe d'organdi ; ces mots la firent sursauter.

« Oncle Charles est mort.

— Je le sais, mais...

— Oui, dit Bérénice, la pauv'e vieille âme a passé cette nuit. Le co'ps se'a ente'é dans le caveau de famille, à Opelika. Et John Hen'y 'este'a quelques jou' chez nous. »

Maintenant qu'elle savait que la mort d'oncle Charles rejaillissait sur le mariage, elle lui donna une place dans ses pensées. Pendant que Bérénice achevait le repassage, F. Jasmine s'assit, en combinaison, sur l'escalier de sa chambre ; elle ferma les yeux. Oncle Charles vivait dans une maison de bois à la campagne et il était trop vieux pour croquer le maïs en épis. Il était tombé malade en juin et, depuis, son état était resté inquiétant. Il ne quittait plus son lit, il était jaune, ratatiné et très vieux. Il se plaignait que les tableaux fussent suspendus de travers sur le mur et on enleva tous les tableaux... mais ce n'était pas ça. Il se plaignit que son lit fût placé dans un mauvais coin et on déplaça le lit... mais ce n'était pas ça. Puis sa voix changea et, quand il essayait de parler, on eût dit que sa gorge était pleine de bouillie et on ne pouvait comprendre les mots. Un dimanche les West allèrent le voir et Frankie les accompagna ; elle se glissa sans bruit jusqu'à la porte ouverte de la chambre. Il ressemblait à un vieillard sculpté dans du bois brun et couvert d'un drap. Ses yeux avaient bougé, on eût dit de la gelée bleue et elle avait pensé qu'ils pourraient sortir des orbites et rouler comme de la gelée bleue sur sa face rigide. Elle l'avait regardé du seuil de la porte... puis était partie, sur la pointe des pieds, effrayée. Finalement, ils comprirent qu'il se plaignait parce que le soleil entrait dans sa chambre du mauvais côté, mais ce n'était pas cela qui le faisait souffrir. Et c'était la mort.

F. Jasmine ouvrit les yeux et s'étira.

« C'est une terrible chose d'être mort, dit-elle.

— Ma foi, dit Bérénice, le vieux avait beau-

coup souffe't et achevé son temps. Le Seigneu'
a fixé son heu'.

— Je sais. Mais c'est tout de même étrange
qu'il soit mort la veille du mariage. Et pourquoi diable vous et John Henry iriez-vous au
mariage ? Il me semble que vous feriez aussi
bien de rester à la maison.

— F'ankie Addams, dit Bérénice, en mettant
les poings sur les hanches, vous êtes la c'éatu'
humaine la plus égoïste qui ait jamais 'espi'é.
Nous avons tous vécu ensemble dans cette
cuisine et...

— Ne m'appelez pas Frankie. Je ne veux
plus avoir à vous le rappeler. »

C'était l'heure où autrefois un orchestre
jouait de douces mélodies. Maintenant, la
radio était fermée et dans la cuisine solennelle
et silencieuse parvenaient des sons lointains.
Une voix de nègre montait du trottoir énumé-
rant des noms de légumes sur un ton monotone, un long cri sans interruption dans
lequel il n'y avait pas de mots. Quelque part,
dans le proche voisinage, un marteau retentissait et chaque coup éveillait un écho.

« Vous seriez joliment surprise si vous saviez
où j'ai été aujourd'hui ? J'ai parcouru toute
la ville. J'ai vu le singe et l'homme au singe.
Il y avait ce soldat qui essayait d'acheter
le singe et tendait cent dollars. Avez-vous

140

jamais vu quelqu'un essayer d'acheter un singe dans la rue ?

— Non, il était soûl ?

— Soûl ? dit F. Jasmine.

— Oh ! dit John Henry. Le singe et l'homme au singe ! »

La question de Bérénice avait troublé F. Jasmine et elle prit une minute pour réfléchir.

« Je ne crois pas qu'il était ivre. Les gens ne sont pas ivres en plein jour. » Elle avait eu l'intention de tout raconter à Bérénice au sujet du soldat, mais maintenant elle hésitait. Tout de même, il y avait quelque chose... Sa voix traîna à la fin et elle regarda une bulle de savon irisée flottant dans la pièce. Ici, dans la cuisine, pieds nus et en combinaison, c'était difficile de juger le soldat. Elle n'était pas résolue à tenir sa promesse pour le soir. L'indécision la tourmentait ; aussi préféra-t-elle changer de sujet. « J'espère que vous avez lavé et repassé aujourd'hui tout ce que j'ai de mieux. Je l'emporterai à Winter Hill.

— Pou' quoi fai' ? dit Bérénice. Vous n'y passe'ez qu'un jou'.

— Vous m'avez entendue, répliqua F. Jasmine. Je vous ai dit que je ne reviendrai pas ici après le mariage.

— Quelle folle ! Vous avez enco' moins de bon sens que je ne vous acco'dais. Qu'est-ce qui vous fait c'oi' qu'ils voud'ont vous emmener ? Deux sont une compagnie et t'ois une foule. Et c'est le point p'incipal du ma'iage. Deux sont une compagnie et t'ois une foule. »

F. Jasmine éprouvait toujours de la difficulté à discuter un proverbe connu. Elle aimait s'en servir dans ses pièces et sa conversation, mais c'était trop dur de les discuter.

« Attendez et vous verrez, se contenta-t-elle de répondre.

— 'appelez-vous l'époque du déluge, vous vous 'appelez Noé et l'a'che ?

— Je ne vois pas le rapport.

— 'appelez-vous comment il a accepté les c'éatu'.

— Oh ! fermez votre grande vieille bouche !

— Deux pa' deux, dit Bérénice. Il admit les c'éatu' deux pa' deux. »

Du commencement à la fin de l'après-midi, le mariage fut l'unique sujet de discussion. Bérénice refusait de s'adapter à l'état d'esprit de F. Jasmine. Dès le début, on eût dit qu'elle essayait de saisir F. Jasmine au collet — comme la Justice attrape un vaurien en flagrant délit — pour la rejeter à son point de départ, à ce triste été hallucinant que F. Jasmine se rappelait comme un passé lointain. Mais F. Jasmine était obstinée et ne se laissait pas prendre. Bérénice trouvait des points

142

faibles dans toutes ses idées et du premier mot au dernier elle s'acharna à nier le mariage. Mais F. Jasmine n'acceptait pas de négation.

« Regardez, dit F. Jasmine en ramassant la robe d'organdi qu'elle venait de quitter. Rappelez-vous que, lorsque j'ai acheté cette robe, le col était plissé. Mais vous avez repassé ce col comme un volant. Maintenant nous allons refaire ces petits plis tels qu'ils étaient.

— Et qui le fe'a ? » dit Bérénice. Elle prit la robe et inspecta le col. « J'ai plus de t'avail que je n'en peux fai'.

— Tant pis, il faut que ce soit fait, déclara F. Jasmine. Le col ne peut se porter autrement. Et d'abord il est possible que j'aie besoin de ma robe ce soir.

— Pou' aller où, je vous p'ie ? dit Bérénice. 'épondez à la question que je vous ai posée quand vous êtes ent'ée. Où avez-vous été ce matin ? »

C'était exactement ce que F. Jasmine avait prévu... la façon dont Bérénice refusait de comprendre. Et du moment que c'était une question de sentiments plus que de paroles ou de faits, elle fut embarrassée pour s'expliquer. Quand elle parla de connexions, Bérénice lui lança un long regard d'incompréhension... et quand elle parla de La Lune bleue et de beaucoup de gens, le large nez plat de Bérénice s'élargit encore et elle secoua la tête. F. Jasmine ne mentionna pas le soldat ; bien qu'elle fût, plusieurs fois, sur le point de parler de lui, quelque chose l'avertit de n'en rien faire.

Quand elle se tut, Bérénice déclara :

« F'ankie, je c'ois sé'ieusement que vous êtes devenue toquée. Vous p'omener dans toute la ville et 'aconter à des ét'angers cette g'ande histoi'. Vous savez bien au fond de vous-même que cette manie est de la folie pu'.

— Attendez et vous verrez. Ils me prendront.

— Et s'ils ne vous p'ennent pas ? »

F. Jasmine s'empara de la boîte de chaussures contenant les escarpins en lamé d'argent et le carton de la robe de mariage.

« C'est ma toilette de mariage. Je vous la montrerai plus tard.

— Et s'ils ne vous p'ennent pas ? »

F. Jasmine montait déjà les escaliers ; elle s'arrêta et se retourna vers la cuisine. La pièce était silencieuse.

« S'ils ne me prennent pas, je me tuerai. Mais ils me prendront.

— Vous tuer comment ? demanda Bérénice.

— Je me tirerai une balle dans la tempe avec un revolver.

— Quel 'evolve' ?

— Le revolver que papa cache sous ses mouchoirs avec la photographie de maman dans le tiroir de droite de son bureau. »

Bérénice ne répondit pas immédiatement et parut troublée.

« Vous avez entendu ce que missié Addams vous a dit au sujet du 'evolve'. Montez dans vot' chamb' maintenant. Le déjeuner se'a bientôt p'êt. »

C'était un déjeuner tardif, ce dernier repas qu'ils prendraient tous les trois à la table de la cuisine. Le samedi, ils n'avaient pas d'heure pour les repas et ils commencèrent à déjeuner à quatre heures lorsque déjà les longs rayons du soleil d'août traversaient obliquement la cour. C'était l'heure où les barres de soleil traversaient la cour comme les barreaux d'une étrange prison lumineuse. Les deux figuiers étaient verts et plats, la tonnelle projetait une ombre dense. Le soleil de l'après-midi ne pénétrait pas par les fenêtres de l'arrière de la maison et la cuisine était grise. Les trois commencèrent leur déjeuner à quatre heures et le déjeuner dura jusqu'au crépuscule. Il y avait du hopping-john cuit avec le jambonneau et, tout en mangeant, ils commencèrent à parler d'amour. C'était la première fois de sa vie que F. Jasmine abordait ce sujet. Elle n'avait jamais cru à l'amour et ne lui avait donné aucun rôle dans ses pièces. Mais cet après-midi, lorsque Bérénice entama cette conversation, F. Jasmine ne se boucha pas les oreilles, mais écouta en mangeant tranquillement les pois, le riz et la sauce.

« J'ai entendu 'aconter bien des choses biza'es, dit Bérénice. J'ai vu des hommes tomber amou'eux de filles si laides qu'on se demandait s'ils voyaient clai'. J'ai vu des ma'iages ext'avagants que pe'sonne n'au'ait pu imaginer. J'ai connu un ga'çon qui avait eu la figu' entiè'ement b'ûlée et de so'te que...

— Qui ? » demanda John Henry.

Bérénice avala un morceau de pain et s'essuya la bouche du revers de la main.

« J'ai connu des femmes amou'euses de vé'itables Satans et qui 'eme'ciaient Jésus quand ils posaient leu's pieds fou'chus su' le seuil de la maison. J'ai vu des ga'çons se mett' dans la tête d'êt' amou'eux d'aut'es ga'çons. Vous connaissez Lily Mac Jenkins ?

— Je n'en suis pas sûre, répondit F. Jasmine, après avoir réfléchi une minute.

— Voyons, ou vous le connaissez ou vous ne le connaissez pas. Il flâne pa'tout avec une blouse de satin 'ose et une main su' la hanche. Eh bien, ce Lily Mac Jenkins est tombé amou'eux d'un homme appelé Juney

Jones. Un homme, vous voyez ça. Et Lily Mac est devenu une fille. Il a changé sa natu' et son sexe et il est devenu une fille.

— C'est vrai ? demanda F. Jasmine. Il l'est devenu ?

— Il est devenu une fille, dit Bérénice, dans tous les sens du mot. »

F. Jasmine se gratta derrière l'oreille.

« C'est drôle que je ne sache pas de qui vous parlez. Je croyais connaître tant de gens.

— Ma foi, vous n'avez pas besoin de connaît' Lily Mac Jenkins, vous pouvez viv'e sans le connaît'e ?

— Peu importe, je ne vous crois pas.

— Eh bien, je ne discute'ai pas avec vous, dit Bérénice. De quoi parlions-nous ?

— De choses bizarres.

— Oh ! oui. »

Elles se turent un instant pour continuer leur déjeuner. F. Jasmine mangeait, les coudes sur la table, ses pieds nus sur les barreaux de sa chaise. Elle était assise en face de Bérénice et John Henry face à la fenêtre. Le hopping-john était le plat favori de F. Jasmine. Elle avait demandé de lui agiter sous le nez une assiette de riz et de pois lorsqu'elle serait dans son cercueil, pour s'assurer qu'il n'y avait pas d'erreur, car, s'il lui restait un

147

souffle de vie, elle se redresserait pour en manger. Mais si l'odeur du hopping-john ne la faisait pas bouger, on pourrait clouer la bière et être sûr qu'elle était vraiment morte. Bérénice, elle, avait choisi pour la même épreuve une truite frite et John Henry du caramel. Mais les autres aimaient bien aussi le hopping-john et les trois se régalèrent de jambonneau, de hopping-john, de patates chaudes et de petit-lait. Tout en mangeant, ils poursuivaient la conversation.

« Oui, comme je vous le disais, dit Bérénice, j'ai vu des tas de choses biza'es dans ma vie. Mais il y a une chose que je ne savais pas et dont je n'avais jamais entendu pa'ler. Non, pou' sû', jamais. »

Et Bérénice secoua la tête et attendit des questions. Mais F. Jasmine ne parla pas. Et ce fut John Henry qui leva de son assiette sa figure curieuse pour demander :

« Quoi, Bérénice ?

— Non, dit Bérénice. Jamais de ma vie, je n'ai entendu pa'ler de quelqu'un amou'eux d'un ma'iage. J'ai connu bien des choses biza'es, mais pas ça. »

F. Jasmine grommela quelque chose.

« Aussi, j'ai 'éfléchi et je suis a'ivée à une conclusion.

— Comment ? demanda brusquement John

148

Henry, comment ce garçon s'est-il changé en fille ? »

Bérénice le regarda et assujettit la serviette qu'il avait nouée autour de son cou.

« C'est enco' une de ces choses biza'es, mon agneau en suc', je ne sais pas.

— Ne l'écoute pas, dit F. Jasmine.

— J'ai 'éfléchi dans ma tête et je suis a'ivée à cette conclusion, ce qu'il vous faut pou' commencer, c'est un galant.

— Quoi ? demanda F. Jasmine.

— Vous m'avez entendue, un galant, un beau petit galant blanc. »

F. Jasmine posa sa fourchette et tourna la tête.

« Je ne veux pas de galant. Qu'est-ce que j'en ferais ?

— Qu'est-ce que vous en fe'iez, sotte ? Mais pa' exemple il vous off'i'ait le cinéma. »

F. Jasmine rabattit sa frange de cheveux sur son front et glissa ses pieds sous le barreau de sa chaise.

« Maintenant, il faut que vous cessiez d'êt'e impolie et gou'mande. Il faut vous habiller gentiment. Et pa'ler doucement et avoi' de bonnes maniè'es.

— Je ne suis plus impolie ni gourmande, dit F. Jasmine à voix basse. J'ai déjà changé.

« — Excellent, dit Bérénice. Maintenant, att'a-
pez un galant. »

F. Jasmine voulait parler à Bérénice du
soldat, de l'hôpital, du rendez-vous du soir.
Mais quelque chose l'en empêchait et elle
tourna autour du sujet.

« Quelle sorte de galant ? Quelqu'un comme... »

Elle s'arrêta, car, à la maison, dans la cuisine, le soldat semblait irréel.

« Pou' ça, je ne peux pas vous conseiller,
dit Bérénice. C'est à vous de décider.

— Comme un soldat qui, peut-être, m'emmè-
nerait danser à L'Heure de Paresse ? » Elle
ne regardait pas Bérénice.

« Qui pa'le de soldats et de danser ? Je
pa'le d'un gentil petit galant blanc de vot'
âge. Que di'ez-vous du petit Ba'ney ?

— Barney Mac Kean ?

— Oui, ce'tainement. Il se'ait t'ès bien pou'
commencer. Vous pou'iez so'ti' avec lui en
attendant qu'un aut' vous plaise mieux. Il
fe'ait l'affai'.

— Cet infect Barney ! »

Le garage était sombre avec de minces rais
de soleil passant à travers les fentes de la
porte fermée et une odeur de poussière. Mais
elle ne voulait pas se rappeler le péché inconnu
qu'il lui avait montré et pour lequel, plus

150

tard, elle avait envie de lui lancer un couteau entre les deux yeux. Elle se secoua et commença à écraser les pois et le riz dans son assiette.

« Vous êtes la plus grande folle de la ville.

— Les fous t'aitent les sages de fous. »

Ils recommencèrent à manger, sauf John Henry. F. Jasmine ne perdait pas de temps : sans arrêt elle beurrait des tartines de pain de maïs, écrasait le hopping-john et buvait du lait. Bérénice mangeait plus lentement et détachait avec des gestes précieux les bribes de viande restées sur l'os du jambonneau. John Henry les regardait l'une après l'autre et avait cessé de manger pour mieux réfléchir.

« Combien en avez-vous attrapé ? Combien de galants ? demanda-t-il tout à coup.

— Combien ? dit Bérénice. Mon agneau, combien de cheveux y a-t-il dans mes nattes ? Vous pa'lez à Bé'énice Sadie B'own. »

Bérénice était lancée. Quand elle entamait un long et sérieux sujet, les mots coulaient de source et sa voix chantait. Dans le gris de la cuisine, pendant les après-midi d'été, le ton de sa voix était doré et tranquille et l'on pouvait écouter la couleur et la musique de sa voix sans suivre les paroles. F. Jasmine laissait les notes s'attarder dans ses oreilles mais ne prenait pas la peine de fixer leur sens. Assise devant la table elle écoutait et, de temps en temps, elle pensait à un fait qui lui avait toujours semblé très curieux. Bérénice parlait toujours d'elle comme si elle était belle. Au moins sur ce point, Bérénice avait le cerveau dérangé. F. Jasmine écoutait la voix et regardait Bérénice ; la figure noire avec l'œil bleu fixe, les onze nattes graisseuses plaquées sur sa tête comme une calotte, le large nez plat qui frémissait quand elle parlait. Elle pouvait être tout ce qu'on voulait, mais elle n'était pas belle. Elle pensa qu'il serait bon de donner un conseil à Bérénice.

« Je pense que vous devriez cesser de vous tracasser pour des galants et vous contenter de T.T. Je parie que vous avez quarante ans. Il est temps de vous ranger », dit-elle, profitant de la première pause.

Bérénice pinça les lèvres et regarda F. Jasmine avec son œil noir vivant.

« Saint Jean Bouche d'O', dit-elle, comment en savez-vous si long ? J'ai le d'oit, autant que n'impo'te qui, de p'end' du bon temps aussi longtemps que je le pou'ai. Et je ne suis pas aussi vieille que ce'tains voud'aient le fai' c'oi'. Je suis pas enco' gâteuse. Et j'ai de longues années devant moi avant de me 'ésigner à 'ester dans un coin.

— Je n'ai pas voulu dire que vous deviez rester dans un coin, dit F. Jasmine.

— J'ai comp'is ce que vous vouliez di' », répliqua Bérénice.

John Henry observait et écoutait et il avait une croûte de sauce figée autour de la bouche. Une grosse mouche bleue volait paresseusement autour de lui et essayait de se poser sur sa figure poisseuse, et John Henry, de temps en temps, agitait la main pour chasser la mouche.

« Est-ce que tous vous payaient le cinéma ? demanda-t-il. Tous ces galants ?

— Le cinéma, ou une chose ou une aut'e.

— Vous voulez dire que vous ne payiez jamais votre place ?

— C'est bien ce que je vous explique, dit Bérénice. Je ne paie jamais quand je so' avec un galant. Si j'allais quelque pa' avec une foule de femmes, je se'ais obligée de payer pou' moi. Mais je ne suis pas de ces pe'sonnes qui so'tent avec des foules de femmes.

— Quand vous êtes tous allés en avion à Fairview, dit F. Jasmine — car, un dimanche du printemps dernier, un pilote de couleur avait promené des gens de couleur dans son avion —, qui a payé le voyage ?

— Laissez-moi 'éfléchi', dit Bérénice ; Honey et Clo'ina ont payé leu' dépenses mais j'ai

153

p'êté à Honey un dolla' et qua'ante *cents*.
Cape Clyde a payé sa place. Et T.T. a payé
pou' lui et pou' moi.

— Alors T.T. vous a offert le voyage en
avion ?

— C'est ce que je vous explique. Il a payé
le voyage aller et 'etou' et les 'af'aîchisse-
ments. La jou'née complète. Mais, natu'ellement, il a payé. Aut'ement vous c'oyez que
j'au'ais pu me pe'mett'e une p'omenade en
avion ? Moi qui gagne six dolla' pa' semaine.

— Je n'avais pas pensé à ça, admit F. Jasmine. Je me demande où T.T. trouve tout
son argent.

— Il l'a gagné, dit Bérénice. John Hen'y,
essuyez vot'e bouche. »

Ils ne quittaient pas la table, car, pendant
tout l'été, ils avaient pris leurs repas par
tournées successives ; ils mangeaient, puis lais-
saient la nourriture se tasser dans leur estomac et, un peu plus tard, ils recommençaient.
F. Jasmine croisa son couteau et sa fourchette
sur son assiette vide et questionna Bérénice
sur un sujet qui la tourmentait.

« Dites-moi. Sommes-nous les seuls à appeler ce plat du hopping-john ? Ou est-il connu
sous ce nom dans tout le pays ? C'est un
nom étrange, d'ailleurs.

— Ma foi, on lui donne d'aut'es noms.

154

— Lesquels ?

— Les uns l'appellent pois au 'iz. Ou 'iz aux pois. Ou hopping-john. Vous pouvez choisi' dans le tas.

— Je ne parle pas de cette ville, dit F. Jasmine, mais d'autres pays du monde entier. Quel nom les Français donnent-ils à ce plat ?

— Oh ! dit Bérénice, vous me posez une question à laquelle je ne peux pas 'épond'e.

— Merci du renseignement », dit F. Jasmine.

Assis à table, ils ne parlèrent plus. F. Jasmine, adossée à sa chaise, avait tourné la tête vers la fenêtre et la cour vide rayée de soleil. La ville était silencieuse et la cuisine était silencieuse, à part la pendule. F. Jasmine ne pouvait sentir le monde tourner et rien ne bougeait.

« Une drôle de chose m'est arrivée, commença F. Jasmine. Je ne sais pas comment l'expliquer clairement. C'est une de ces choses étranges que l'on ne peut raconter avec précision.

— Quoi, Frankie ? » demanda John Henry.

F. Jasmine détourna son regard de la fenêtre, mais, avant qu'elle pût recommencer à parler, il y eut le son. Dans le silence de la cuisine, ils entendirent la note traverser tranquillement la pièce, puis la même note fut répétée. Une gamme au piano traversa obli-

155

quement l'après-midi d'août. Une touche fut frappée. Puis une chaîne de notes monta lentement comme un escalier de château ; mais juste à la fin, alors que la huitième note aurait dû résonner et compléter la gamme, il y eut un arrêt. La septième note qui semblait faire écho à toute la gamme inachevée résonna, insista indéfiniment. Et finalement, il y eut un silence. F. Jasmine, John Henry et Bérénice se regardèrent. Quelque part, dans le voisinage, on accordait un piano d'août.

« Jésus, dit Bérénice. Je c'ois sé'ieusement que c'est la fin de tout. »

John Henry frissonna.

« Moi aussi », dit-il.

F. Jasmine restait immobile devant la table encombrée de plats et d'assiettes. Le gris de la cuisine était attristant et la pièce était trop plate et trop carrée. Après le silence une autre note résonna et fut répétée à l'octave supérieure. F. Jasmine levait les yeux chaque fois que la tonalité s'élevait comme si elle suivait l'ascension de la note d'une partie de la cuisine à une autre ; à la note la plus haute ses yeux atteignirent un coin du plafond et, pendant une longue gamme descendante, sa tête tourna lentement tandis que ses yeux suivaient le mur en diagonale du coin du plafond au coin du plancher. La dernière note de la gamme fut répétée six fois et laissa F. Jasmine en contemplation devant la vieille paire de pantoufles et la bouteille de bière vide qui étaient dans ce coin de la pièce. Finalement elle ferma les yeux, se secoua et quitta la table.

« Cela me rend triste, dit F. Jasmine, et nerveuse aussi. »

Elle commença à marcher autour de la cuisine.

« On m'a dit qu'à Milledgeville, pour punir les fous, on les attachait et on les obligeait à entendre accorder un piano. »

Elle fit trois fois le tour de la table.

« Je veux vous demander quelque chose. Supposez que vous rencontriez quelqu'un qui vous semble terriblement bizarre sans que vous en sachiez la raison.

— Biza'? de quelle façon ? »

F. Jasmine pensait au soldat, mais ne put donner d'explications précises.

« Par exemple, vous rencontrez quelqu'un ; vous pensez qu'il est peut-être ivre, mais vous n'êtes sûre de rien. Et il veut que vous alliez danser avec lui dans un grand bal. Que faut-il faire ?

— Ma foi, je n'en sais 'ien. Pou' moi, ça dépendait de mon humeu'. J'i'ais peut-êt'e avec

157

lui au bal et je 'encont'e'ais quelqu'un qui me conviend'ait mieux. »

L'œil vivant de Bérénice se rétrécit brusquement et elle regarda F. Jasmine avec attention.

« Mais pou'quoi me demandez-vous ça ? »

Le silence s'étendit dans la chambre et F. Jasmine pouvait entendre les gouttes d'eau qui tombaient du robinet dans l'évier. Elle essayait de reconstituer l'histoire du soldat pour la raconter à Bérénice. Mais la sonnerie du téléphone retentit. F. Jasmine bondit, renversa son verre de lait vide et se précipita dans le vestibule — mais John Henry arriva le premier au téléphone. Il s'agenouilla sur la chaise et sourit dans l'écouteur avant de dire « allô ! ». Et il continua à dire « allô ! » jusqu'à ce que F. Jasmine lui eût arraché des mains l'écouteur. Elle répéta les « allô ! » au moins deux douzaines de fois avant de raccrocher.

« Des choses comme ça me rendent folle, déclara-t-elle en rentrant dans la cuisine. C'est comme les jours où le camion de livraison s'arrête devant la porte et l'homme regarde le numéro et porte son paquet ailleurs. Je considère ces choses comme un présage. »

Elle se passa la main dans les cheveux.

« Vous savez que je me ferai dire la bonne aventure avant de quitter la maison ; il y a longtemps que j'en ai envie.

— Pou' changer de sujet, dit Bérénice, quand allez-vous me mont'er vot' 'obe neuve ? J'ai hâte de voï' ce que vous avez choisi. »

Et F. Jasmine monta s'habiller. Sa chambre était une étuve ; la chaleur du reste de la maison montait dans cette chambre et y restait. L'après-midi, l'air semblait bourdonner ; aussi, c'était une bonne idée d'avoir toujours le ventilateur en marche. F. Jasmine ouvrit la porte du placard. Jusqu'à cette veille du mariage, les six robes qu'elle possédait y étaient suspendues à des cintres et elle jetait ses vêtements ordinaires sur le rayon ou les poussait à coups de pied dans un coin. Mais en rentrant, cet après-midi, elle avait changé tout ça ; les robes étaient jetées sur le rayon et la robe de mariage était suspendue, seule, dans le placard. Les escarpins en lamé étaient placés soigneusement en bas du placard, sous la robe, la pointe vers le nord, vers Winter Hill.

Tout en s'habillant, F. Jasmine marcha dans la chambre sur la pointe des pieds.

« Fermez les yeux, cria-t-elle. Ne me regardez pas descendre les escaliers. N'ouvrez pas les yeux avant que je vous le dise. »

On eût dit que les quatre murs de la cuisine l'observaient, et le poêlon suspendu au mur était un œil observateur, rond et noir. Le piano s'était tu. Bérénice était assise, la tête baissée comme si elle se trouvait à l'église. Et John Henry avait aussi la tête baissée, mais il la regardait furtivement. F. Jasmine s'arrêta au pied des escaliers, la main gauche sur la hanche.

« Oh ! que c'est joli ! » dit John Henry.

Bérénice leva la tête et, lorsqu'elle vit F. Jasmine, sa figure eut une expression indéfinissable. L'œil noir regarda depuis le ruban argent des cheveux jusqu'aux semelles des escarpins d'argent. Elle ne dit rien.

« Allons, donnez-moi votre opinion sincère », dit F. Jasmine.

Mais Bérénice regardait la robe de satin orange, secouait la tête et ne faisait pas de commentaires. Tout d'abord elle secoua la tête à petits coups ; mais plus elle regardait, plus les oscillations s'amplifiaient et, à la dernière, F. Jasmine entendit son cou craquer.

« Qu'y a-t-il ? demanda F. Jasmine.

— Je c'oyais que vous deviez acheter une 'obe 'ose.

— Oui, mais au magasin j'ai changé d'idée. Qu'est-ce qu'elle a cette robe ? Vous ne l'aimez pas ?

160

— Non, dit Bérénice, ça ne va pas.

— Qu'est-ce que vous voulez dire ? Ça ne va pas ?

— Exactement. Ça ne va pas. »

F. Jasmine se regarda dans la glace et, vraiment, la robe était belle. Mais Bérénice avait une expression maussade et obstinée, l'expression d'une mule aux longues oreilles, et F. Jasmine ne comprenait pas.

« Mais je ne vois pas ce que vous voulez dire, se plaignit-elle. Qu'est-ce qui cloche ? »

Bérénice se croisa les bras sur la poitrine.

« Eh bien, si vous ne le voyez pas, je peux pas vous l'expliquer. Pou' commencer, 'ega'dez vot' tête. »

F. Jasmine regarda sa tête dans le miroir.

« Vos cheveux sont 'asés comme ceux d'un bagna' et vous attachez un 'uban d'a'gent autou' d'une tête qui n'a pas de cheveux. Ça fait biza'.

— Oh ! mais je me laverai la tête ce soir et j'essaierai de boucler mes cheveux.

— Et 'ega'dez-moi ces coudes, continua Bérénice. Vous po'tez cette 'obe longue pou' g'ande pe'sonne. En satin o'ange. Et cette c'oûte noi' à vos coudes. Les deux choses ne s'acco'dent pas. »

F. Jasmine courba les épaules et cacha ses coudes crasseux avec ses mains.

Bérénice secoua énergiquement la tête, puis prononça son jugement.

« 'appo'tez-la au magasin.

— Mais je ne peux pas, dit Jasmine. C'est un achat ferme. Ils ne la reprendront pas. »

Bérénice avait deux principes. L'un était que l'on ne peut fabriquer une bourse de soie avec une oreille de truie, l'autre que l'on doit tailler son habit d'après l'étoffe et tirer le meilleur parti de ce que l'on a. Aussi F. Jasmine ne sut pas si Bérénice changea d'idée en vertu de ce dernier principe ou si elle commença à apprécier la robe. Car, après quelques secondes d'inspection, Bérénice dit enfin :

« Venez ici. Nous allons la 'ectifier à la taille et voi' ce que nous pouvons fai'.

— Je crois que, tout simplement, vous n'êtes pas habituée à voir quelqu'un habillé en robe de cérémonie.

— Je ne suis pas habituée à des sapins de Noël en chai' et en os au milieu du mois d'août. »

Bérénice enleva la ceinture, tapota la robe en divers endroits. F. Jasmine, aussi raide qu'une canne, la laissait faire. John Henry, la serviette au cou, avait quitté sa chaise et les regardait.

« La robe de Frankie ressemble à un sapin de Noël, dit-il.

— Judas à double face ! Tu viens de dire qu'elle était jolie. Vieux Judas à double face ! »

Le piano retentit. F. Jasmine ne savait pas à qui appartenait ce piano, mais les sons étaient solennels et insistants dans la cuisine et provenaient d'une maison peu éloignée. L'accordeur jouait quelquefois un petit air, puis se remettait à tapoter une note. Et il la répétait. Et il frappait la même note d'une façon solennelle et hallucinante. Et il la répétait. Et il la frappait. Il s'appelait M. Schwarzenbaum, l'accordeur de la ville. Le son était capable de donner le frisson aux musiciens et d'impressionner tous les auditeurs.

« Je me demande s'il ne cherche pas seulement à nous torturer », dit F. Jasmine.

Mais Bérénice dit que non.

« On acco'de les pianos comme ça à Cincinnati et dans le monde entier. C'est pa'tout la même chose. Allumez la 'adio pou' noyer le b'uit. »

F. Jasmine secoua la tête.

« Non, je ne peux pas expliquer pourquoi, mais je ne veux plus entendre la radio. Elle me rappelle trop cet été.

— 'eculez un peu », dit Bérénice.

Elle avait remonté la taille et épinglé la robe en plusieurs endroits. F. Jasmine se regarda dans le miroir au-dessus de l'évier. Elle ne pouvait se voir que jusqu'à la poitrine ; aussi après avoir admiré la partie supérieure de sa personne monta-t-elle sur une chaise pour regarder la ceinture. Puis elle commença à débarrasser un coin de la table pour grimper dessus et voir dans la glace les escarpins en lamé. Mais Bérénice l'en empêcha.

« Ne la trouvez-vous pas jolie ? demanda F. Jasmine. Sérieusement, Bérénice. Donnez-moi votre opinion sincère. »

Mais Bérénice parla d'une voix accusatrice.

« Je n'ai jamais connu un êt'e aussi dé'aisonnable. Vous me demandez mon opinion sincè'e et je vous la donne. Puis, vous me la 'edemandez et je vous la 'edonne. Mais ce que vous voulez ce n'est pas mon opinion sincè'e, mais la bonne opinion su' quelque chose que je t'ouve laid. Comment appelez-vous cette façon d'agi' ?

— Ça va, dit F. Jasmine. Je veux seulement paraître bien.

— Ma foi, vous êtes t'ès bien. T'ès belle. Assez bien pou' le ma'iage de n'impo'te qui. Excepté le vôt'. Et alo' p'ions Jésus d'êt'e en mesu' de fai' mieux. Il faut que j'achète un costume neuf pou' John Hen'y et que

164

je m'occupe de ce que je po'te'ai moi-même.

— Oncle Charles est mort, dit John Henry. Et nous allons au mariage.

— Oui, Bébé », dit Bérénice.

Et, à son air rêveur, F. Jasmine sentit que Bérénice pensait aux morts qu'elle avait connus. Les morts marchaient dans son cœur et elle se rappelait Ludie Freeman, le temps passé, Cincinnati et la neige.

F. Jasmine pensa aux sept morts qu'elle avait connus. Sa mère était morte en la mettant au monde et elle ne pouvait donc pas la compter. Il y avait une photographie de sa mère dans le tiroir de droite du bureau de son père ; le visage paraissait timide et triste, enfermé avec les froids mouchoirs pliés dans le tiroir. Il y avait sa grand-mère qui était morte lorsque Frankie avait neuf ans, et F. Jasmine se la rappelait très bien... mais en petites images déformées à l'arrière-plan de son esprit. Un soldat de la ville appelé William Boyd avait été tué cette année en Italie et elle l'avait connu de nom et de vue. Mme Selway qui habitait à deux maisons de la leur était morte, et, du trottoir, F. Jasmine avait regardé l'enterrement mais elle n'y était pas invitée. Des hommes solennels se tenaient sur le perron et il avait plu. Il y avait un ruban de soie gris sur la porte. Elle connaissait Lon Baker qui était mort aussi. Lon Baker était un garçon de couleur et il avait été assassiné dans la rue derrière le magasin de son père. Un après-midi d'avril, il avait eu la gorge tranchée par une lame de rasoir et tous les gens de la rue avaient disparu ; et plus tard on avait dit que la gorge de Lon était ouverte comme une bouche hallucinante qui tremblait et prononçait des paroles de fantôme au soleil d'avril. Lon Baker était mort et Frankie le connaissait. Elle connaissait, mais vaguement, M. Pitkin de la cordonnerie Brawer, Miss Birdie Grimes et un homme qui grimpait aux poteaux pour la Compagnie des Téléphones. Tous ceux-là étaient morts.

« Pensez-vous souvent à Ludie ? demanda F. Jasmine.

— Vous savez bien que oui. Je pense aux années où nous étions ensemble, Ludie et moi ; et à tous les malheu's que j'ai eus depuis. Ludie ne m'au'ait jamais laissé f'équenter toutes so'tes de vau'iens. Moi et Ludie, dit-elle. Ludie et moi. »

F. Jasmine s'était assise et balançait la jambe en pensant à Ludie et à Cincinnati. De tous les morts du monde, Ludie Freeman était celui que F. Jasmine connaissait le mieux, bien qu'elle ne l'eût jamais vu ; elle n'était même pas née quand il était mort. Elle connaissait Ludie et la ville de Cincinnati et l'hiver pendant lequel Ludie et Bérénice étaient dans le Nord et avaient vu de la neige. Elles avaient parlé mille fois de toutes ces choses et c'était une conversation que Bérénice poursuivait lentement, modulant chaque phrase comme un chant. Et la vieille Frankie posait des questions sur Cincinnati, sur la largeur des rues de Cincinnati, sur ce qu'ils mangeaient à Cincinnati. Et, d'une voix chantante, elles parlaient du poisson de Cincinnati, du salon de la maison de Cincinnati dans Myrtle Street, des cinémas de Cincinnati. Et Ludie Freeman était maçon, il gagnait régulièrement un bon salaire et c'était le seul de ses maris que Bérénice eût aimé.

« Quelquefois, je dési' p'esque n'avoi' jamais connu Ludie, dit Bérénice. Il m'a gâtée et depuis je me sens t'op malheu'euse. Quand je rent' à la maison le soi' ap'ès mon t'avail, je me sens t'iste. Et c'est pou' oublier ce sentiment que j'épouse de t'istes pe'sonnages.

— Je le sais, dit F. Jasmine. Mais T.T. Williams n'est pas un triste personnage.

— Je ne pa'le pas de T.T. Lui et moi on est seulement des bons amis.

— Ne croyez-vous pas que vous l'épouserez ? demanda F. Jasmine.

— Ma foi, T.T. est un 'ema'quable gentle-

man de couleu'. Vous n'entendez jamais di'
que T.T. est allé cou'i' à d'oite et à gauche
comme tant d'hommes. Si j'épousais T.T. je
pou'ais quitter cette cuisine et 'ester devant
le liv' de caisse au 'estau'ant et me c'oiser
les b'as. De plus, je 'especte sincè'ement
T.T. Il a ma'ché en état de g'âce toute sa
vie.

— Alors, quand l'épouserez-vous ? Il est
toqué de vous.

— Je ne l'épouse'ai pas.

— Mais vous venez de dire...

— J'ai dit que je 'espectais sincè'ement T.T.
et je l'estime sincè'ement.

— Eh bien, alors ?...

— Je le 'especte et je l'estime hautement,
dit Bérénice — son œil noir était paisible et
son nez plat s'élargissait quand elle parlait —,
mais il ne me fait pas f'issonner.

— Penser au mariage me fait frissonner,
dit F. Jasmine au bout d'un instant.

— Eh bien, c'est dommage.

— Cela me fait frissonner aussi de penser
à tous les morts que j'ai connus. Sept en
tout. Et maintenant oncle Charles. »

F. Jasmine se mit les doigts dans les oreilles
et ferma les yeux, mais ce n'était pas la mort.
Elle pouvait sentir la chaleur du fourneau
et fumer l'odeur du dîner. Elle pouvait sentir

les gargouillis de son estomac et les battements de son cœur. Et les morts ne sentent rien, n'entendent rien, ne voient rien, seulement du noir.

« Ce serait terrible d'être mort », dit-elle, et, en robe de mariage, elle commença de tourner dans la pièce.

Il y avait une balle de caoutchouc sur l'étagère et elle la lança contre la porte du vestibule et la rattrapa.

« Laissez ça t'anquille, dit Bérénice. Allez enlever la 'obe avant de la sali'. Faites quelque chose. Allumez la 'adio.

— Je vous ai dit que je ne voulais pas entendre la radio. »

Et elle tournait dans la pièce et Bérénice lui avait dit de faire quelque chose, mais elle ne savait que faire. Elle marchait vêtue de la robe de mariage, la main sur la hanche... Les escarpins en lamé lui avaient tant serré les pieds que ses orteils étaient comme dix choux-fleurs douloureux.

« Mais je vous conseille de laisser la radio ouverte quand vous reviendrez, dit brusquement F. Jasmine. Un jour, très probablement, vous nous entendrez parler à la radio.

— Qu'est-ce que c'est que ça ?

— Je dis que, très probablement, on nous demandera de parler à la radio un jour.

169

« — De pa'ler de quoi, ayez la bonté de me le di' !

— Je ne sais pas exactement de quoi. Mais probablement un reportage au sujet de quelque chose que nous aurons vu de nos yeux. On nous demandera de parler.

— Je ne vous suis pas, dit Bérénice. Qu'allons-nous voi' de nos yeux ? et qui nous demande'a de pa'ler ? »

F. Jasmine pivota et, les deux poings sur les hanches, fixa Bérénice.

« Croyez-vous que je pensais à vous, John Henry et moi ? Je n'ai rien entendu de si drôle de ma vie. »

La voix de John Henry se fit entendre, aiguë et excitée :

« Qui parlera à la radio, Frankie ?

— Quand j'ai dit « nous » vous avez cru que je parlais de vous, de moi et de John Henry West. Parler à la radio mondiale. Depuis que je suis née je n'ai rien entendu de si drôle. »

John Henry s'était agenouillé sur sa chaise et les veines bleues de son front étaient gonflées ainsi que les muscles de son cou.

« Qui ? hurla-t-il. Quoi ?

— Ha, ha, ha ! »

Elle éclata de rire et parcourut la pièce en frappant les murs du poing.

« Ho, ho, ho ! »

Et John Henry gémissait et F. Jasmine, en robe de mariage, frappait à coups de poing les murs de la cuisine et Bérénice s'était levée et agitait la main pour demander la paix. Brusquement ils s'arrêtèrent tous. F. Jasmine s'immobilisa devant la fenêtre et John Henry l'y rejoignit sur la pointe des pieds. A ce moment le piano se tut.

« Oh ! » chuchota F. Jasmine.

Quatre jeunes filles traversaient la cour. Elles avaient quatorze ou quinze ans et faisaient partie du club. Elles marchaient en file indienne. Helen Fletcher en tête. Elles avaient coupé à travers la cour des O'Neil et passaient lentement devant la tonnelle. Les longs rayons d'or du soleil les éclairaient et elles paraissaient dorées aussi ; elles portaient des robes claires et propres. Quand elles eurent dépassé la tonnelle, leurs ombres dansantes s'allongèrent dans la cour. Elles auraient bientôt disparu. F. Jasmine ne bougeait pas. Autrefois, avant aujourd'hui, elle aurait attendu qu'elles l'appellent pour lui dire qu'elle avait été élue membre du club — et à la fin, une fois persuadée qu'elles ne faisaient que passer, elle leur aurait crié avec fureur qu'elles n'avaient pas le droit de traverser sa cour. Mais, maintenant, elle les regardait tranquillement, sans jalousie. Elle eut un instant le désir de les appeler pour leur parler du mariage, mais, avant qu'elle eût formé les mots, le club des jeunes filles avait disparu. Il ne restait plus que la tonnelle et le soleil.

Mais Bérénice l'arrêta court.

« Je me demande... dit enfin F. Jasmine.

— 'ien, cu'iosité. Cu'iosité, 'ien. »

Quand ils commencèrent la seconde tournée de ce dernier dîner, il était cinq heures et le crépuscule tombait. C'était le moment de l'après-midi où, autrefois, assis avec les cartes rouges autour de la table, ils commençaient à critiquer le Créateur. Ils jugeaient l'œuvre de Dieu et indiquaient comment ils amélioreraient le monde. La voix de Dieu Tout-Puissant, John Henry, s'élevait heureuse, aiguë, étrange et son monde était un mélange de délicieux et d'effrayant et il ne pensait pas en termes généraux : le long bras qui pouvait s'étendre d'ici en Californie, la boue en chocolat et les pluies de limonade, l'œil supplémentaire voyant à mille kilomètres, une queue articulée que l'on pourrait abaisser comme une sorte de béquille pour s'asseoir dessus si l'on était fatigué, les fleurs en sucre.

Mais le monde de Dieu Tout-Puissant Bérénice Sadie Brown était différent ; il était rond, juste et raisonnable. Tout d'abord il n'y aurait pas de races de couleurs différentes dans le monde, mais tous les êtres humains auraient la peau légèrement brune, des yeux bleus et des cheveux noirs. Il n'y aurait pas des Noirs et des Blancs, des Blancs destinés à faire sentir aux Noirs une infériorité qui les rendait malheureux toute leur vie. Pas de gens de couleur, mais des humains, hommes, dames et enfants, ne formant qu'une grande famille aimante. Et quand Bérénice parlait de ce premier principe, sa voix était un chant grave et mélodieux ; et les notes basses éveillaient dans les coins de la chambre un écho qui vibrait longtemps avant de s'éteindre.

Pas de guerre, disait Bérénice. Pas de corps rigides pendus aux arbres d'Europe ni de juifs massacrés. Pas de guerre, ni de jeunes gens quittant la maison en uniforme militaire, ni d'Allemands et de Japonais cruels. Pas de guerre dans le monde mais la paix dans tous les pays. Aussi, pas de famine. Pour commencer, le Seigneur-Dieu pour de Vrai avait fait l'air libre, la pluie libre, la boue libre pour le bénéfice de tous. Il y aurait de la nourriture libre pour toute bouche humaine, des repas libres et deux litres de graisse par semaine et, après, chaque personne capable de travailler gagnerait ce qu'elle voudrait manger ou posséder d'autre. Pas de juifs tués ni de gens de couleur malheureux. Ni guerre ni faim dans le monde. Et finalement, Ludie Freeman serait vivant.

Le monde de Bérénice était un monde rond et la vieille Frankie écoutait la voix grave et chantante et approuvait Bérénice. Mais le monde de la vieille Frankie était le meilleur de tous. Elle était d'accord avec Bérénice en ce qui concernait les grandes lois de sa création, mais elle ajoutait bien des choses ; un avion et une motocyclette pour chaque personne, un club mondial avec des certificats et des badges, et un équilibre meilleur. Elle n'admettait pas entièrement les théories de Bérénice sur la guerre ; elle disait quelquefois qu'elle aurait une Ile de la Guerre où iraient ceux qui voudraient se battre ou donner leur sang et où elle irait comme W.A.C. dans les Forces de l'Air. Elle changeait aussi les saisons, supprimant l'été et ajoutant beaucoup de neige. Elle désirait aussi que les gens pussent changer de sexe instantanément suivant leur caprice. Mais Bérénice discutait à ce sujet, affirmant que la loi des sexes était parfaitement établie et ne pouvait être améliorée. Et John Henry ajoutait son grain de sel et déclarait que chacun devait être moitié garçon, moitié fille, et quand la vieille Frankie menaçait de l'emmener à la foire et de le vendre à la Baraque des Phénomènes, il se contentait de fermer les yeux et de sourire.

Ainsi tous les trois, assis autour de la table de la cuisine, critiquaient le Créateur et la Création. Quelquefois leurs voix se croisaient et les trois mondes se mêlaient : le Dieu Tout-Puissant John Henri West, le Dieu Tout-Puissant Bérénice Sadie Brown, le Dieu Tout-Puissant Frankie Addams. Les mondes à la fin des longs après-midi mornes.

Mais aujourd'hui, c'était différent. Ils ne flânaient pas, ne jouaient pas aux cartes mais mangeaient. F. Jasmine avait ôté la robe de mariage et, une fois de plus, se trouvait à l'aise en combinaison et pieds nus. La sauce brune des pois s'était figée, les mets n'étaient ni chauds ni froids et le beurre avait fondu. Ils se passaient les plats les uns aux autres, ne parlaient que des sujets ordinaires. Et alors une étrange conversation s'engagea.

« F'ankie, dit Bérénice, tout à l'heu', vous aviez commencé à pa'ler de quelque chose. Et nous avons changé de sujet. C'était quelque chose de pas natu'el, je c'ois.

— Oh ! oui, dit F. Jasmine. J'allais vous raconter une chose bizarre qui m'est arrivée aujourd'hui et que je ne comprends pas très bien. Maintenant je ne sais pas expliquer exactement ce que je veux dire. »

F. Jasmine ouvrit une patate douce et s'adossa à sa chaise. Elle essaya de raconter à Bérénice ce qui s'était passé lorsque, revenant à la maison, elle avait brusquement vu quelque chose du coin de l'œil et, en se retournant, c'était deux jeunes nègres au bout de la rue. F. Jasmine s'interrompait de temps en temps, tirait sa lèvre inférieure et cherchait les mots exacts exprimant un sentiment dont elle n'avait jamais entendu le nom. Elle lançait des coups d'œil à Bérénice pour voir si elle la suivait, et à mesure qu'elle parlait, le visage de Bérénice prenait une expression étrange ; l'œil de verre bleu était brillant et étonné, comme toujours et, tout d'abord, l'œil noir fut également étonné, puis son visage exprima une bizarre compréhension et, de temps en temps, elle tournait la tête, par petits mouvements saccadés comme pour écouter de divers points et s'assurer que son oreille ne la trompait pas.

Avant que Jasmine eût fini, Bérénice repoussa son assiette et chercha des cigarettes dans son corsage. Elle fumait des cigarettes roulées à la main, mais les mettait dans une enveloppe de Chesterfield, de sorte qu'elle avait l'air de fumer des Chesterfield. Elle enleva la frange de tabac qui dépassait le bout de sa cigarette et renversa la tête en arrière pour ne pas se brûler le nez avec l'allumette enflammée. Un nuage de fumée bleue s'étendit au-dessus des trois. Bérénice tenait sa cigarette entre le pouce et l'index ; sa main avait été déformée et ankylosée par du rhumatisme et les deux derniers doigts ne pouvaient plus s'étendre. Elle écouta en fumant et, quand F. Jasmine eut fini, il y eut une longue pause. Puis Bérénice se pencha en avant et demanda brusquement :

« Ecoutez-moi. Pouvez-vous voi' à t'ave's les os de ma tête ? F'ankie, avez-vous lu dans mon esp'it ? »

F. Jasmine ne sut que répondre.

« C'est une des choses les plus biza'es dont j'aie entendu pa'ler, continua Bérénice. Je ne peux pas la comp'end'e.

— Ce que je veux dire... commença F. Jasmine.

— Je sais ce que vous voulez di', interrompit Bérénice. Juste dans le coin de l'œil. » Elle posa un doigt sur le coin rouge et ridé de son œil noir. « Vous att'apez b'usquement quelque chose là. Et un f'isson f'oid vous cou' dans tout le co'ps. Et vous vous 'etou'nez. Et vous voyez Jésus sait quoi. Mais pas Ludie, pas qui vous voulez. Et pendant une minute, vous avez l'imp'ession d'êt' tombée dans un puits.

177

— Oui, dit F. Jasmine. C'est bien ça.

— C'est t'ès 'ema'quable. C'est une chose qui m'est a'ivée pendant toute ma vie. Mais c'est la p'emiè' fois que je l'entends mett'e en pa'oles. »

F. Jasmine posa la main sur son nez et sa bouche pour cacher son contentement d'être si remarquable et ses yeux se fermèrent modestement.

« Oui, c'est comme cela quand vous êtes amou'eux, dit Bérénice, inva'iablement. Une chose qu'on sait mais qu'on peut pas di'e. »

Cette étrange conversation commença à six heures moins le quart en ce dernier après-midi. C'était la première fois qu'elles parlaient d'amour, F. Jasmine étant incluse dans la conversation comme une personne qui comprend et dont l'opinion compte. La vieille Frankie s'était moquée de l'amour, avait affirmé que c'était une vaste plaisanterie et qu'elle n'y croyait pas. Il n'avait jamais eu de place dans ses pièces et elle n'allait jamais voir des films d'amour au Palace. La vieille Frankie allait aux matinées du samedi quand il y avait des films de gangsters, des films de guerre ou des films de cow-boys. Et qui donc avait causé le tumulte au Palace, en mai dernier, quand le cinéma avait passé un vieux

film appelé *Camille* ? La vieille Frankie. Elle
était assise au second rang et elle avait tapé
du pied, mis deux doigts dans sa bouche et
commencé à siffler. Et tous les spectateurs
à prix réduits des trois premiers rangs avaient
aussi tapé du pied et sifflé et, à mesure que
se déroulait le film d'amour, le tapage augmen-
tait. Si bien que, finalement, le directeur était
arrivé avec une torche électrique, avait obligé
les perturbateurs à se lever, à remonter le
bas-côté et les avait flanqués sur le trottoir ;
sans les rembourser du prix de leurs places
et furieux.

La vieille Frankie n'avait jamais admis
l'amour ; cependant voilà que F. Jasmine était
assise à table, les jambes croisées et, de
temps en temps, elle frottait son pied nu
sur le plancher et approuvait ce que disait
Bérénice. Bien plus, quand elle prit tranquillement le paquet de Chesterfield près de la
saucière de beurre fondu, Bérénice ne lui
donna pas une tape sur la main et F. Jasmine
s'offrit une cigarette. Elle et Bérénice étaient
deux grandes personnes fumant à table. Et
John Henry West, sa grosse tête d'enfant penchée sur l'épaule, observait et écoutait tout
ce qui se passait.

« Maintenant, je vais vous 'aconter une histoi', dit Bérénice. Et ce se'a un ave'tissement

179

pou' vous. Vous m'entendez, John Hen'y ? Vous m'entendez, F'ankie ?

— Oui », chuchota John Henry. Il avança son petit index gris. « Frankie fume. »

Bérénice se redressa, les épaules carrées, ses mains déformées croisées devant elle sur la table. Elle leva le menton et aspira profondément comme un chanteur qui va commencer un air. Le piano retentissait avec insistance, mais, quand Bérénice parla, sa grave voix d'or emplit la cuisine et ils n'entendirent plus les notes du piano. Mais, pour débuter, Bérénice reprit la vieille histoire qu'ils avaient si souvent entendue. L'histoire d'elle et de Ludie. Il y avait longtemps.

« Maintenant je suis ici pou' vous di' que j'étais heu'euse. Pas une femme au monde n'était aussi heu'euse que moi en ces jou's-là. Et cela inclut tout le monde. Vous m'écoutez, John Hen'y ? Cela inclut toutes les 'eines et les millionnai' et les plus g'andes dames de la té'. Et les gens de toutes les couleu'. Vous m'écoutez, F'ankie ? Pas une femme au monde ne fut plus heu'euse que Bé'énice Sadie B'own. »

Elle reprenait la vieille histoire de Ludie. Et cette histoire avait débuté vingt ans auparavant, un après-midi de fin d'octobre. Ils s'étaient rencontrés en face du distributeur d'essence de Camp Campbell, en dehors de la ville. C'était la saison où les feuilles jaunissent et tombent, où la campagne est embrumée. L'automne gris et or. Et l'histoire continuait depuis cette première rencontre jusqu'au mariage à l'église de l'Ascension, à Sugarville. Et puis les années qu'ils passèrent ensemble. La maison au perron de briques et aux fenêtres vitrées au coin de Barow Street. Le Noël de la fourrure de renard, et le juin du poisson frit offert à vingt-huit parents et invités. Les années avec Bérénice préparant les repas de Ludie, cousant à la machine les vêtements et les chemises de Ludie et tous les deux si heureux. Et les neuf mois qu'ils avaient passé dans le Nord, dans la ville de Cincinnati où il y avait de la neige. Et, de nouveau, Sugarville, la succession des jours, des semaines, des mois, des années. Et les deux toujours si heureux. Cependant ce n'étaient pas tellement les événements qu'elle mentionnait qui permettaient à F. Jasmine de comprendre, mais la façon dont elle les racontait.

La voix de Bérénice semblait se dérouler, et elle avait dit qu'elle était plus heureuse qu'une reine. Bérénice ressemblait à une étrange reine, si une reine peut être noire et assise devant une table de cuisine. Elle déroulait l'histoire de sa vie avec Ludie comme une reine déroulant une pièce de tissu d'or. Et, à la fin, quand l'histoire était finie, son expression était toujours la même : l'œil noir regardait droit devant lui, son nez plat s'élargissait et frémissait, sa bouche se fermait, triste et tranquille. En règle générale, quand l'histoire était terminée, ils ne bougeaient pas pendant un instant, puis, brusquement, ils s'affairaient : ils commençaient à jouer aux cartes ou à faire des cocktails au lait ou s'agitaient dans la cuisine sans but précis. Mais cet après-midi ils restèrent longtemps immobiles et silencieux.

Enfin F. Jasmine demanda :

« De quoi est mort Ludie ?

— Quelque chose comme une pneumonie. En novemb'e 1931.

— L'année et le mois de ma naissance, dit F. Jasmine.

— Le mois de novemb'e le plus f'oid que j'aie jamais vu. Chaque matin il y avait du giv'e et les flaques d'eau étaient couve'tes d'une c'oûte de glace. Le soleil était jaune pâle comme en hive'. Les sons étaient po'tés au loin et je me 'appelle un chien de chasse qui hu'lait au coucher du soleil. J'ent'etenais nuit et jou' du feu dans la cheminée, et le soi' quand je ma'chais dans la chamb' il y avait cette omb' t'emblante qui me suivait su' le mu'. Et tout ce que je voyais me semblait une so'te de p'ésage.

— Je pense que c'est une sorte de présage que je sois née l'année et le mois de sa mort, dit F. Jasmine. Mais ce n'est pas le même jour.

— C'était un jeudi, ve's six heu' du soi'. Je me 'appelle êt' allée dans le vestibule et avoi' ouve't la po'te d'ent'ée. Nous habitions 233, P'ince St'eet. La nuit tombait, le vieux chien hu'lait au loin. Je suis 'evenue dans la chamb' et me suis étendue su' le lit de Ludie. Je me suis couchée su' Ludie les b'as étendus et mon visage su' son visage. Et j'ai p'ié pou' que le Seigneu' lui donne ma santé. Et j'ai demandé au Seigneu' de p'end' n'impo'te qui, mais de ne pas p'end' Ludie. Et je suis 'estée là et j'ai p'ié longtemps jusqu'à la nuit.

— Comment ? » demanda John Henry. C'était une question qui ne signifiait rien, mais il la répéta sur un ton plus aigu, plaintif. « Comment, Bérénice ?

— Cette nuit-là, il mou'ut, dit-elle d'un ton bref comme s'ils avaient émis des doutes. Je vous dis qu'il mou'ut, Ludie. Ludie F'eeman. Ludie Ma'xwell F'eeman mou'ut. »

Elle avait fini et ils restaient assis à table, sans bouger. John Henry regardait Bérénice, et la mouche qui avait bourdonné au-dessus

183

de lui se posa sur le bord gauche de ses lunettes. La mouche traversa lentement le verre gauche, la monture et le verre droit. Puis la mouche s'envola et alors, seulement, John Henry cligna des yeux et agita la main.

« Il y a une chose, dit enfin F. Jasmine. Oncle Charles est mort maintenant. Cependant je ne peux pas pleurer. Je sais que je devrais être triste. Et je me sens plus triste de la mort de Ludie que de celle d'oncle Charles, bien que je n'aie jamais vu Ludie. Et j'ai connu oncle Charles toute ma vie et il avait des liens de parenté avec certains de mes parents. C'est peut-être parce que je suis née si peu de temps après la mort de Ludie.

— Peut-êt' bien », dit Bérénice.

F. Jasmine pensa qu'ils pourraient passer la fin de l'après-midi sans bouger ni parler. Mais, soudain, elle se rappela quelque chose.

« Vous aviez commencé une autre histoire, dit-elle. A propos d'une sorte d'avertissement. »

Bérénice parut étonnée, puis elle rejeta la tête en arrière.

« Oh ! oui. J'allais vous di' comment cette chose dont nous pa'lions s'applique à moi. Et ce qui m'est a'ivé avec ces aut' ma'is. Maintenant, d'essez vos o'eilles. »

Mais l'histoire des trois autres maris était aussi une vieille histoire. Comme Bérénice commençait à parler, F. Jasmine alla au réfrigérateur et prit une boîte de lait condensé sucré pour le verser sur des biscuits. Tout d'abord, elle n'écouta pas très attentivement.

« En av'il de l'année suivante je me 'endis un dimanche à l'église de Fo'ks Falls. Et vous demandez ce que j'allais fai' là et je vais vous le di'. J'étais allée rend' visite aux Jackson, mes cousins pa' alliance, qui habitent là et nous étions allés à leu' église. Je p'iais donc dans cette église où tous les memb'es de la cong'égation m'étaient ét'angers. J'avais mon f'ont appuyé su' le 'ebo' du banc placé devant moi et mes yeux étaient ouve'ts — non, pas 'ega'dant de tous les côtés en sec'et, 'ema'-quez bien —, mais juste ouve'ts. Quand, tout à coup, ce f'isson me pa'cou' tout le co'ps. J'avais att'apé la vue de quelque chose pa' le coin de mon œil. Et je tou'nai lentement la tête ve's la gauche. Et devinez ce que j'ai vu là ? Là, à quinze centimèt' de mon œil, il y avait « son pouce ».

— Quel pouce ? demande F. Jasmine.

— Je vais vous expliquer. Pou' comp'end', il faut que vous sachiez qu'il y avait chez Ludie F'eeman une petite po'tion qui n'était pas belle. A pa't cela, tout était aussi beau qu'on pouvait le souhaiter. Tout, sauf son pouce d'oit qui avait été éc'asé dans une po'te. Ce pouce avait un aspect déchiqueté qui n'était pas joli. Vous comp'enez ?

— Vous voulez dire que, pendant que vous priiez, vous avez vu le pouce de Ludie ?

— Je veux di' que j'ai vu « ce » pouce. Et un f'isson m'a pa'cou'ue de la tête aux talons. J'étais là, à genoux, 'ega'dant ce pouce et avant de mieux 'ega'der pou' savoi' à qui il appa'tenait j'ai commencé à p'ier avec fe'-veu'. J'ai p'ié tout haut. Seigneu', manifestez-vous ! Seigneu', manifestez-vous !

— Et s'est-il manifesté ? demanda F. Jasmine.

— Manifesté ! mon œil ! » Bérénice tourna la tête et on eût dit qu'elle allait cracher. « Vous savez à qui était ce pouce ?

— A qui ?

— Mais à Jamie Beale. Ce vieux vau'ien de Jamie Beale. C'était la p'emiè' fois que je posais les yeux su' lui.

— Est-ce pour cela que vous l'avez épousé ? demanda F. Jasmine, car Jamie Beale était le nom du vieil ivrogne qui fut le second mari de Bérénice. Parce qu'il avait un pouce écrasé comme celui de Ludie ?

— Jésus le sait. Je ne sais pas. Je me suis sentie atti'ée ve's lui à cause de ce pouce. Et puis une chose en amène une aut' ; tout ce que je sais, c'est que je l'ai épousé.

186

— Je trouve que c'était bête, dit F. Jasmine. L'épouser à cause de ce pouce.

— Moi aussi, dit Bérénice. Je n'essaie'ai pas de discuter avec vous. Je vous 'aconte seulement ce qui est a'ivé. Et c'est la même chose enco' pou' Hen'y Johnson. »

Henry Johnson était le troisième mari, celui qui était devenu fou. Il s'était comporté très bien pendant les trois premières semaines de leur mariage, puis il était devenu fou et avait fait des choses si extravagantes qu'elle avait dû le quitter.

« Vous allez me raconter que Henry Johnson avait un de ses pouces écrasé, lui aussi ?

— Non, dit Bérénice. Ce n'était pas le pouce, cette fois-là, c'était le veston. »

F. Jasmine et John Henry se regardèrent, car ce qu'elle disait paraissait plutôt incohérent. Mais l'œil de Bérénice était calme et assuré et elle leur adressa un signe de tête affirmatif.

« Pou' comp'end' ça, il faut que vous sachiez ce qui s'est passé ap'ès la mo't de Ludie. Il avait une assu'ance qui devait payer deux cent cinquante dolla'. Je ne vous 'aconte'ai pas toute l'affai' mais c'est sû' que ces gens de l'assu'ance m'ont volé plus de cinquante dolla'. Et en deux jou' il a fallu que je cou' pa'tout pou' emp'unter les cinquante dolla' de plus qu'on me demandait pou' les f'ais d'ente'ement. Je ne pouvais pas laisser pa'ti' Ludie comme un pauv'. J'ai mis en gage tout ce que j'avais. Et j'ai vendu mon manteau et le veston de Ludie. Au f'ipier de F'ont Avenue.

— Oh ! dit F. Jasmine. Alors Henry Johnson avait acheté le veston de Ludie et c'est pour cette raison que vous l'avez épousé ?

— Pas exactement. Un soi' je me p'omenais du côté de City Hall et j'ai b'usquement vu cette silhouette devant moi. La silhouette de ce ga'çon était tellement celle de Ludie pa' les épaules et la nuque que je suis p'esque tombée mo'te su' le t'ottoi'. Je l'ai suivi et j'ai cou'u de'iè' lui. C'était Hen'y Johnson et c'était la p'emiè' fois que je le voyais, puisqu'il vivait à la campagne et ne venait pas souvent en ville. Mais pa' hasa' il avait acheté le veston de Ludie et il était bâti comme Ludie. Et vu pa' de'iè' on au'ait dit qu'il était le fantôme de Ludie ou le jumeau de Ludie. Mais comment je l'ai épousé je peux pas savoi' exactement, pa'ce que, pou' commencer, il était clai' qu'il n'avait pas sa pa' de bon sens. Mais vous laissez un ga'çon tou'ner autou' de vous et peu à peu vous avez de l'affection pou' lui. En tout cas, c'est comme ça que j'ai épousé Hen'y Johnson.

— Les gens font certainement des choses bizarres.

— Vous pouvez le di' », dit Bérénice.

Elle regarda F. Jasmine qui faisait couler un ruban de lait condensé sur un biscuit pour finir son dîner par un dessert.

« Ma pa'ole, F'ankie. Je c'ois que vous avez le vé' solitai'. Pou' de bon. Vot' pè' 'ega'de ces g'osses notes d'épice'ie et natu'ellement il me soupçonne de fai' danser l'anse du panier.

— Vous le faites, dit F. Jasmine. Quelquefois.

— Il 'ega'de ces notes d'épice'ie et il se plaint à moi. Bé'énice, au nom de la sainte c'éation, qu'est-ce que nous avons fait avec six boîtes de lait condensé et quat' douzaines d'œufs et huit boîtes de pâte de guimauve en une semaine ? Et je suis obligée d'admett' : F'ankie les a mangés. Je suis obligée de lui di' : Missié Addams, vous pensez, vous nou'issez pas des bêtes dans vot' cuisine. C'est ce que vous pensez ? Je suis obligée de lui di' : Oui, vous imaginez que c'est pas des bêtes.

— A partir d'aujourd'hui, je ne serai plus gourmande, dit F. Jasmine. Mais je ne comprends pas le sens de ce que vous avez dit. Je ne vois pas le rapport entre Jamie Beale, Henry Johnson et moi.

189

— Ce 'appo't existe pou' tout le monde et c'est un ave'tissement.

— Mais comment ?

— Vous voyez donc pas ce que je faisais ? demanda Bérénice. J'aimais Ludie et il était le p'emier homme que j'aie aimé. Pa' conséquent, j'ai été obligée de me copier toujou'. Je pouvais seulement épouser des petits mo'-ceaux de Ludie quand je les t'ouvais. Mais j'ai eu la malchance de ne t'ouver que les mauvais mo'ceaux. Mon intention était de 'épéter moi et Ludie. Maintenant vous comp'enez ?

— Je vois où vous voulez venir, dit F. Jasmine. Mais je ne vois pas comment c'est un avertissement pour moi.

— Alo', faut-il que je vous explique ? » demanda Bérénice.

F. Jasmine ne répondit pas, car elle comprenait que Bérénice lui avait tendu un piège et allait faire des remarques qu'elle ne voulait pas entendre. Bérénice se tut pour allumer une autre cigarette et deux filets bleus de fumée s'échappèrent au-dessus des plats sales sur la table. M. Schwarzenbaum jouait un arpège. F. Jasmine attendit, ce qui lui parut un long temps.

« Vous et ce ma'iage à Winte' Hill, dit enfin Bérénice. C'est l'ave'tissement que je vous donne. Je peux voi' au fond de vos yeux g'is comme s'ils étaient du vé'. Et ce que je vois, c'est la plus stupide folie que j'aie jamais connue.

— Les yeux gris, c'est du verre », chuchota John Henry.

Mais F. Jasmine ne voulait pas être percée à jour ; elle se raidit, les yeux fixes, et n'essaya pas d'éviter le regard de Bérénice.

« Je vois ce que vous avez dans vot' tête. Vous c'oyez peut-êt' que je ne sais pas. Vous voyez quelque chose d'ext'ao'dinai' demain à Winte' Hill et vous au milieu. Vous pensez que vous ma'che'ez ve's l'autel ent' vot' f'è et la fiancée. Vous pensez que vous fe'ez pa'tie de ce ma'iage et Jésus sait quoi enco'.

— Non, dit F. Jasmine. Je ne me vois pas marchant à l'autel entre eux.

— Je vois dans vos yeux, dit Bérénice. Pas la peine de discuter avec moi.

— Les yeux gris, c'est du verre, répéta John Henry d'une voix douce.

— Mais mon ave'tissement est ceci. Si vous tombez amou'euse d'une chose ext'avagante comme ça, qu'est-ce qui vous a'ive'a ? Si vous vous laissez aller à une fantaisie comme ça, ce ne se'a pas la de'niè' fois, vous pouvez êt' sû'. Et qu'est-ce que vous deviend'ez ? Est-ce que vous essaie'ez de fai' pa'tie des ma'iages

191

pendant toute vot' vie ? Et quelle so'te de vie ce se'a ?

— Cela me rend malade d'écouter des gens qui n'ont aucun bon sens, dit F. Jasmine, et elle se boucha les oreilles ; mais elle n'enfonça pas profondément les doigts et put quand même entendre Bérénice.

— Vous posez un piège qui vous donne'a des ennuis, continua Bérénice. Et vous le savez, vous êtes dans la section B de la septième division et vous avez douze ans. »

F. Jasmine ne parla pas du mariage mais sa réponse le concernait.

« Ils m'emmèneront avec eux. Attendez et vous verrez.

— Et s'ils ne vous emmènent pas ?

— Je vous l'ai dit. Je me tuerai avec le revolver de papa. Mais ils m'emmèneront. Et nous ne reviendrons jamais dans cette ville.

— Eh bien, j'ai essayé de 'aisonner sé'ieusement mais je vois que ça se't à 'ien. Vous avez décidé de souff'i'.

— Qui dit que je souffrirai ?

— Je vous connais, dit Bérénice, vous souff'i'ez.

— Vous êtes jalouse. Vous essayez de me priver de tout le plaisir de quitter la ville. Et de tuer la joie que j'éprouve.

192

— Les yeux gris, c'est du verre », murmura John Henry pour la dernière fois.

Il était plus de six heures et le lent après-midi commençait lentement à mourir. F. Jasmine ôta ses doigts de ses oreilles et poussa un long soupir de fatigue. Quand elle eut soupiré, John Henry soupira aussi et Bérénice conclut par le plus long soupir de tous. M. Schwarzenbaum avait joué une petite valse mais le piano n'était pas accordé à son gré et il commença à insister sur une note. De nouveau il joua la gamme jusqu'à la septième note et de nouveau il s'arrêta là indéfiniment. F. Jasmine ne suivait pas des yeux la musique mais John Henry la suivait et quand le piano frappa la dernière note F. Jasmine put voir John Henry serrer les fesses et s'immobiliser, très raide sur sa chaise, les yeux levés, attendant.

« C'est cette dernière note, dit F. Jasmine. Si vous commencez par un do et montez jusqu'à si, il y a une chose curieuse qui semble établir entre si et do toute la différence du monde. Plus de deux fois la différence qui existe entre deux autres notes de la gamme. Cependant, sur le piano, elles sont aussi près l'une de l'autre que les autres notes. Do, ré, mi, fa, sol, la, si, si, si, si. C'est à vous rendre fou. »

193

John Henry se tortilla légèrement en souriant de sa petite bouche édentée.

« Si, si, dit-il, et il tira sur la manche de Bérénice. Vous avez entendu ce que Frankie a dit ? Si, si.

— La ferme ! dit F. Jasmine. As-tu fini de m'agacer ? » Elle se leva de table mais ne sut où aller. « Vous n'avez rien dit de Willie Rhodes. Avait-il un pouce écrasé ou un veston ou quelque chose comme ça ?

— Seigneu' ! dit Bérénice d'une voix si bouleversée que F. Jasmine reprit sa place à table. C'est une histoi' qui vous fe'ait d'esser les cheveux su' la tête. Vous p'étendez que je vous ai jamais 'aconté ce qui s'est passé ent' moi et Willie 'odhes ?

— Non, dit F. Jasmine. « Willie Rhodes était « le dernier et le pire des quatre maris et il « était si terrible que Bérénice dut avoir « recours à la Justice. » Quoi ?

— Imaginez ceci, dit Bérénice. Imaginez une nuit glaciale de janvier. Et moi couchée toute seule dans le g'and lit du salon. Seule dans la maison, pa'ce que tous les aut'es étaient pa'tis passer la nuit du samedi à Fo'ks Falls. Moi, vous entendez, qui déteste do'-mi' seule dans un vieux lit vide et me sens ne'veuse quand je suis seule dans une maison. Minuit, cette nuit glaciale de jan-

194

vier. Vous 'appelez-vous l'hive', John Hen'y ? »

John Henry fit un signe de tête affirmatif.

« Maintenant, imaginez ceci », répéta Bérénice. Elle avait commencé à débarrasser la table et trois assiettes sales étaient empilées devant elle. Son œil noir jeta un regard circulaire enchaînant F. Jasmine et John Henry comme son auditoire. F. Jasmine se pencha, la bouche ouverte, tenant de ses mains crispées le bord de la table. John Henry frissonna sur sa chaise et il fixait Bérénice à travers ses lunettes sans un battement de paupières. Bérénice avait commencé d'une voix basse et terrifiante ; brusquement elle s'arrêta et regarda les deux enfants :

« Alors ? insista F. Jasmine, se penchant davantage sur la table. Qu'est-il arrivé ? »

Mais Bérénice ne parla pas. Elle les fixa l'un après l'autre et secoua lentement la tête. Puis, lorsqu'elle parla, ce fut d'une voix entièrement changée.

« Mais 'ega'dez-moi donc ça ! Non, mais 'ega'dez ! »

F. Jasmine jeta un rapide coup d'œil derrière elle, mais il n'y avait que le fourneau, le mur, la chaise vide.

« Quoi ? demanda-t-elle. Qu'est-ce qui est arrivé ?

— Non, mais 'ega'dez-moi ça ! répéta Béré-

195

nice. Ces deux petites c'uches et ces quat'
g'andes o'eilles. » Elle se leva brusquement
de table. « Allons, lavons la vaisselle. Et puis
nous fe'ons des gâteaux pou' empo'ter dans
le t'ain. »

F. Jasmine ne pouvait expliquer à Bérénice
ce qu'elle éprouvait. Après un long moment,
pendant que Bérénice faisait la vaisselle, elle
dit seulement :

« S'il y a quelque chose que je méprise
par-dessus tout, c'est une personne qui commence à parler, éveille l'intérêt des gens et
s'arrête.

— Je l'admets, dit Bérénice. Et je le 'eg'ette.
Mais j'ai comp'is tout d'un coup que je pou-
vais pas di' cette chose à vous et à John
Hen'y. »

John Henry sautait et gambadait dans la
cuisine en chantant : « Des gâteaux, des
gâteaux, des gâteaux.

— Vous auriez pu le faire sortir et me
le dire à moi, dit F. Jasmine. Mais ne croyez
pas que je m'y intéresse. Je me fiche de ce
qui est arrivé. Tout ce que j'aurais voulu,
c'est que Willie Rhodes soit arrivé à ce
moment-là et vous ait coupé la gorge.

— C'est une méchante façon de pa'ler, dit
Bérénice. Spécialement quand je vous ai p'é-
pa'é une su'p'ise. Allez su' le pé'on et 'ega'dez

dans le panier d'osier 'ecouve't d'un jou'nal. »

F. Jasmine se leva, l'air boudeur, et traîna les pieds jusqu'au perron. Elle sortit du panier la robe d'organdi rose. Contrairement à ce que Bérénice avait dit, le col était plissé comme il devait l'être. Elle avait dû le repasser avant le déjeuner, pendant que F. Jasmine était dans sa chambre.

« Vous êtes bien gentille, dit-elle, je vous remercie beaucoup. »

Elle aurait voulu que son expression fût divisée en deux parties, qu'un œil fixât sur Bérénice un regard accusateur et l'autre un regard reconnaissant. Mais la figure humaine ne se partage pas comme cela et les deux expressions s'annulaient l'une l'autre.

« 'ep'enez vot' bonne humeu', dit Bérénice, qui sait ce qui a'ive'a ? Vous mett'ez demain cette 'obe 'ose toute p'op'e et, peut-êt', vous 'encont'e'ez à Winte' Hill le plus beau petit ga'çon blanc que vous ayez vu. C'est pendant les voyages qu'on t'ouve des galants.

— Mais je ne parle pas de ça », dit F. Jasmine. Puis, au bout d'un moment, toujours appuyée à la porte, elle ajouta : « D'ailleurs, nous avons toujours parlé à côté du sujet. »

Le crépuscule était clair et interminable. Le temps, en août, pouvait se diviser en quatre parties ; le matin, l'après-midi, le crépuscule et la nuit. Au crépuscule le ciel prenait une curieuse teinte bleu-vert qui pâlissait rapidement et devenait blanche. L'air était d'un gris doux et la tonnelle et les arbres s'assombrissaient lentement. C'était l'heure où les moineaux s'assemblaient et tourbillonnaient au-dessus des toits de la ville, où les cigales chantaient dans les ormes des rues. Au crépuscule, les bruits avaient un son étouffé et s'attardaient : le claquement d'une porte d'entrée, les voix d'enfants, le ronronnement d'une tondeuse à gazon, quelque part dans un jardin. F. Jasmine apporta le journal du soir dans la cuisine grise. L'obscurité s'empara d'abord des coins de la chambre, puis les dessins du mur s'estompèrent. Tous trois observaient en silence les progrès de l'ombre.

« L'armée est maintenant à Paris.

— C'est une bonne chose. »

Ils restèrent un instant tranquilles, puis F. Jasmine dit : « J'ai un tas de choses à faire. Il faut que je parte maintenant. »

Mais elle s'attarda sur le seuil de la porte. En ce dernier soir, le dernier qu'ils passaient tous les trois dans la cuisine, elle sentait qu'elle devrait dire ou faire quelque chose de final avant de partir. Depuis des mois elle était prête à quitter cette cuisine, à n'y jamais revenir, mais maintenant que le temps était venu elle restait là, la tête et les épaules appuyées à la porte, et ne se sentait pas prête. C'était l'heure sombre où les paroles qu'ils prononçaient avaient un son triste et beau, bien qu'il n'y eût rien de triste ou de beau dans le sens de ces paroles.

« J'ai l'intention de prendre deux bains ce soir, dit tranquillement F. Jasmine. D'abord un long bain dans lequel je me frotterai avec une brosse. J'essaierai de gratter la croûte brune de mes coudes. Et puis je viderai l'eau sale et prendrai un second bain.

— C'est une bonne idée, dit Bérénice. Je se'ai contente de vous voi' p'op'e.

— Je prendrai un autre bain », dit John Henry.

Sa voix était faible et triste. Elle ne pouvait le voir dans la chambre assombrie, car il était dans le coin près du fourneau. A sept heures Bérénice l'avait baigné et rhabillé. F. Jasmine l'entendit traîner les pieds dans la chambre ; après le bain il avait mis le chapeau de Bérénice et essayait de marcher avec les souliers à talons hauts de Bérénice. Il posa une question qui, en elle-même, ne signifiait rien : « Pourquoi ? » demanda-t-il.

« Pou'quoi quoi, Bébé ? » dit Bérénice. Il ne répondit pas et ce fut F. Jasmine qui dit finalement :

« Pourquoi est-ce contraire à la loi de changer de nom ? »

Bérénice était assise dans la pâle lumière
blanche de la fenêtre. Elle tenait le journal
ouvert devant elle et penchait la tête de côté
comme si elle avait peine à voir ce qui était
imprimé. Quand F. Jasmine parla, elle plia
le journal et le posa sur la table.

« Vous pouvez bien comp'end' pou'quoi.
Pensez à la confusion.

— Je ne vois pas pourquoi.

— Qu'est-ce que vous avez donc su' vos
épaules. Je c'oyais que c'était une tête que
vous po'tiez su' vos épaules ? Pensez un peu.
Supposez que je veuille m'élever et m'appeler
Mrs. Eleano' 'oosevelt. Et vous, vous commencez à vous appeler Joe Louis. Et John Hen'y
essaie'ait de se fai' passer pou' Hen'y Fo'd.
Quelle so'te de confusion est-ce que ça fe'ait ?

— Ne parlez pas comme une enfant, dit
F. Jasmine. Je ne pense pas à un changement
de ce genre. Je suppose seulement que l'on
peut changer un nom que l'on n'aime pas
pour un nom que l'on préfère. Comme si je
remplaçais mon nom de Frankie par celui
de F. Jasmine.

— Mais ce se'ait une confusion, insista
Bérénice. Supposez que, b'usquement, nous
changions nos noms. Pe'sonne ne sau'ait

de qui on pa'le. Les gens deviend'aient fous.

— Je ne vois pas...

— Pa'ce que les choses s'accumulent autou' de vot' nom. Vous avez un nom, et une chose ap'ès une aut' vous a'ive et vous agissez de plusieu' façons, si bien que bientôt le nom commence à avoi' une signification. Les choses se sont accumulées autou' de vot' nom. Si elles sont mauvaises et que vous avez une mauvaise 'éputation, vous ne pouvez pas t'anquillement sauter deho' de vot' nom et vous échapper comme ça. Et si vous avez une bonne 'éputation, vous se'ez contente et satisfaite.

— Mais qu'est-ce qui s'est accumulé autour de mon vieux nom ? » demande F. Jasmine. Et comme Bérénice ne répondait pas tout de suite, F. Jasmine répondit à sa propre question : « Rien, vous voyez ? Mon nom ne signifie rien.

— Ce n'est pas absolument v'ai, dit Bérénice. Les gens pensent à F'ankie Addams et se 'appellent que F'ankie est dans la section B de la septième division. Et F'ankie a t'ouvé l'œuf do'é à Pâques. Et F'ankie habite à G'ove St'eet et...

— Mais ces choses ne sont rien, dit F. Jasmine. Elles n'ont aucune importance. Rien ne m'arrive !

— Mais des choses a'ive'ont.

— Quelles choses ? »

Bérénice soupira et chercha dans son corsage le paquet de Chesterfield.

« Vous me demandez des choses que je peux pas savoi'. Si je les savais, je se'ais un devin. Je ne se'ais pas assise dans cette cuisine maintenant mais je gagne'ais beaucoup d'a'gent comme devin dans Wall St'eet. Tout ce que je peux di' c'est que des choses a'i've'ont. Mais quelles choses, je ne sais pas.

— A propos, dit F. Jasmine. Je pense que j'irai chez vous voir Grand-Maman. Je ne crois pas à la bonne aventure et aux histoires de ce genre, mais je crois que j'irai.

— Comme vous voud'ez. Cependant je ne c'ois pas que c'est nécessai'.

— Il me semble qu'il est temps que je parte », dit F. Jasmine.

Mais elle attendit dans l'ombre près de la porte et ne partit pas. Les bruits du crépuscule d'été traversaient le silence de la cuisine. M. Schwarzenbaum avait fini d'accorder le piano et pendant un quart d'heure il avait joué des petits morceaux. C'était un petit homme nerveux et vif qui rappelait à F. Jasmine une araignée d'argent. La musique était vive aussi et il jouait des valses saccadées et des berceuses agitées. Quelque part, une voix

202

solennelle annonçait à la radio quelque chose qu'ils ne pouvaient pas entendre. Dans la cour des O'Neil, des enfants criaient et jouaient au ballon. Les sons du soir se mêlaient et s'amenuisaient dans l'air assombri. La cuisine était trop tranquille.

« Ecoutez, dit F. Jasmine. Voici ce que j'ai essayé de vous dire. Ne trouvez-vous pas étrange ce fait que je suis moi et que vous êtes vous. Je suis F. Jasmine Addams et vous êtes Bérénice Sadie Brown. Et nous pourrons nous regarder l'une l'autre, nous toucher l'une l'autre, rester ensemble pendant des années dans la même chambre. Cependant, toujours, je suis moi et vous êtes vous. Je ne peux être rien d'autre que moi et vous ne pouvez être rien d'autre que vous. Avez-vous quelquefois pensé à ça ? Est-ce que ça ne vous paraît pas étrange ? »

Bérénice se balançait légèrement sur sa chaise dont les pieds frappaient le plancher à petits coups ; sa main noire et raidie tenait le bord de la table. Elle cessa de se balancer et répondit :

« J'ai pensé à ça quelquefois. »

C'était l'heure où les formes dans la cuisine s'estompaient, où les voix s'épanouissaient comme des fleurs — si les sons peuvent ressembler aux fleurs, et les voix s'épanouir —,

F. Jasmine, les mains croisées derrière la tête, regardait la chambre assombrie. Elle avait l'impression d'avoir dans la gorge des mots inconnus qu'elle était prête à exprimer, des mots étranges fleurissaient dans sa gorge et c'était le moment de les dire.

« Voici. Je vois un arbre vert. Et pour moi il est vert. Et vous dites que l'arbre est vert. Et nous sommes d'accord. Mais le vert que je vois est-ce que c'est le même vert que pour vous ? Ou bien toutes les deux nous disons qu'une couleur est noire. Mais comment savons-nous que ce que vous voyez noir est la même couleur que je vois noire ?

— Ces choses, nous pouvons pas les p'ouver », dit Bérénice, au bout d'un instant.

F. Jasmine se frotta la tête contre la porte et porta la main à sa gorge. Sa voix se brisa et mourut... « D'ailleurs, ce n'était pas ce que je voulais dire. »

La fumée de la cigarette de Bérénice s'étendait, âcre, chaude et stagnante, dans la pièce ; John Henry traînait ses pieds chaussés d'escarpins à hauts talons entre la table et le fourneau. Un rat grattait derrière le mur.

« Voilà ce que je veux dire, reprit F. Jasmine. Vous descendez une rue et vous rencontrez quelqu'un. N'importe qui. Vos yeux se rencontrent. Et vous êtes vous. Et il est lui. Cependant quand vous vous regardez, les yeux font une connexion. Puis vous allez de votre côté. Et il va du sien. Vous allez dans des endroits différents de la ville et, peut-être, vous ne vous reverrez jamais. Jamais pendant toute votre vie. Voyez-vous ce que je veux vous dire ?

— Pas exactement, dit Bérénice.

— Je parle de cette ville, dit F. Jasmine d'une voix plus aiguë. Il y a tous ces gens que je ne connais même pas de vue ou de nom. Et nous passons à côté les uns des autres et nous n'avons aucune connexion. Et ils ne me connaissent pas et je ne les connais pas. Et, maintenant, je vais quitter la ville et il y a tous ces gens que je ne connaîtrai jamais.

— Mais qui voulez-vous connaît' ?

— Tout le monde. Le monde entier.

— Ecoutez un peu. Voulez-vous connaît' des gens comme Willie 'hodes ? Les Allemands ? Les Japonais ? »

F. Jasmine se frappa la tête contre le chambranle et regarda le plafond sombre. Sa voix se brisa et elle répéta : « Ce n'est pas ça que je veux dire. Je ne parle pas de ça.

— Alo', de quoi pa'lez-vous ? »

F. Jasmine secoua la tête comme si elle n'en savait rien. Son cœur était sombre et silencieux et, de son cœur, les mots inconnus jaillissaient et s'épanouissaient et elle attendait de pouvoir les exprimer. On entendait les enfants jouer au base-ball et le long appel : Batteruup, Batteruup ! Puis le choc creux d'une balle, des pas pressés, des cris sauvages. La fenêtre formait un rectangle de lumière claire et pâle. Un enfant traversa en courant la cour et la tonnelle à la recherche de la balle. L'enfant était rapide comme une ombre et F. Jasmine ne vit pas sa figure. Les pans de sa chemise blanche flottaient derrière lui comme des ailes étranges. Dehors le crépuscule s'attardait, pâle et tranquille.

« Allons jouer dehors, Frankie, chuchota John Henry. Ils ont l'air de bien s'amuser.

— Non, dit F. Jasmine. Vas-y si tu veux. »

Bérénice se remua sur sa chaise.

« Je suppose qu'on pou'ait allumer. »

Mais elles ne tournèrent pas le commutateur. F. Jasmine sentait les mots inexprimés coller à sa gorge et une sensation d'étouffement la fit grogner et se frapper la tête au chambranle de la porte. Elle répéta sur un ton aigu :

« Voilà ! »

Bérénice attendit, mais comme F. Jasmine se taisait, elle demanda : « Qu'est-ce qui vous t'acasse ? »

F. Jasmine ne put prononcer les mots incon-

206

nus. Au bout d'une minute elle se frappa la tête, une dernière fois, sur la porte et se mit à marcher autour de la table de la cuisine. Elle marcha avec précaution, les jambes raides, car elle se sentait malade et ne voulait pas mélanger dans son estomac les aliments divers qu'elle avait ingurgités. Elle commença à parler d'une voix aiguë, rapide, mais c'étaient des mots inexacts et non ceux qu'elle avait eu l'intention de dire.

« Boyoman ! Manoboy ! Quand nous quitterons Winter Hill nous irons dans des endroits auxquels vous n'avez jamais pensé, dont vous ignorez même l'existence. Où nous irons d'abord, je n'en sais rien, et cela n'a pas d'importance. Parce que, de cet endroit, nous irons dans un autre. Nous voyagerons tout le temps, tous les trois. Ici aujourd'hui, partis demain. Alaska, Chine, Islande, Amérique du Sud, voyageant dans les trains, à motocyclette, survolant le monde en avion. Ici aujourd'hui et partis demain. A travers le monde, c'est la sacrée Vérité. Boyoman ! »

F. Jasmine ouvrit le tiroir de la table et prit le couteau à découper. Elle n'avait pas besoin du couteau à découper, mais elle voulait serrer quelque chose dans sa main et le brandir en circulant autour de la table.

« Et les choses qui arriveront, continua-t-elle. Les choses arriveront si vite que nous aurons à peine le temps de les comprendre. Le capitaine Jarvis Addams coule douze navires de guerre japonais et est décoré par le président. Miss F. Jasmine Addams bat tous les records, Miss F. Jasmine Addams élue Miss des Nations Unies dans un concours de beauté. Les choses se succèdent si vite que nous les remarquons à peine.

— 'estez t'anquille, folle, dit Bérénice, et laissez ce couteau.

— Et nous les rencontrerons. Tous. Nous croiserons les gens et nous les connaîtrons. Nous marcherons le long d'une route sombre, nous verrons une maison éclairée, nous frapperons à la porte et les étrangers se précipiteront pour nous accueillir et diront : Entrez, entrez. Nous connaîtrons des aviateurs décorés, des habitants de New York et des étoiles de cinéma. Nous aurons des milliers d'amis, des milliers, des milliers et des milliers d'amis. Nous appartiendrons à tant de clubs que nous serons incapables d'en faire le compte. Nous serons membres du monde entier. Boyoman ! Manoboy ! »

Bérénice avait un bras long et fort et, quand F. Jasmine passa près d'elle, elle l'attrapa par son jupon si brusquement que F. Jasmine sentit ses os craquer et ses dents s'entre-choquer.

« Est-ce que vous devenez folle fu'ieuse ? » demanda-t-elle. Le long bras enserra plus fortement F. Jasmine et lui emprisonna la taille. « Vous suez comme une mule. Penchez-vous pou' que je touche vot' f'ont. Avez-vous de la fièv'e ? »

F. Jasmine tira sur une des nattes de Bérénice et fit semblant de la couper avec son couteau.

« Vous t'emblez, dit Bérénice. Je c'ois v'aiment que vous avez p'is une fièv'e en vous p'omenant au soleil aujou'd'hui ; Bébé, vous n'êtes pas malade ?

— Malade ? demanda F. Jasmine. Qui ? Moi ?

— Asseyez-vous su' mes genoux et 'eposez-vous une minute. »

F. Jasmine posa le couteau sur la table et s'assit sur les genoux de Bérénice. Elle appuya son visage sur le cou de Bérénice ; son visage était en sueur comme le cou de Bérénice ; toutes les deux avaient une odeur aigre et salée. Sa jambe droite reposait sur le genou de Bérénice et tremblait, mais quand elle appuya ses orteils sur le plancher, sa jambe ne trembla plus. John Henry se traîna vers elle avec ses souliers à talons hauts et se serra jalousement contre Bérénice. Il passa son bras autour de la tête de Bérénice et lui pinça l'oreille. Puis il essaya de pousser F. Jasmine en lui faisant un petit pinçon sournois.

« Laissez F'ankie t'anquille, dit Bérénice ; elle ne vous a pas taquiné.

— Je suis malade, gémit-il.

— C'est pas v'ai. 'estez t'anquille et soyez pas jaloux de vot' cousine, pa'ce qu'elle se fait câliner.

— Vieille méchante Frankie, dit-il d'une voix aiguë et triste.

— Qu'est-ce qu'elle fait de méchant maintenant ? Elle est juste assise ici pa'ce qu'elle est fatiguée. »

F. Jasmine posa sa figure sur l'épaule de Bérénice. Elle sentait sur son dos la grosse poitrine molle de Bérénice, son large estomac, ses jambes chaudes et solides. Elle respirait à coups pressés, mais au bout d'une minute son souffle se ralentit et elle respira au même rythme que Bérénice, toutes deux ne semblaient former qu'un corps et les mains raidies de Bérénice étaient croisées sur la poitrine de F. Jasmine. Elles tournaient le dos à la fenêtre et, devant elles, la cuisine était presque noire. Ce fut Bérénice qui soupira la première et entama la conclusion

210

de l'étrange conversation de tout à l'heure.

« Je pense que j'ai une vague idée de ce que vous voulez di'e. Nous sommes tous, en quelque so'te, p'isonniers. Nous naissons ici ou là et nous ne savons pas pou'quoi. Mais nous sommes p'isonniers. Je suis née Bé'é-nice. Vous êtes née F'ankie. John Hen'y est né John Hen'y. Et peut-êt' nous voulons nous éla'gi' et deveni' lib'es. Mais nous avons beau fai' nous sommes p'isonniers. Moi je suis moi et vous êtes vous et il est lui. Nous sommes en quelque so'te emp'isonnés pa' nous-même. C'est cela que vous essayez de di' ?

— Je ne sais pas, dit F. Jasmine, mais je ne veux pas être prisonnière.

— Moi non plus. Pe'sonne ne veut. Je suis enco' plus emp'isonnée que vous. »

F. Jasmine comprit la raison pour laquelle elle disait cela et ce fut John Henry qui demanda de sa voix d'enfant : « Pourquoi ?

— Pa'ce que je suis noi'. Pa'ce que je suis une femme de couleu', chacun est p'isonnier d'une façon ou d'une aut'. Mais les gens de couleu' sont p'isonniers au-delà de la limite. Ils sont étouffés dans un coin pa' eux-mêmes. Aussi nous sommes d'abo' p'isonniers comme tout êt' humain. Et en plus comme gens de couleu'. Quelquefois un ga'çon comme Honey a l'imp'ession qu'il ne peut plus 'espi'er. Il a l'imp'ession qu'il va casser quelque chose ou se casser lui-même. Quelquefois c'est plus que nous pouvons suppo'ter.

— Je le sais, dit F. Jasmine. Je voudrais que Honey fasse quelque chose.

— Il est comme un désespé'é.

— Oui, dit F. Jasmine. Quelquefois moi aussi je voudrais casser quelque chose. Je voudrais mettre en pièces la ville entière.

— Je vous ai déjà entendu di' ça. Mais ça ne se'vi'ait à 'ien. Le fait est que nous sommes tous p'isonniers. Et nous essayons d'une façon ou d'une aut' de nous libé'er. Pa' exemple, moi et Ludie. Quand j'étais avec Ludie je me sentais pas emp'isonnée. Mais Ludie est mo't. Nous essayons une chose ou une aut', mais nous sommes toujou' p'isonniers. »

La conversation effraya presque F. Jasmine. Elle se blottit sur les genoux de Bérénice et elles respiraient très lentement. Elle ne pouvait voir John Henry mais elle sentait sa présence, il avait grimpé sur les barreaux de l'arrière de la chaise et entourait de ses bras la tête de Bérénice. Il lui tenait les oreilles, car Bérénice dit tout à coup : « Mon chou, ne m'a'achez pas les o'eilles comme ça. Moi et F'enkie n'allons pas nous envoler à t'ave's le plafond et vous laisser. »

L'eau dégouttait lentement dans l'évier de

la cuisine et le rat frappait derrière le mur.

« Je crois comprendre ce que vous disiez, dit F. Jasmine. Et cependant on peut presque se servir du mot « lâchés » au lieu de « prisonniers ». Bien qu'ils aient un sens contraire. Vous vous promenez et vous voyez tous les gens. Et pour moi ils semblent lâchés.

— Sauvages, vous voulez di' ?

— Oh non. Je veux dire que vous ne voyez pas ce qui les unit. Vous ne savez pas d'où ils viennent ni où ils vont. Par exemple, pour quelle raison sont-ils venus dans cette ville ? D'où viennent tous ces gens et où vont-ils ? Pensez à tous ces soldats.

— Ils sont nés, dit Bérénice, et ils vont à la mo'. »

La voix de F. Jasmine résonna faible et aiguë en même temps.

« Je le sais. Mais qu'est-ce que cela signifie. Les gens lâchés et, en même temps prisonniers, prisonniers et lâchés. Tous ces gens et vous ne savez pas ce qui les unit. Il y a une sorte de raison et de connexion, mais je ne sais comment l'appeler. Je ne sais pas.

— Si vous saviez ça, vous se'iez le Bon Dieu, dit Bérénice. Vous ne comp'enez pas ça ?

— Peut-être que si.

— Nous savons juste une ce'taine quantité

213

de choses. Au-delà nous ne savons plus.

— Mais je voudrais savoir. » Son dos était ankylosé et elle s'étira sur les genoux de Bérénice, ses longues jambes allongées sous la table de la cuisine. « D'ailleurs, dès que nous quitterons Winter Hill, je n'aurai plus de raisons de me tracasser.

— Vous n'en avez pas maintenant. Pe'sonne ne vous demande de 'ésoud'e les énigmes du monde. » Bérénice poussa un long soupir significatif. « F'ankie, vous avez les os les plus pointus que j'aie jamais sentis. »

C'était une invitation non déguisée. Normalement, F. Jasmine aurait dû se lever, donner de la lumière, prendre un gâteau dans le four et descendre en ville, mais elle s'attarda, la figure pressée sur l'épaule de Bérénice. Les bruits du soir d'été se mêlaient et s'attardaient.

« Je n'ai jamais dit exactement ce que je pensais, dit-elle enfin. Mais je me demande si vous avez jamais réfléchi à ceci. Nous sommes ici maintenant. A cette minute. Maintenant. Mais pendant que nous parlons, cette minute passe. Et elle ne reviendra jamais. Jamais. Quand elle est passée, elle est passée. Aucune puissance au monde ne peut la ramener. Elle est passée. Avez-vous jamais pensé à ça ? »

Bérénice ne répondit pas et la cuisine était

214

maintenant obscure. Les trois gardaient le silence, serrés les uns contre les autres et chacun entendait la respiration des autres. Puis brusquement, sans savoir pourquoi ni comment, les trois se mirent à pleurer. Ils commencèrent exactement au même moment, comme souvent, pendant les soirs d'étés, ils entonnaient un chant. Souvent, dans la nuit, ce mois d'août, ils se mettaient brusquement à chanter un cantique de Noël ou un chant comme les Slitbelly Blues. Quelquefois ils savaient d'avance qu'ils allaient chanter et se mettaient d'accord pour savoir quoi.

Ou bien ils n'étaient pas d'accord et entonnaient trois chants différents jusqu'à ce que leurs voix finissent par se fondre en une musique spéciale composée par eux.

John Henry chantait sur un ton aigu, gémissant, et, quel que fût le nom donné à son chant, l'effet était toujours le même : une note haute, tremblante, suspendue comme un plafond musical au-dessus du reste du chant. Bérénice avait une voix grave, ferme et profonde et elle frappait les contretemps avec son talon. La voix de la vieille Frankie montait et descendait dans l'espace compris entre John Henry et Bérénice, si bien que leurs trois voix se rejoignaient et les parties du chant se mêlaient.

Ils chantaient souvent comme cela et leurs voix résonnaient, douces et étranges, dans la cuisine d'août envahie par la nuit. Mais jamais encore ils n'avaient pleuré ; et, bien que leurs raisons fussent différentes, ils commencèrent en même temps comme s'ils s'étaient mis d'accord. John Henry pleurait parce qu'il était jaloux, bien que, plus tard, il prétendît avoir pleuré à cause du rat derrière le mur. Bérénice pleurait à cause de leur conversation sur les gens de couleur ou à cause de Ludie, ou peut-être parce que les os de F. Jasmine étaient tellement pointus. F. Jasmine ne savait pas pourquoi elle pleurait, mais elle donna comme raison de ses larmes le fait de ses cheveux coupés trop courts et ses coudes crasseux. Ils pleurèrent dans la nuit pendant une minute. Puis ils s'arrêtèrent aussi brusquement qu'ils avaient commencé. Le bruit inaccoutumé avait fait taire le rat derrière le mur.

« Levons-nous », dit Bérénice. Ils se levèrent et F. Jasmine tourna le commutateur. Bérénice se gratta la tête et renifla : « Nous voilà une belle bande de pleu'nicheu'. Je me demande ce qui nous a p'is. »

La lumière fut brusque et vive après l'obscurité. F. Jasmine ouvrit le robinet de l'évier et se mit la tête sous le filet d'eau et Bérénice s'essuya la figure avec un torchon et tapota ses nattes devant la glace. John Henry avait l'air d'une vieille femme naine avec le chapeau à plumes et les souliers à talons hauts de Bérénice. Les dessins hallucinants des murs de la cuisine étaient brillamment éclairés. Les trois se regardèrent en clignant des yeux comme s'ils étaient trois étrangers ou trois fantômes. Puis la porte d'entrée s'ouvrit et F. Jasmine entendit son père marcher lentement dans le vestibule. Déjà les papillons étaient à la fenêtre, aplatissant leurs ailes sur le vitrage ; le dernier après-midi dans la cuisine était enfin achevé.

Au début de la soirée, F. Jasmine passa devant la prison ; elle se rendait à Sugarville pour se faire dire la bonne aventure et, bien que la prison ne fût pas sur son chemin, elle fit un détour pour la voir une dernière fois avant de quitter la ville pour toujours. Car la prison l'avait effrayée et hantée pendant le printemps et l'été. C'était une vieille prison de briques, à trois étages, entourée de fils barbelés. A l'intérieur se trouvaient des voleurs et des meurtriers. Les criminels étaient enfermés dans des cellules de pierre aux fenêtres garnies de barreaux de fer, et ils avaient beau frapper les murs de pierre ou s'agripper aux barreaux de fer, ils ne pouvaient jamais sortir. Ils portaient l'uniforme rayé des prisonniers, mangeaient des pois froids cuits avec des cancrelats et des galettes de maïs froides.

F. Jasmine connaissait quelques personnes qui avaient été en prison, tous des nègres — un garçon appelé Cape, et un ami de Bérénice qui avait été accusé, par la dame blanche qui l'employait, du vol d'un pull-over et d'une paire de souliers. Quand vous étiez arrêté, la Black Maria arrivait à grand renfort de sirène devant votre maison et une foule de policemen faisaient irruption chez vous pour vous jeter en prison. Après le vol du couteau à trois lames chez Sears et Rœbuck, la prison avait attiré la vieille Franie — et quelquefois, à la fin des après-midi de printemps, elle allait dans une rue qui débouchait en face de la prison, à l'endroit qu'on appelait la promenade de la Veuve du Prisonnier, et regardait longtemps le bâtiment. Quelquefois, des criminels se cramponnaient aux barreaux ; leurs yeux, comme les yeux étranges des phénomènes de la foire, semblaient lui dire : Nous te connaissons. Le samedi après-midi il y avait parfois des cris sauvages, des chants, des hurlements dans la grande cellule de Bull Pen. Mais ce soir la prison était tranquille — dans une cellule éclairée, il y avait un criminel ou plutôt le contour de sa tête et ses deux poings agrippés aux barreaux. La prison de briques était noire et lugubre, bien que la cour et quelques cellules fussent éclairées.

« Pourquoi êtes-vous enfermé ? » cria John Henry. Il se tenait à une petite distance de F. Jasmine et portait une robe jonquille, car F. Jasmine lui avait donné tous ses déguisements. Elle ne désirait pas sa compagnie, mais il l'avait tant suppliée qu'elle l'avait laissé venir et il la suivait — à distance. Comme le criminel ne répondait pas, il cria d'une voix fluette, aiguë : « Serez-vous pendu ?

— Tais-toi », dit F. Jasmine. La prison ne l'effrayait pas ce soir, car demain, à la même heure, elle serait loin. Elle jeta un dernier regard à la prison et reprit sa route : « Aimerais-tu que quelqu'un te crie quelque chose de ce genre si tu étais en prison ? »

Il était plus de huit heures lorsqu'elle arriva à Sugarville. Le soir était bleuâtre. Les portes des maisons surpeuplées étaient ouvertes et, dans quelques chambres, la lumière vacillante des lampes à pétrole éclairait des lits et des cheminées encombrées de bibelots. Les voix se prolongeaient, s'attardaient et, très loin, résonnait le jazz d'un piano et d'un piston. Les enfants jouaient dans les allées transversales, laissant dans la poussière l'empreinte de leurs pieds. Les gens étaient habillés pour le samedi soir et elle dépassa une bande joyeuse de jeunes gens et de jeunes filles de couleur, en magnifiques tenues de soirée. La rue avait un air de fête qui lui rappela que, elle aussi, pourrait aller à un rendez-vous à La Lune bleue. Elle parla à quelques personnes dans la rue et sentit de nouveau cette inexplicable connexion entre ses yeux et d'autres yeux. Une odeur de clématite, mêlée à une odeur aigre de poussière, de lieux d'aisances et de cuisine, emplissait l'air du soir. La maison de Bérénice se trouvait au coin de Chinaberry Street — une maison à deux pièces précédée d'une cour minuscule bordée de tessons de bouteilles. Le perron était garni de plants de fraîches et sombres fougères. La porte était entrouverte et F. Jasmine put voir la lueur d'or gris de la lampe allumée à l'intérieur.

« Reste dehors », dit-elle à John Henry.

Derrière la porte résonnait une voix forte, éraillée, et, lorsque F. Jasmine frappa, la voix se tut une seconde avant de demander :

« Qui est là ? Qui est-ce ?

— Moi, Frankie, dit-elle, car si elle répondait son vrai nom, Grand-Maman ne le reconnaîtrait pas. »

Malgré les volets ouverts, la chambre sentait le renfermé, la maladie et le poisson. Le petit salon encombré de meubles était propre. Un lit était appuyé au mur de droite et, en face, se trouvaient une machine à coudre et un harmonium. Au-dessus du foyer était suspendue une photographie de Ludie Freeman ; le manteau de la cheminée était orné de calendriers coloriés, d'objets gagnés à la foire et de souvenirs. Grand-Maman était couchée dans le lit près de la porte et, par la fenêtre, elle pouvait voir le perron et la rue. C'était une vieille négresse ridée avec des os comme des manches à balais. Le côté gauche de sa figure et de son cou était presque blanc, et le reste de couleur de cuivre. La vieille Frankie avait cru que Grand-Maman était en train de devenir une Blanche, mais Bérénice lui avait dit que c'était une maladie de peau spéciale aux gens de couleur. Grand-Maman avait fait des lavages délicats et empesé des rideaux à volants, jusqu'au jour où la maladie lui avait raidi le dos, et maintenant elle ne quittait plus le lit. Mais elle n'avait pas perdu ses facultés et même elle avait acquis le don de la double vue. La vieille Frankie avait toujours pensé que Grand-Maman était mystérieuse et, quand elle était petite, Grand-Maman s'associait dans son esprit aux trois fantômes qui hantaient la cave à charbon.

Et même maintenant qu'elle n'était plus une enfant, Grand-Maman l'impressionnait. Elle était appuyée à trois oreillers de plume dont les taies étaient bordées au crochet, et sur ses jambes osseuses s'étalait un couvre-pieds bariolé. La table où était posée la lampe était poussée tout près du lit pour que Grand-Maman pût atteindre les objets qui s'y trouvaient : un livre des songes, une soucoupe blanche, un panier à ouvrage, un verre d'eau, une Bible et d'autres choses. Grand-Maman, avant l'arrivée de F. Jasmine, se parlait à elle-même parce qu'elle avait l'habitude de se répéter constamment qui elle était, ce qu'elle faisait et ce qu'elle ferait. Il y avait trois miroirs sur les murs ; ils reflétaient la flamme vacillante de la lampe qui teintait la chambre d'or gris et projetait des ombres gigantesques ; la mèche avait besoin d'être mouchée. Quelqu'un marchait dans la chambre de derrière.

« Je suis venue pour que vous me prédisiez l'avenir », dit F. Jasmine.

Grand-Maman se parlait à elle-même quand elle était seule, mais, suivant les circonstances, elle pouvait être très silencieuse. Elle regarda F. Jasmine pendant quelques secondes avant de répondre : « T'ès bien. P'enez le tabou'et qui est devant l'ha'monium. »

F. Jasmine approcha le tabouret du lit et, se penchant, présenta sa paume ouverte. Mais Grand-Maman ne prit pas sa main. Elle examina la figure de F. Jasmine, puis cracha sa chique de tabac dans un pot de chambre qu'elle sortit de dessous le lit, et finalement mit ses lunettes. Elle attendit si longtemps que F. Jasmine eut peur qu'elle essayât de lire dans son esprit et se sentit mal à l'aise. Les pas s'arrêtèrent dans la chambre de derrière et il n'y eut plus de bruit dans la maison.

« Pensez en a'iè' et souvenez-vous, dit enfin Grand-Maman. Dites-moi la 'évélation de vot' de'nier 'êve. »

F. Jasmine essaya de penser en arrière mais elle ne rêvait pas souvent. Cependant elle se rappela un rêve qu'elle avait eu cet été.

« J'ai rêvé qu'il y avait une porte, dit-elle. Je la regardais et, pendant que je la regardais, elle commença lentement à s'ouvrir, et quand je me suis réveillée, je me sentais toute drôle.

— Y avait-il une main dans le 'êve ? »

F. Jasmine réfléchit :

« Je ne crois pas.

— Y avait-il un canc'elat su' cette po'te ?

— Ma foi... je ne le crois pas.

— Voilà ce que ça signifie — Grand-Maman ferma lentement les yeux et les rouvrit. Il y au'a un changement dans vot' vie. »

Elle prit la paume de F. Jasmine et l'étudia.

« Je vois ici que vous épouse'ez un ga'çon aux yeux bleus et aux cheveux blonds. Vous viv'ez jusqu'à soixante-dix ans, mais il faut que vous fassiez t'ès attention à l'eau ; je vois ici un fossé d'a'gile 'ouge et une balle de coton. »

F. Jasmine pensa que tout cela ne signifiait rien, sauf une perte de temps et d'argent.

« Qu'est-ce que cela veut dire ? »

Mais brusquement, la vieille femme leva la tête et les muscles de son cou se raidirent :

« Démon ! » s'écria-t-elle.

Elle regardait le mur entre la chambre et la cuisine et F. Jasmine tourna la tête pour regarder par-dessus son épaule.

« Oui, m'man, répondit une voix venant de la chambre de derrière et on aurait dit la voix de Honey.

— Combien de fois il faud'a te di' de ne pas mett' tes g'ands pieds su' la table de la cuisine ?

— Oui, m'man », répéta Honey. Sa voix était humble et F. Jasmine put entendre Honey poser ses pieds sur le plancher.

« Ton nez va pousser dans ce liv'e, Honey B'own. Laisse-le et finis ton dîner. »

F. Jasmine frissonna. Grand-Maman avait-elle vu, à travers le mur, Honey lisant, les pieds sur la table ? Ses yeux pouvaient-ils percer un mur de planches ? Elle ferait bien d'écouter attentivement chaque parole.

« Je vois ici une somme d'a'gent. Une somme d'a'gent. Et je vois un ma'iage. »

La main ouverte de F. Jasmine trembla un peu.

« Cela, dit-elle. Parlez-moi de cela.

— Le ma'iage ou l'a'gent ?

— Le mariage. »

La lumière de la lampe découpait leurs ombres immenses sur les planches nues de la cloison.

« C'est le ma'iage d'un pa'ent t'ès p'oche. Et je vois un voyage.

— Un voyage ? Quelle sorte de voyage ? Un long voyage ? »

Les mains de Grand-Maman étaient déformées, parsemées de taches blanches et ses paumes ressemblaient à la cire rose fondue des bougies d'anniversaire.

« Un cou't voyage, dit-elle.

— Mais comment...

— Je vois un aller et un 'eveni', un dépa't et un 'etou'. »

Cela ne signifiait rien, car Bérénice lui avait certainement parlé du voyage à Winter Hill et du mariage. Mais, si elle pouvait voir à travers les murs...

225

« Etes-vous sûre ?

— Ma foi... » La vieille voix éraillée n'était plus si affirmative : « Je vois un dépa't et un 'etou', mais ce n'est peut-êt' pas pou' maintenant. Je peux pas ga'anti'. Pa'ce que, en même temps, je vois des 'outes, des t'ains et une somme d'a'gent.

— Oh ! » dit F. Jasmine.

Il y eut un bruit de pas et Honey Camden Brown parut sur le seuil de la porte qui séparait la cuisine de la chambre. Il portait une chemise jaune avec un nœud papillon, car il aimait l'élégance, mais ses yeux sombres étaient tristes et sa figure allongée immobile comme une pierre. F. Jasmine savait ce que Grand-Maman avait dit de Honey Brown. Elle avait dit que c'était un garçon que Dieu n'avait pas achevé. Le Créateur avait retiré trop tôt sa main de lui. Dieu ne l'avait pas achevé, et il était obligé de faire une chose ou une autre pour compléter l'œuvre du Créateur. Lorsque, pour la première fois, la vieille Frankie avait entendu cette réflexion, elle n'en avait pas saisi le sens caché. Cette réflexion lui avait fait imaginer un demi-garçon, un bras, une jambe, une moitié de visage, une moitié de personne sautillant dans les rues sous l'écrasant soleil d'été. Mais, plus tard, elle comprit mieux. Honey jouait du cornet à pistons et s'était classé premier à l'école des enfants de couleur. Il avait fait venir d'Atlanta une méthode de français et avait appris tout seul un peu de français. En même temps, il lui arrivait tout d'un coup de courir comme un fou furieux dans Sugarville et ses crises duraient plusieurs jours ; ses amis le ramenaient chez lui plus mort que vif. Ses lèvres pouvaient se mouvoir, aussi légères que des papillons et il parlait aussi bien que n'importe quel Blanc ; mais quelquefois il répondait par un jargon de nègre que même sa famille ne pouvait pas comprendre. Le Créateur, disait Grand-Maman, avait retiré sa main de lui trop tôt, et il était éternellement inquiet. Maintenant il était là, appuyé au chambranle de la porte, osseux et flasque, et, malgré la sueur qui perlait sur son visage, il semblait avoir froid.

« Voulez-vous quelque chose avant que je sorte ? », demanda-t-il.

Ce soir-là, il y avait chez Honey quelque chose qui frappa F. Jasmine ; tandis qu'elle regardait ses yeux tristes et tranquilles, elle sentit qu'elle devait lui dire quelque chose. A la lueur de la lampe, sa peau avait la couleur sombre des glycines et ses lèvres étaient immobiles et bleues.

« Est-ce que Bérénice vous a parlé du

mariage ? » demanda F. Jasmine. Mais elle comprit immédiatement que ce sujet ne convenait pas.

« Aaannh, répondit-il.

— J'ai besoin de 'ien maintenant. T.T. va a'iver à la minute pou' me voi' et ensuite so'ti' avec Bé'énice. Où vas-tu, mon ga'çon ?

— Je vais à Forks Falls.

— Bien, missié Imp'évu, quand avez-vous décidé ça ? »

Honey, appuyé au chambranle, avait une expression obstinée et tranquille.

« Pou'quoi tu n'agis pas comme tout le monde ? dit Grand-Maman.

— Je passerai là-bas le dimanche et reviendrai lundi matin. »

L'impression qu'elle avait quelque chose à dire à Honey troublait F. Jasmine. Elle dit à Grand-Maman :

« Vous me parliez du mariage.

— Oui. » Elle ne regardait pas la paume de F. Jasmine, mais la robe d'organdi, les bas roses et les escarpins en lamé. « Je vous ai dit que vous épouse'iez un ga'çon aux yeux bleus et aux cheveux blonds. Plus ta'd.

— Mais je ne parle pas de cela. Je parle de l'autre mariage. Et le voyage et ce que vous avez vu au sujet des routes et des trains.

— Exactement, dit Grand-Maman, mais

F. Jasmine eut l'impression qu'elle ne faisait plus attention à elle, bien qu'elle regardât sa paume. Je p'évois un voyage avec un dépa't et un 'etou' et, plus ta', une somme d'a'gent, des 'outes et des t'ains. Vot' nomb' de chance est six, mais t'eize est quelquefois chanceux pou' vous aussi. »

F. Jasmine avait envie de protester, de discuter, mais comment discuter avec une devineresse ? Elle aurait voulu au moins mieux comprendre les prédictions, car le voyage avec le retour ne cadrait pas avec les routes et les trains.

Mais avant qu'elle ait eu le temps de poser une question, il y eut des pas sur le perron, un coup frappé à la porte et T.T. entra. Il était fort correct et s'essuya les pieds avant d'entrer ; il apportait à Grand-Maman des glaces à la crème. Bérénice avait dit qu'il ne la faisait pas frissonner, et, en vérité, il n'était pas beau garçon ; son ventre ressemblait à un melon d'eau et il avait des bourrelets de graisse à la nuque. Il donna tout de suite à la chambre cette atmosphère animée que la vieille Frankie avait toujours aimée et enviée dans cette maison de deux pièces. Il lui avait toujours semblé, quand elle venait chercher Bérénice, qu'il y avait beaucoup de monde dans la chambre — la famille, des cousins, des amis. En hiver, ils étaient assis autour d'un feu vacillant et leurs voix se croisaient. Pendant les claires nuits d'automne, ils étaient toujours les premiers à avoir des cannes à sucre et Bérénice hachait les nœuds des tiges violettes et luisantes, et ils jetaient les morceaux mâchés, gardant l'empreinte de leurs dents, sur un journal étendu sur le plancher. La lueur de la lampe donnait à la chambre un aspect particulier, une odeur spéciale.

Maintenant, avec l'arrivée de T.T., F. Jasmine retrouvait l'ancienne impression d'animation. La séance était évidemment terminée et F. Jasmine mit une pièce de monnaie dans la soucoupe de porcelaine blanche posée sur la table de chevet — bien qu'il n'y eut pas de prix fixés, les gens qui venaient consulter Grand-Maman payaient habituellement ce qu'ils estimaient devoir.

« Je décla' que je n'ai jamais vu quelqu'un g'andi' autant que vous, F'ankie, remarqua Grand-Maman. Vous fe'iez bien de vous attacher une b'ique su' la tête. » F. Jasmine plia légèrement les genoux et courba les épaules. « Vous avez une jolie 'obe. Et ces souliers d'a'gent. Et des bas de soie. Vous avez tout à fait l'ai' d'une jeune fille. »

F. Jasmine et Honey sortirent en même

230

temps, et elle était toujours obsédée par la pensée qu'elle avait quelque chose à lui dire.

John Henry, qui avait attendu dans la ruelle, courut à eux, mais Honey ne le prit pas dans ses bras pour le balancer comme il le faisait quelquefois. Il y avait une tristesse froide chez Honey ce soir. Le clair de lune était blanc.

« Qu'est-ce que vous allez faire à Forks Falls ?

— Rien de particulier.

— Croyez-vous à ces prédictions ? »

Comme Honey ne répondait pas, elle continua :

« Vous vous rappelez, quand elle vous a crié d'ôter vos pieds de la table. Ça m'a donné un choc. Comment savait-elle que vous aviez vos pieds sur la table ?

— Le miroir, dit Honey. Elle a un miroir près de la porte pour voir ce qui se passe dans la cuisine.

— Oh ! dit-elle. Je n'ai jamais cru à ces prédictions. »

John Henry tenait la main de Honey. Il leva les yeux pour regarder son visage :

« Qu'est-ce que c'est des chevaux-vapeur ? »

F. Jasmine sentait la puissance du mariage ; c'était comme si, en ce dernier soir, elle devait ordonner et conseiller. Il fallait qu'elle dise quelque chose à Honey, un avertissement ou un sage conseil. Et, tandis qu'elle se torturait l'esprit, une idée lui vint, une idée si nouvelle, si inattendue, qu'elle s'arrêta et resta absolument immobile.

« Je sais ce que vous devriez faire. Vous devriez aller à Cuba ou à Mexico. »

Honey avait continué à marcher, mais, quand elle parla, il s'arrêta aussi. John Henry était entre eux et, tandis qu'il les regardait l'un après l'autre, sa figure avait une expression mystérieuse dans le clair de lune blanc.

« Bien sûr. Je suis parfaitement sérieuse. Cela ne vous fait aucun bien d'errer entre Forks Falls et cette ville. J'ai vu des tas de films de Cubains et de Mexicains. Ils s'amusent beaucoup. » Elle fit une pause. « Voici ce que j'essaie de vous expliquer. Vous ne serez jamais heureux dans cette ville. Il faut que vous alliez à Cuba. Vous avez la peau très claire et une expression cubaine. Vous irez là et deviendrez un Cubain. Vous apprendrez leur langage et les Cubains ne sauront jamais que vous êtes un homme de couleur. Vous ne voyez pas ce que je veux dire ? »

Honey était immobile, comme une noire statue silencieuse.

« A quoi ? demanda John Henry, à quoi ressemblent ces chevaux-vapeur ? »

232

D'un mouvement brusque, Honey se détourna et descendit la ruelle.

« C'est fantastique.

— Mais non. » Ravie que Honey lui eut appliqué le mot fantastique elle se le redit tout bas avant d'insister. « Ce n'est pas le moins du monde fantastique. Ecoutez-moi bien. C'est la meilleure chose que vous puissiez faire. »

Mais Honey se contenta de rire et les quitta au premier coin de rue.

« Au revoir. »

Les rues du centre de la ville rappelèrent à F. Jasmine une fête de carnaval. C'était le même air de vacance et de liberté et, comme ce matin, elle se sentit faisant partie de tout, intégrée et joyeuse. A un coin de la Grand-Rue, un homme vendait des souris mécaniques et un mendiant manchot des deux bras était assis en tailleur sur le trottoir, un récipient d'étain sur les genoux. Elle n'avait encore jamais vu Front Avenue la nuit, car, le soir, elle était censée jouer dans le voisinage de la maison. Les entrepôts étaient noirs, mais, à l'extrémité de l'avenue, les multiples fenêtres de la filature étaient éclairées et l'on percevait un faible bourdonnement de machines et l'odeur des cuves de teinture. La plupart des magasins étaient ouverts et les enseignes au néon mêlaient leurs couleurs variées et donnaient à l'avenue un aspect de rivière. Il y avait des soldats aux coins des rues et d'autres soldats se promenant avec des jeunes filles. Les sons étaient les sons prolongés des soirs d'été, des pas, des rires et, dominant les bruits confus, une voix appelant de la fenêtre d'une mansarde quelqu'un dans la rue. Les maisons sentaient la brique surchauffée et le trottoir brûlait les semelles de ses escarpins en lamé. F. Jasmine s'arrêta au coin qui faisait face à La Lune bleue. Il lui semblait qu'il s'était écoulé un temps infini depuis le matin où elle avait rencontré le soldat. Le long après-midi dans la cuisine avait eu lieu et le soldat s'était un peu estompé. Le rendez-vous, cet après-midi, avait paru si éloigné. Et maintenant qu'il était presque neuf heures, elle hésitait. Elle eut le sentiment inexplicable qu'il y avait une erreur.

« Où allons-nous ? dit John Henry. Je pense qu'il est grand temps de rentrer. »

Sa voix la fit sursauter, car elle l'avait presque oublié. Il était là, les genoux serrés, les yeux écarquillés, minable dans le vieux costume de tarlatane.

« J'ai à faire en ville. Va-t'en à la maison. »

Il la regarda et ôta de sa bouche le chewing-gum qu'il mâchait ; il essaya de le placer derrière son oreille, mais la sueur rendait son oreille glissante et il remit le chewing-gum dans sa bouche.

« Tu connais le chemin aussi bien que moi. Fais ce que je te dis. »

Par extraordinaire, John Henry lui obéit ; mais tandis qu'elle le regardait s'éloigner dans la foule, elle éprouva une profonde tristesse — il paraissait si bébé et si pitoyable dans son déguisement.

Le changement entre la rue et l'intérieur de La Lune bleue fut comme le changement que l'on éprouve en quittant le champ de foire pour entrer dans une baraque. Des lumières bleues, des visages agités, des bruits. Le comptoir et les tables étaient bondés de soldats, d'hommes et de dames très maquillées. Le soldat à qui elle avait donné rendez-vous était dans un coin, près de la machine à sous, et mettait des pièces de monnaie dans la fente, l'une après l'autre, sans jamais gagner.

« Oh ! c'est vous », dit-il lorsqu'il la remarqua, debout à côté de lui. Pendant une seconde ses yeux eurent le regard vide des yeux qui fouillent la mémoire pour se rappeler — mais seulement pendant une seconde. « J'avais peur que vous m'ayez plaqué. » Après avoir mis une dernière pièce, il donna un coup de poing à la machine. « Cherchons une place. »

Ils s'assirent à une table entre le comptoir et la machine à sous et, bien qu'à la pendule le temps ne fût pas long, F. Jasmine le trouva interminable. Non que le soldat ne fût pas aimable. Il était gentil mais leurs deux conversations ne se rencontraient pas et, par-dessous, existait un courant bizarre qu'elle ne pouvait ni situer ni comprendre. Le soldat s'était lavé et sa figure gonflée, ses oreilles et ses mains étaient propres ; ses cheveux roux mouillés paraissaient plus foncés et ils étaient séparés par une raie faite au peigne. Il dit qu'il avait dormi pendant l'après-midi. Il était gai et plaisantait. Mais bien qu'elle aimât les gens gais et les plaisanteries, elle ne trouvait aucune réponse. On eût dit que le soldat avait une conversation à double sens que, malgré ses efforts, elle ne pouvait pas suivre. Cependant, ce n'était pas tant les paroles qu'il prononçait qu'elle ne pouvait comprendre, mais ce qu'elle sentait par-dessous.

Le soldat apporta deux verres à leur table ; après une gorgée F. Jasmine soupçonna qu'il y avait de l'alcool dans ce qu'elle buvait et, bien qu'elle ne fût plus une enfant, elle fut choquée. C'était un péché, défendu par la loi, de boire de l'alcool avant l'âge de dix-huit ans et elle repoussa son verre. Le soldat était aimable et gai, mais, après qu'il eût bu deux autres verres, elle se demanda s'il n'était pas ivre. Pour entretenir la conversation elle dit que son frère s'était baigné en Alaska, mais cela ne sembla pas l'intéresser. Il ne parlait ni de la guerre, ni des pays étrangers, ni du monde. A ses plaisanteries elle ne pouvait jamais trouver de répliques appropriées. Comme un enfant de chauchemar qui doit jouer dans un duo une partie qu'il ignore, F. Jasmine faisait son possible pour saisir le ton et suivre. Mais bientôt elle y renonça et sourit jusqu'à ce que sa bouche lui parût en bois. Les lumières bleues de la salle bondée, la fumée, le bruit, la déroutaient.

« Vous êtes une drôle de fille, dit enfin le soldat.

— Patton, dit-elle. Je parie qu'il gagnera la guerre dans deux semaines. »

Le soldat était tranquille maintenant et sa figure avait un aspect lourd. Ses yeux la regardaient avec la même expression étrange qu'elle avait remarquée ce jour-là à midi, une expression qu'elle n'avait encore vue chez personne et qu'elle ne pouvait expliquer. Au bout d'un instant il dit, et sa voix était adoucie, étouffée :

« Quel est votre nom, ma Beauté ? »

F. Jasmine ne sut pas si elle devait aimer ou non le terme qu'il employait, mais elle lui dit son nom d'un ton correct.

« Eh bien, Jasmine, si nous montions ? »

Il y avait une interrogation dans sa voix, mais, comme elle ne répondait pas tout de suite, il se leva : « J'ai une chambre ici.

— Mais je croyais que nous devions aller à L'Heure de Paresse ou danser.

— Qu'est-ce qui nous presse ? L'orchestre ne commence pas avant onze heures. »

F. Jasmine ne voulait pas monter dans sa chambre, mais elle ne savait comment refuser. C'était comme à la foire : une fois entré dans une baraque ou dans un manège, il faut rester jusqu'à la fin de la représentation ou du tour. C'était la même chose avec ce soldat, ce rendez-vous. Elle ne pouvait partir avant la fin. Le soldat attendait au pied de l'escalier et, ne sachant pas refuser, elle le suivit. Ils montèrent deux étages et suivirent un étroit corridor qui sentait le pipi et le linoléum. Mais, à chaque pas, F. Jasmine sentait qu'elle avait tort.

« C'est un drôle d'hôtel », dit-elle.

Ce fut le silence de la chambre d'hôtel qui l'avertit et l'effraya, un silence qu'elle remarqua dès que la porte fut fermée. A la lumière de l'ampoule électrique nue qui pendait au plafond, la chambre paraissait dure et très laide. On avait couché dans le lit de fer et une valise où s'empilaient des vêtements de soldat était ouverte au milieu du plancher. Sur la table, il y avait un pichet de verre rempli d'eau et un paquet de biscuits entamé, couvert de grosses mouches. La fenêtre sans store était ouverte et les rideaux de voile sales avaient été noués au sommet pour laisser entrer l'air. Il y avait un lavabo dans un coin et le soldat, faisant une coupe de ses mains, se plongea la figure dans l'eau froide.

Le savon n'était qu'un morceau de savon ordinaire et, au-dessus du lavabo, se trouvait un écriteau : « Strictement réservé à la toilette. » Malgré les pas du soldat et le bruit de l'eau coulant du robinet, l'impression de silence demeurait.

F. Jasmine alla à la fenêtre qui donnait sur une allée étroite et un mur de briques et une échelle d'incendie descendait jusqu'au sol et les deux étages inférieurs étaient éclairés. Dehors résonnaient les voix des soirs d'août et une radio et, dans la chambre, il y avait des bruits aussi — alors, comment expliquer le silence ? Le soldat s'était assis sur le lit et, maintenant, elle le voyait comme une personne seule et non comme un membre des bandes libres et bruyantes qui, pendant une saison, avaient parcouru les rues de la ville pour partir ensuite à travers le monde. Dans la chambre silencieuse il lui parut isolé et laid. Elle ne pouvait plus le voir à Burma, en Afrique, en Islande, ni même dans l'Arkansas. Elle le vit seulement assis dans la chambre. Ses yeux bleu clair, très rapprochés, la regardaient avec cette expression particulière... une douceur embrumée, comme des yeux qui ont été lavés avec du lait.

Le silence de la chambre ressemblait au silence de la cuisine quand, pendant un après-midi somnolent, le tic-tac du réveil s'arrêtait — et alors elle éprouvait un mystérieux malaise qui durait jusqu'à ce qu'elle en eût compris la cause. Quelque temps auparavant, elle avait connu un silence semblable, une fois, chez Sears et Rœbuck, avant de devenir brusquement une voleuse, et ensuite, cet après-midi d'avril, dans le garage de Mac Kean. C'était le silence avertisseur qui précédait un danger inconnu, un silence causé, non par l'absence de bruits, mais par une attente. Le soldat ne détachait pas d'elle ces yeux étranges et elle eut peur.

« Approchez, Jasmine, dit-il d'une voix irréelle, brisée et sourde, en tendant la main vers elle, finissons-en avec cette parade. »

La minute qui suivit fut comme une minute à l'asile d'aliénés de Milledgeville. F. Jasmine se dirigeait vers la porte, incapable de supporter plus longtemps le silence. Le soldat la saisit par sa jupe et, paralysée par la peur, elle se laissa tomber à côté de lui sur le lit. La minute fut trop affolante pour être réalisée. Les bras du soldat entourèrent le corps de F. Jasmine et elle sentit l'odeur de sa chemise imprégnée de sueur. Il ne fut pas brutal, mais c'était plus affreux que s'il avait été brutal et, pendant une seconde, elle fut paralysée par l'horreur ; elle ne pouvait pas le repousser mais elle mordit de toute sa force ce qu'elle crut être la langue de ce soldat dément, il hurla et elle put se libérer. Puis, comme il s'approchait d'elle avec une figure surprise et peinée, elle saisit le pichet d'eau et lui en assena un coup sur la tête. Il vacilla, puis plia sur ses jambes, et tomba lentement sur le plancher. Le son fut creux, comme celui d'un marteau sur une noix de coco et rompit enfin le silence. Le soldat gisait là, avec la même expression étonnée sur sa figure tavelée maintenant toute pâle, et une écume sanglante lui souillait la bouche. Mais sa tête n'était pas cassée, ni même fendue, et elle ne savait pas s'il était mort ou non.

Le silence était rompu et c'était comme à la cuisine lorsque, après les premiers moments de mystérieux malaise, elle comprenait la raison de ce malaise et savait que le réveil s'était arrêté — mais maintenant il n'y avait pas de réveil à secouer et à coller à son oreille pendant une minute avant de le remonter, tandis qu'elle se sentait soulagée. Son esprit était traversé de réminiscences d'une crise vulgaire dans la chambre de devant, de réflexions entendues à la cuisine, et de l'infâme Barney, mais elle ne laissa pas se joindre ces souvenirs séparés et elle se répéta le mot « fou ». Les murs étaient éclaboussés de l'eau du pichet et le soldat avait l'air d'un pantin disloqué dans la chambre en désordre. F. Jasmine se dit : « Partons. » Mais, après un premier mouvement vers la porte, elle se ravisa, descendit l'échelle de secours, et atteignit rapidement la ruelle.

Elle courut comme un être pourchassé fuyant l'asile d'aliénés de Milledgeville, sans regarder à droite ni à gauche et, quand elle arriva près de la maison, elle fut contente de voir John Henry West. Il regardait les chauves-souris tourner autour des lumières de la rue et ce spectacle familier la calma un peu.

« Oncle Royal t'a demandée, dit-il. Pourquoi trembles-tu comme ça, Frankie ?

— Je viens de casser la tête à un fou, lui dit-elle lorsqu'elle eut repris haleine. Je lui ai cassé la tête et je ne sais pas s'il est mort. Il était fou. »

John Henry la regarda sans étonnement.

« Qu'est-ce qu'il faisait ? » Et comme elle ne répondait pas immédiatement, il continua : « Est-ce qu'il marchait à quatre pattes sur le plancher en poussant des grognements ? » C'était ce que la vieille Frankie avait fait un jour pour effrayer Bérénice et provoquer du remue-ménage. Mais Bérénice ne s'était pas laissé prendre. « Dis, a-t-il fait ça ?

— Non, dit F. Jasmine. Il... » Mais elle regarda ces yeux froids d'enfant et comprit qu'elle ne pouvait pas donner d'explications. John Henry ne comprendrait pas et ses yeux verts gênaient F. Jasmine. Quelquefois son esprit était comme les dessins qu'il esquissait au crayon sur des feuilles de papier. L'autre jour il lui avait montré un de ses dessins. C'était un téléphoniste sur un poteau téléphonique. Le téléphoniste était appuyé à sa ceinture de sécurité et rien ne manquait à son équipement, y compris les chaussures à crampons. C'était un dessin minutieux, mais, après l'avoir regardé, F. Jasmine s'était demandé ce qu'il présentait d'étrange. Elle le regarda plus attentivement et découvrit la clef du mystère. Le téléphoniste était dessiné de profil, mais ce profil avait deux yeux — un œil juste au-dessus de la racine du nez et un autre juste au-dessous. Et ce n'était pas une étourderie : les deux yeux avaient les cils, les pupilles et les paupières soigneusement dessinés. Ces deux yeux placés sur un profil lui firent une impression bizarre. Mais raisonner avec John Henry, discuter avec lui ? Autant discuter avec du ciment. Pourquoi avait-il fait ça ? Pourquoi ? Parce que c'était un téléphoniste. Et alors ? Parce qu'il grimpait au poteau. Il était impossible de comprendre son point de vue. Et d'ailleurs, il ne le comprenait pas non plus.

« Oublie ce que je viens de te raconter », dit-elle.

Mais elle comprit aussitôt la maladresse de sa recommandation, car il n'oublierait certainement pas. Aussi elle le prit par les épaules et le secoua légèrement. « Jure que tu ne répéteras rien. Jure : — Si je parle, que Dieu couse mes lèvres, couse mes yeux et coupe mes oreilles avec des ciseaux. »

Mais John Henry ne jura pas. Il se contenta de pencher sa grosse tête sur son épaule et de répondre très tranquillement : « Peuh ! »

Elle insista.

« Si tu parles de cela à quelqu'un je serai peut-être mise en prison et nous n'irons pas au mariage.

— Je ne parlerai pas », dit John Henry. Quelquefois on pouvait avoir confiance en lui, quelquefois non. « Je ne suis pas une commère. »

Une fois dans la maison, F. Jasmine ferma la porte d'entrée avant de pénétrer dans le living-room. Son père, en chaussettes, allongé sur le divan, lisait le journal du soir. F. Jasmine fut heureuse d'avoir son père entre elle et la porte d'entrée. Elle avait peur de la Black Maria et écoutait anxieusement.

« Je voudrais que nous partions pour le mariage à cette minute, dit-elle. Ce serait la meilleure chose à faire. »

Elle ouvrit le réfrigérateur et avala six grandes cuillerées de lait condensé sucré, et le dégoût qui lui emplissait la bouche commença à se dissiper. L'attente l'agitait. Elle rassembla les livres loués à la bibliothèque et les empila sur la table du living-room. Sur la page de garde de l'un d'eux, un livre de la division supérieure qu'elle n'avait pas lu, elle écrivit : « Si vous voulez lire quelque « chose de dégoûtant, regardez page 66. » Sur la page 66 elle écrivit : « Electricité. Ha ! Ha ! » Peu à peu son angoisse s'atténuait ; près de son père elle avait moins peur.

« Il faudra rendre ces livres à la bibliothèque. »

Son père, qui avait quarante et un ans, regarda la pendule.

« Il est l'heure d'aller au lit pour tous ceux

qui n'ont pas atteint l'âge de quarante et un ans. Vite, en route, et sans réplique. Il faudra être debout demain à cinq heures. »

F. Jasmine, debout sur le seuil, ne pouvait s'en aller :

« Papa, dit-elle au bout d'une minute. Si quelqu'un frappe quelqu'un avec un pichet de verre et qu'il tombe et ne bouge plus, croyez-vous qu'il est mort ? »

Elle dut répéter la question, se sentait furieuse contre lui parce qu'il ne la prenait pas au sérieux et l'obligeait à demander deux fois les mêmes choses.

« Ma foi, à vrai dire, je n'ai jamais frappé personne avec un pichet. Et toi ? »

F. Jasmine comprit qu'il plaisantait, aussi elle se contenta de dire :

« Jamais je n'ai tant désiré aller à Winter Hill. Je serai si heureuse quand le mariage sera terminé et que nous partirons. Je serai si heureuse. »

Dans sa chambre, elle et John Henry se déshabillèrent et, après avoir éteint la lumière et le ventilateur, ils s'étendirent sur le lit. Elle avait dit qu'elle ne pourrait fermer l'œil. Mais elle ferma les yeux et, quand elle les rouvrit, une voix appelait et l'aube grise éclairait la chambre.

TROISIEME PARTIE

ELLE dit : « Adieu, laide et vieille maison »,
tandis que, vêtue d'une robe chinée et portant sa valise, elle traversait le vestibule à
six heures moins un quart. La robe de mariage
était dans la valise, prête à être mise quand
elle arriverait à Winter Hill. A cette heure
tranquille le ciel était l'argent terni d'un miroir
et, dessous, la ville grise ne semblait pas la
ville réelle mais son reflet exact et, à cette
ville irréelle, elle dit aussi adieu. L'autobus
partait à six heures dix — et elle s'assit avec
fierté, comme une voyageuse expérimentée, à
distance de son père, de John Henry et de
Bérénice. Mais au bout d'un instant, elle
éprouva un doute sérieux que les réponses
du conducteur ne purent complètement éclair-
cir. Ils devaient se diriger vers le nord, mais
l'autobus semblait faire route vers le sud.

247

Le ciel brûlant devint pâle et le jour éblouis-
sait. Ils dépassèrent des champs de maïs
qu'aucune brise ne faisait onduler et qui
paraissaient bleus dans la lumière crue, des
plantations de coton aux sillons rouges, des
étendues de bois de pins noirs. Et mille après
mille, la campagne devenait plus méridionale.
Les villes qu'ils dépassaient — New City, Lee-
ville, Cheehaw — semblaient de moins en
moins importantes et, à neuf heures, ils arrivèrent à la plus laide de toutes, appelée
Branche-Fleurie. En dépit de son nom, il n'y
avait ni fleurs ni branches — seulement une
boutique solitaire sur le mur de laquelle s'étalait une vieille affiche de cirque en lambeaux
et un arbre sous lequel se trouvait un camion
vide et une mule endormie. Là, ils attendirent
l'autobus pour Sweet Well et, malgré son
anxiété, Frances ne méprisa pas le panier à
provisions qui lui avait fait si honte au départ,
car il leur donnait l'air de petites gens qui
n'avaient pas l'habitude de voyager. L'autobus
démarra à dix heures et ils étaient à Sweet
Well à onze heures. Les heures suivantes furent
inexplicables. Le mariage fut comme un rêve,
car tout se passa dans un monde en dehors
de son pouvoir. Depuis le moment où, calme
et digne, elle serra la main des grandes
personnes jusqu'au moment où, ce maudit

mariage terminé, elle vit l'auto qui emmenait le couple loin d'elle, et, se jetant dans la poussière, cria pour la dernière fois : « Emmenez-moi, emmenez-moi », depuis le commencement jusqu'à la fin, ce voyage fut incohérent comme un cauchemar. Au milieu de l'après-midi, tout était terminé et l'autobus partait à quatre heures.

« Le spectacle est fini et le singe est mort, cita John Henry en s'asseyant dans le car à côté de son oncle. Maintenant nous rentrons nous coucher. »

Frances voulait la mort du monde entier. Assise entre la fenêtre et Bérénice elle ne sanglotait plus mais ses larmes formaient deux petits ruisseaux et son nez coulait. Ses épaules étaient courbées sur son cœur gonflé et elle ne portait plus la robe du mariage. Assise près de Bérénice, elle rentrait chez elle au milieu de gens de couleur, et en y pensant elle se servit du mot méprisant dont elle ne s'était, jusqu'à présent, jamais servie : négros — car maintenant elle haïssait tout le monde et voulait mépriser et humilier. Pour John Henry West, le mariage n'avait été qu'un grand spectacle et, à la fin, il s'était régalé du désespoir de Frankie comme il s'était régalé du gâteau de mariage. Elle le haïssait mortellement dans son beau costume blanc maintenant taché de glace à la fraise. Elle haïssait aussi Bérénice qui n'avait vu dans le mariage qu'un agréable voyage à Winter Hill. Son père, qui avait dit qu'elle aurait affaire à lui quand ils seraient à la maison, elle aurait voulu le tuer. Elle était contre tout le monde, même les étrangers dans l'autobus bondé, bien qu'elle les vît vaguement, à travers ses larmes — et elle désirait que l'autobus versât dans une rivière ou fût tamponné par un train. Elle se haïssait par-dessus tout et voulait la mort du monde entier.

« Du cou'age, dit Bérénice. Essuyez vot' figu' et mouchez-vous et peu à peu les choses pa'aît'ont moins t'istes. »

Bérénice avait une pochette bleue assortie à sa robe bleue et à ses souliers de chevreau bleus — et elle l'offrit à Frances, bien que cette pochette fût en crêpe georgette et pas du tout destinée à servir de mouchoir. Elle ne le remarqua pas. Entre leurs deux sièges, se trouvaient trois mouchoirs mouillés appartenant à son père et Bérénice en prit un pour essuyer les larmes, mais Frances ne bougea pas.

« Ils ont sorti la vieille Frankie de la noce. »

John Henry, sa grosse tête appuyée au dossier de son siège, souriait de sa bouche édentée. Le père s'éclaircit la gorge et dit :

« Cela suffit, John Henry. Laisse Frankie tranquille.

— Asseyez-vous convenablement et tenez-vous bien », ajouta Bérénice.

Le trajet dura longtemps et maintenant Frances ne s'occupait plus de la direction : elle s'en fichait. Depuis le début le mariage avait été étrange comme les parties de cartes dans la cuisine pendant la première semaine de juin. Ils avaient joué au bridge pendant des jours, mais personne n'avait de jeu, il n'y avait que des basses cartes, pas de demandes possibles, jusqu'à ce que Bérénice, soupçonnant quelque chose, ait dit : « Mettons-nous au t'avail et comptons ces vieilles ca'tes. » Et ils s'étaient mis au travail et avaient compté les vieilles cartes ; et ils avaient constaté que les valets et les reines manquaient. John Henry avait fini par avouer qu'il avait découpé les valets et ensuite les reines pour tenir compagnie aux valets et il les avait emportés chez lui ; il avait caché les débris de carton dans le fourneau. Ainsi la faute du jeu de cartes fut découverte. Mais comment expliquer l'échec du mariage ?

Le mariage ne fut que déceptions, sans qu'elle se reconnût capable de noter des fautes précises. La maison était une jolie maison de briques près des limites de la

251

petite ville, et quand elle y entra, elle eut l'impression que ses yeux étaient légèrement troubles ; elle eut des impressions mélangées de roses roses, d'odeur de cire à parquet, de noix dans les coupes d'argent. Tout le monde fut charmant pour elle. Mme Williams portait une robe de dentelle et elle demanda deux fois à F. Jasmine dans quelle classe elle se trouvait à l'école. Mais elle lui demanda aussi si elle voulait jouer à la balançoire avant le mariage, du ton que prennent les grandes personnes pour parler aux enfants. M. Williams fut également charmant. C'était un homme au teint jaune avec des plis dans les joues, et sa peau, sous les yeux, avait le grain et la couleur d'un cœur de vieille pomme. M. Williams lui demanda aussi dans quelle division elle se trouvait à l'école ; en fait, ce fut la principale question qui lui fut posée ce jour-là.

Elle voulait parler à son frère et à la fiancée, leur parler, leur expliquer ses plans, eux trois seuls ensemble. Mais ils ne furent pas une seule fois seuls. Jarvis était dehors s'occupant de l'auto que quelqu'un lui prêtait pour le voyage de noces pendant que Janice s'habillait dans sa chambre au milieu d'une foule de belles jeunes filles. Elle allait de l'un à l'autre, incapable de s'expliquer. Et, une fois,

Janice l'entoura de ses bras et dit qu'elle était si contente d'avoir une petite sœur — et quand Janice l'embrassa, F. Jasmine se sentit la gorge douloureuse et ne put parler. Jarvis, quand elle le trouva dans la cour, la souleva de terre et la secoua en disant : « Frankie la grande perche, perchi-percha Frankie. » Et il lui donna un dollar.

Debout dans un coin de la chambre de la mariée, elle voulait dire : Je vous aime tant tous les deux et vous êtes mon « nous ». Je vous en prie, emmenez-moi avec vous après le mariage, car nous devons être ensemble. Ou même si elle avait pu dire : Puis-je vous demander de venir dans la chambre voisine parce que j'ai quelque chose à vous révéler à vous et à Jarvis ? Et une fois tous les trois seuls ensemble, dans une chambre, essayer de se faire comprendre. Si seulement elle avait tapé ses projets à la machine à écrire, elle leur aurait tendu la feuille de papier et ils auraient lu. Mais elle n'y avait pas pensé et sa langue était lourde et muette dans sa bouche. Elle ne put parler que d'une voix tremblante — pour demander où était le voile.

« Je sens qu'un o'age mijote dans l'atmosphè', dit Bérénice. Ces deux jointu' to'dues me p'éviennent toujou'. »

Il n'y avait pas de voile, sauf une petite

253

voilette attachée au chapeau de mariage et personne ne portait de vêtements extraordinaires. La mariée était vêtue d'un tailleur de tous les jours. Grâce au Ciel, F. Jasmine n'avait pas sa robe de mariage dans l'autobus, comme elle l'avait d'abord décidé. Elle resta debout dans un coin de la chambre de la mariée jusqu'à ce que le piano jouât les premières mesures de la marche nuptiale. Ils furent tous charmants pour elle à Winter Hill, bien qu'ils l'eussent appelée Frankie et traitée en enfant. C'était si différent de ce qu'elle avait espéré et, comme au cours de ces parties de cartes de juin, elle eut, du premier moment au dernier, l'impression d'une terrible erreur.

« Attention, dit Bérénice. Je vous p'épa' une g'ande su'p'ise. Je fais un p'ojet. Ne voulez-vous pas savoi' lequel ? »

Frances ne répondit même pas par un regard. Le mariage était comme un rêve en dehors de son contrôle ou comme un spectacle qu'elle n'avait pas préparé et dans lequel on ne lui accordait aucun rôle. Les invités de Winter Hill emplissaient le salon et la mariée et son frère étaient debout devant la cheminée au fond de la pièce. Les revoir ainsi ensemble lui donna l'impression d'un chant plutôt que d'un tableau, car ses yeux égarés ne pouvaient voir clairement. Elle les obser-

254

vait avec son cœur mais elle pensait tout le temps : je ne leur ai pas dit et ils ne savent pas. Et cette connaissance était aussi lourde qu'une pierre avalée. Et ensuite, pendant le baiser de la mariée, les rafraîchissements servis dans le salon, l'agitation des invités — elle se pressait contre les deux mais les mots ne venaient pas. Ils ne m'emmèneront pas, pensait-elle, et c'était la seule pensée qu'elle ne pouvait pas supporter.

Lorsque M. Williams apporta leurs valises, elle se hâta de le suivre avec sa propre valise. Le reste fut comme un spectacle de cauchemar dans lequel une folle de l'auditoire se précipite sur la scène pour jouer un rôle improvisé qui n'a jamais été écrit ni imaginé. Vous êtes mon « nous », disait son cœur, mais elle ne put que crier : « Emmenez-moi ! » Et ils la raisonnèrent mais elle était déjà dans l'auto. A la fin, elle s'accrocha au volant de la voiture et il fallut que son père et une autre personne vinssent l'en arracher ; et alors, elle ne put que crier dans la poussière de la route vide : « Emmenez-moi ! Emmenez-moi ! » Mais il n'y eut que les invités du mariage à l'entendre, car la mariée et son frère étaient partis.

« L'école va commencer dans t'ois semaines, dit Bérénice. Et vous se'ez dans la division supé'ieu' et vous fe'ez connaissance avec beaucoup de nouveaux élèves et vous au'ez une amie de cœu' comme cette Evelyn Owen dont vous étiez si folle. »

Frances ne put supporter ces consolations.

« Je n'ai jamais eu l'intention d'aller avec eux. C'était une blague. Ils ont dit qu'ils m'inviteraient quand ils seraient installés, mais je n'irai pas. Même si l'on m'offrait un million de dollars.

— Nous savons tous ça, dit Bérénice. Maintenant, écoutez la su'p'ise que j'ai combinée. Dès que vous au'ez fait des amis à l'école, je pense ce se'ait une bonne idée de donner une 'éunion. Un cha'mant b'idge dans le salon avec de la salade de pommes de tè' et ces petits sandwiches à l'olive qu'avait fait vot' tante Pet pou' une 'éunion du Club — ceux qui ont une fo'me 'onde avec un tout petit t'ou au milieu pou' y planter l'olive. Une cha'mante 'éunion de b'idge avec un goûter délicieux. Qu'est-ce que vous dites de ça ? »

Ces promesses pour bébé lui écorchaient les nerfs. Son cœur meutri lui fit mal et elle le pressa de ses bras croisés en se balançant un peu. « C'était une partie truquée. Les jeux étaient faits d'avance. C'était une conspiration complète. »

« Nous pouvons avoi' ce b'idge dans le salon.

Et dans la cou' nous pouvons avoi' une aut' 'éunion en même temps. Une 'éunion costumée où on se'vi'a des saucisses. Une 'éunion élégante et une aut' pou' beaucoup s'amuser. Avec des p'ix pou' le g'and gagnant du b'idge et le déguisement le plus d'ôle. Qu'est-ce que vous en dites ? »

Frances refusa de regarder Bérénice et de lui répondre.

« Vous invite'ez le 'epo'tè mondain de l'*Evening Jou'nal* et le compte 'endu de la 'éunion se'ait éc'it dans le jou'nal. Ça fe'ait la quat'ième fois que vot' nom se'ait publié dans le jou'nal. »

C'était exact, mais une chose comme celle-là ne l'intéressait plus. Une fois, lorsque sa bicyclette avait été tamponnée par une automobile, le journal l'avait appelée Frankie Addams. Frankie ! Mais, maintenant, elle s'en fichait.

« Ne soyez pas si t'iste, dit Bérénice. Ce n'est pas le jou' du Jugement de'nier.

— Frankie, ne pleure pas, dit John Henry. Quand nous serons à la maison, nous monterons la tente et nous nous amuserons bien. »

Elle ne pouvait s'empêcher de pleurer et ses sanglots avaient un son étranglé :

« Oh ! la ferme !

257

— Ecoutez-moi. Dites-moi ce que vous voulez et je fe'ai mon possible pou' vous le donner.

— Ce que je veux, dit Frances au bout d'une minute, ce que je désire le plus au monde, c'est qu'aucun être humain ne me parle aussi longtemps que je vivrai.

— Bien, dit Bérénice finalement. Alo', b'aillez, malheu'euse ! »

Ils ne parlèrent plus pendant le reste du trajet. Son père dormait, un mouchoir sur la figure, et ronflait légèrement. John Henry, blotti dans ses bras, dormait aussi. Les autres voyageurs sommeillaient et l'autobus se balançait comme un berceau et faisait entendre un faible grondement. Dehors l'après-midi étincelait et, de temps à autre, un busard se balançait sur le ciel d'un blanc éblouissant. Ils dépassaient des carrefours rouges et vides avec de profonds fossés rouges de chaque côté et de grises baraques délabrées plantées dans les champs de coton. Seuls les bois de pins sombres paraissaient frais — et aussi les collines bleues dans le lointain. Frances regardait par la fenêtre, le visage rigide et douloureux et, pendant quatre heures, elle ne dit pas un mot. Ils arrivèrent en ville et un changement survint. Le ciel s'abaissa et devint d'un gris violet sur lequel les arbres paraissaient vert-de-gris. Il y avait une tranquillité pesante dans l'air et le roulement du premier coup de tonnerre se fit entendre. Le vent passa sur le sommet des arbres avec un bruit d'eau grondante présageant la tempête.

« Je vous l'avais bien dit, dit Bérénice, et elle ne parlait pas du mariage. Je sentais la douleu' dans ces jointu'. Ap'ès un bon o'age nous nous senti'ons tous beaucoup mieux. »

La pluie ne vint pas et il n'y avait qu'une impression d'attente dans l'air. Le vent était chaud. Frances sourit un peu aux paroles de Bérénice, mais c'était un sourire méprisant qui faisait mal.

« Vous croyez que tout est fini, dit-elle. Cela prouve que vous ne comprenez pas grand-chose. »

Ils pensaient que c'était fini, mais elle leur montrerait. Le mariage l'avait exclue mais elle irait quand même à travers le monde. Où elle irait, elle n'en savait rien ; cependant elle quitterait la ville cette nuit même ; elle n'avait pas pu s'en aller comme elle l'avait projeté, sous la sauvegarde de son frère et de la fiancée, mais elle partirait quand même. Dût-elle commettre tous les crimes. Pour la première fois depuis la nuit précédente elle pensa au soldat — mais la durée d'un éclair, car son esprit fourmillait de plans urgents. Il y avait un train qui quittait la ville à deux heures, et elle le prendrait. Le train se dirigeait vers le nord, probablement vers Chicago ou New York. Si le train allait à Chicago, elle irait à Hollywood et écrirait des pièces ou ferait du cinéma — ou, en mettant les choses au pis, elle ferait du théâtre. Si le train allait à New York, elle s'habillerait en garçon, donnerait un nom faux et un âge faux et s'engagerait dans l'infanterie de marine. Cependant il fallait attendre que son père soit endormi et elle l'entendait remuer dans la cuisine. Elle s'assit devant la machine à écrire et rédigea une lettre.

Cher Père,

Ceci est une lettre d'adieu, jusqu'à ce que je vous écrive d'un lieu différent. Je vous avais dit que je quitterais la ville parce que c'est inévitable. Je ne peux supporter cette existence plus longtemps parce que ma vie est devenue un fardeau. Je prends le revolver parce qu'il me sera peut-être nécessaire et je vous rendrai l'argent à la première occasion. Dites à Bérénice de ne pas se tourmenter. La chose est une ironie du destin et elle est

260

inévitable. Plus tard, j'écrirai. Je vous en prie,
Papa, n'essayez pas de me rattraper.

Sincèrement vôtre,

FRANCES ADDAMS.

Les papillons verdâtres palpitaient sur le store et, dehors, la nuit était étrange. Le vent chaud ne soufflait plus et l'air était si tranquille qu'il semblait pesant quand on se mouvait. Le tonnerre grondait dans le lointain. Frances resta immobile devant la machine à écrire. Elle n'avait pas changé sa robe chinée et la valise bouclée était posée près de la porte. Au bout d'un instant la lumière s'éteignit dans la cuisine et son père cria du bas de l'escalier : « Bonne nuit, mam'selle Commère. Bonne nuit, John Henry. »

Frances attendit longtemps. John Henry dormait en travers du lit, tout habillé et chaussé ; il avait la bouche ouverte et une branche de ses lunettes pendait. Après une attente aussi longue qu'elle put la supporter, elle prit la valise et descendit l'escalier sur la pointe des pieds. Il faisait noir en bas, noir dans la chambre de son père, noir dans toute la maison. Elle s'immobilisa sur le seuil de la chambre de son père : il ronflait légèrement.

261

Ce fut le moment le plus dur ; ces quelques minutes qu'elle passa là, à attendre.

Le reste fut facile. Son père était veuf, méticuleux, et, le soir, il pliait son pantalon sur le dossier d'une chaise et laissait son portefeuille, sa montre et ses lunettes sur le côté droit du bureau. Elle s'avança sans bruit dans les ténèbres et mit presque immédiatement la main sur le portefeuille. Elle ouvrit avec précaution le tiroir du bureau, s'arrêtant à chaque grincement pour écouter. Le revolver lui parut lourd et froid dans sa main brûlante. Tout était facile. Mais son cœur battait à coups redoublés et il arriva un accident lorsqu'elle se glissait hors de la chambre. Elle trébucha sur la corbeille à papiers et le ronflement s'arrêta. Son père remua, grommela. Elle retint son souffle — au bout d'une minute, le ronflement recommença.

Elle posa la lettre sur la table et se dirigea, sur la pointe des pieds, vers la porte de derrière. Mais il arriva une chose qu'elle n'avait pas prévue — John Henry appela.

« Frankie ! » Sa voix perçante d'enfant semblait remplir toutes les pièces de la maison. « Où es-tu ?

— Tais-toi, chuchota-t-elle. Dors. »

Elle avait laissé la lampe allumée dans sa chambre et il était debout à la porte de l'escalier, regardant la cuisine obscure.

« Qu'est-ce que tu fais dans le noir ?

— Tais-toi, répéta-t-elle à voix basse. Je serai là avant que tu t'endormes. »

Elle attendit quelques minutes après le départ de John Henry, puis elle ouvrit la porte de derrière et sortit. Mais bien qu'elle n'eût pas fait de bruit, il avait dû l'entendre.

« Attends, Frankie, cria-t-il. Je viens. »

Les cris de l'enfant avaient réveillé son père et elle le sut avant d'atteindre l'angle de la maison. La nuit était noire et lourde et, tandis qu'elle courait, elle entendit son père l'appeler. Elle se retourna et vit s'allumer la lampe de la cuisine ; l'ampoule se balançait et projetait un reflet d'or mouvant sur la tonnelle et la cour sombre. Il lira la lettre maintenant, pensa-t-elle, et il va essayer de me poursuivre et de me rattraper. Mais après avoir couru la distance de quelques pâtés de maisons, la valise lui battant les jambes et quelquefois manquant de la faire tomber, elle se rappela que son père devrait enfiler un pantalon et une chemise — car il ne la poursuivrait pas dans les rues en pantalon de pyjama. Elle s'arrêta une seconde pour regarder derrière elle. Il n'y avait personne. A la première lumière de rue, elle posa sa valise et, sortant le portefeuille de la poche de sa robe, l'ouvrit d'une main tremblante. Il contenait trois dollars et quinze *cents*. Elle serait obligée de se glisser dans un wagon de marchandises ou autre chose.

Tout de suite, seule dans la rue vide et sombre, elle comprit qu'elle ne savait pas comment faire. C'est facile de sauter dans un train de marchandises, mais comment s'y prenaient réellement les vauriens qui faisaient ça ? Elle était près de la gare et s'y rendit lentement. La gare était fermée. Elle en fit le tour et regarda le quai long et désert sous les lampes pâles, les distributeurs automatiques contre le mur de la gare, les chiffons de papiers poisseux sur le quai. Les rails luisaient comme de l'argent et quelques wagons de marchandises étaient sur des voies de garage mais ils n'étaient attachés à aucune locomotive. Le train n'arriverait qu'à deux heures et serait-elle capable de se faufiler dans un wagon comme dans les histoires qu'elle avait entendues et de s'enfuir ? Il y avait une lanterne rouge sur la voie et, dans cette lumière colorée, elle vit un employé des chemins de fer qui marchait lentement. Elle ne pouvait attendre là jusqu'à deux heures — elle quitta la gare, une épaule courbée par le poids de la valise, mais elle ne savait pas où elle irait.

Les rues étaient solitaires en cette nuit de dimanche. Les éclairages au néon rouges et verts des enseignes se mêlaient aux lumières de la rue pour faire un pâle et chaud brouillard au-dessus de la ville mais le ciel était sans étoiles, noir. Un homme, coiffé d'un chapeau aux bords baissés, ôta sa cigarette et se retourna pour la regarder. Elle ne pouvait errer dans la ville, car, à cette heure, son père était à sa recherche... Dans l'allée, derrière le magasin de Finny, elle s'assit sur la valise et remarqua, seulement alors, qu'elle tenait toujours le revolver dans sa main et elle sentit qu'elle avait perdu l'esprit. Elle avait dit qu'elle se tuerait si la fiancée et son frère ne l'emmenaient pas. Elle appuya le revolver sur sa tempe et le tint là une minute ou deux. Si elle pressait sur la gâchette elle serait morte et la mort était les ténèbres, rien que les terribles ténèbres qui ne finiraient qu'à la fin du monde. Quand elle abaissa son revolver elle se dit qu'à la dernière minute elle avait changé de résolution. Elle mit le revolver dans sa valise.

L'allée était noire et sentait les poubelles d'ordures et c'était dans cette allée que Lon Baker avait eu la gorge tranchée, cet après-midi de printemps, et son cou ressemblait à une bouche sanglante qui frémissait au soleil.

C'était ici que Lon Baker avait été tué. Et elle, avait-elle tué le soldat quand elle lui avait cassé la tête avec le pichet d'eau ? Elle eut peur dans l'allée noire et se sentit l'esprit en déroute. Si seulement il y avait quelqu'un avec elle. Si seulement elle pouvait trouver Honey Brown. Ils partiraient ensemble. Mais Honey était à Forks Fall et ne reviendrait que demain. Ou si elle pouvait trouver le singe et l'homme au singe et se joindre à eux pour fuir ? Il y eut un bruit et elle sursauta de terreur. Un chat avait bondi sur une poubelle, et, dans l'ombre, elle put voir sa silhouette éclairée au bout de l'allée. Elle chuchota : « Charles », et puis « Charlina ». Mais ce n'était pas son chat persan et, quand elle se traîna vers la poubelle, il disparut.

Elle ne put supporter plus longtemps l'allée sombre et malodorante ; portant la valise, elle se dirigea vers la lumière au bout de l'allée en longeant le trottoir, mais dans l'ombre du mur. S'il y avait seulement quelqu'un pour lui dire que faire, où aller et comment y aller. L'avenir prédit par Grand-Maman s'était réalisé — au sujet du voyage, d'un départ et d'un retour, et même les balles de coton, car l'autobus avait dépassé un camion qui en était chargé. Et il y avait la somme d'argent dans le portefeuille de son père, si bien que déjà elle avait vécu tout l'avenir que Grand-Maman avait prédit. Irait-elle à Sugarville dire qu'elle avait réalisé toutes les prédictions et demander ce qu'elle devait faire maintenant ?

Vue de l'ombre de l'allée, la rue triste semblait attendre avec l'enseigne lumineuse clignotante de Coca-Cola au coin le plus proche et une dame qui allait et venait dans la lumière d'un bec électrique comme si elle attendait quelqu'un. Une auto, une longue voiture fermée, peut-être une Packard, descendit lentement la rue, et la façon dont elle rasait le trottoir lui rappela une auto de gangsters : elle se colla au mur. Puis, sur le trottoir opposé, un couple passa et un sentiment, comme une flamme soudaine, jaillit en elle, et pendant moins d'une seconde il lui sembla que la fiancée et son frère étaient venus la chercher et qu'ils étaient « là » maintenant. Mais l'impression disparut instantanément et elle se trouva observant seulement un couple étranger passant dans la rue. Il y avait un creux dans sa poitrine, mais au fond de ce vide un poids lourd meurtrissait son estomac et elle se sentit malade. Elle se dit qu'elle devrait marcher, partir. Mais elle restait là, les yeux clos, la tête appuyée au mur de briques chaud.

Quand elle quitta l'allée, il était plus de

minuit et elle avait atteint le stade où toute idée soudaine paraissait une bonne idée. Elle s'était accrochée à une suggestion, puis à une autre. Aller à Forks Fall et découvrir Honey ou télégraphier à Evelyn Owen de la rejoindre à Atlanta, ou même rentrer à la maison et emmener John Henry pour que, au moins, il y ait quelqu'un avec elle et qu'elle ne soit pas seule pour parcourir le monde. Mais chacune de ces idées présentait des objections.

Et tout à coup, dans le tourbillon de ces impossibilités, elle pensa au soldat, et cette fois la pensée ne fut pas brève ; elle s'attarda, se fixa. Frances se demanda si elle ne devrait pas aller à La Lune bleue pour savoir, avant de quitter la ville pour toujours, si elle n'avait pas tué le soldat. L'idée, une fois saisie, lui sembla bonne et elle partit pour Front Avenue. Si elle n'avait pas tué le soldat, que dirait-elle quand elle le verrait ? Comment se présenta la pensée suivante, elle ne le sut pas mais il lui sembla brusquement qu'elle pourrait aussi bien demander au soldat de l'épouser et ils partiraient tous les deux. Avant sa crise de folie il avait été assez gentil. Et parce que cette idée était soudaine et nouvelle, elle lui sembla raisonnable. Elle se rappela une partie des prédictions qu'elle avait oubliée : qu'elle épouserait une personne aux cheveux blonds et aux yeux bleus et le fait que le soldat avait les cheveux roux clair et des yeux bleus était une sorte de preuve que c'était la seule chose à faire.

Elle hâta le pas. La nuit précédente était comme une période passée depuis si longtemps que le soldat n'avait pas de traits précis dans sa mémoire. Mais elle se rappela le silence de la chambre d'hôtel et, en même temps, une crise dans une chambre de devant, le silence, les conversations dégoûtantes derrière le garage — ces souvenirs différents tombèrent ensemble dans les ténèbres de son esprit comme les rayons de plusieurs projecteurs convergent la nuit dans le ciel sur un aéroplane, et, dans un éclair, elle comprit. Elle éprouva une surprise froide. Elle s'arrêta une minute, puis se dirigea vers La Lune bleue. Les magasins étaient sombres, toutes devantures fermées, la boutique du prêteur sur gages était protégée des voleurs par une grille d'acier et les seules lumières provenaient des escaliers extérieurs des maisons et de l'éclairage de La Lune bleue. Il y eut un bruit de voix furieuses au dernier étage d'une maison et les pas de deux hommes qui descendaient la rue. Elle ne pensait plus au soldat ; la découverte du moment l'avait chassé de son esprit. Elle savait seulement qu'elle devait trouver quelqu'un, n'importe qui, pour l'accompagner dans sa fuite, car maintenant elle admettait qu'elle était trop effrayée pour parcourir le monde toute seule.

Elle ne quitta pas la ville cette nuit-là, car la Loi l'appréhenda à La Lune bleue. L'agent Willie était là quand elle y entra, mais elle ne s'en rendit compte qu'après s'être installée à la table de la fenêtre, sa valise sur le plancher à côté d'elle. Le pick-up jouait un blues langoureux et le patron portugais, les yeux clos, pianotait sur le comptoir au rythme triste du blues. Il y avait quelques personnes dans une stalle et la lumière bleue donnait à la pièce la transparence des profondeurs sous-marines. Elle ne vit la Loi que lorsque son représentant se dressa devant sa table et, quand elle le regarda, son cœur frissonna un peu, puis s'arrêta.

« Vous êtes la fille de Royal Addams, dit-il ; et elle en convint d'un signe de tête. Je vais téléphoner au commissariat pour dire que je vous ai trouvée. Restez où vous êtes. »

La Loi entra dans la cabine téléphonique. Il appelait la Black Maria pour l'emmener en prison mais elle s'en fichait. Très probablement elle avait tué ce soldat et ils avaient suivi ses traces et l'avaient cherchée dans toute la ville. Ou bien la Loi peut-être avait découvert le vol du couteau à trois lames de chez Sears et Rœbuck. Elle ne voyait pas clairement la raison pour laquelle elle était arrêtée et les crimes du long printemps et de l'été se confondaient en un seul crime qu'elle ne pouvait pas comprendre. Elle avait l'impression que les choses qu'elle avait faites, les péchés qu'elle avait commis, avaient été accomplis par quelqu'un d'autre — un étranger. Elle ne bougeait pas, les jambes étroitement serrées, les mains croisées sur les genoux. La Loi n'en finissait plus au téléphone et, tandis qu'elle regardait droit devant elle, elle vit un homme et une femme quitter une stalle et, serrés l'un contre l'autre, se mettre à danser. Un soldat fit claquer la porte d'entrée et traversa le café et seul le personnage étranger qui était en elle le reconnut ; quand il eut grimpé les escaliers elle se contenta de penser lentement et sans émotion qu'une tête rousse bouclée comme celle-là devait être en ciment. Puis son esprit évoqua la prison, les pois froids, les galettes de maïs froides et les cellules aux barreaux d'acier. La Loi revint du téléphone, s'assit en face d'elle et dit :

« Comment se fait-il que vous soyez venue ici ? »

La Loi était énorme dans son uniforme bleu

de policeman et, du moment qu'elle était arrêtée, c'était une mauvaise politique de mentir ou de tourner autour du pot. Il avait une figure épaisse, un large front et des oreilles disproportionnées — une d'elles était plus large que l'autre et déformée. Tandis qu'il la questionnait, il ne la regardait pas, mais fixait un point quelconque juste au-dessus de sa tête.

« Ce que je fais ici ? » Elle l'avait oublié et elle dit la vérité lorsqu'elle ajouta : « Je ne sais pas ! »

La voix de la Loi lui sembla venir de loin comme une question posée du fond d'un long corridor.

« Où aviez-vous l'intention d'aller ? »

Le monde était maintenant si lointain que Frances ne put y penser. Elle ne voyait pas la terre comme autrefois, morcelée, disjointe, et tournant à mille milles à l'heure ; la terre était énorme, sans mouvement et plate. Entre elle et tous les lieux il y avait un espace comme une énorme faille qu'elle n'avait pas l'espoir de franchir. Les plans pour le cinéma ou l'infanterie de Marine étaient des projets d'enfant qui ne se réaliseraient jamais et elle pesa soigneusement sa réponse. Elle choisit l'endroit le plus petit, le plus laid qu'elle connût, car s'enfuir là ne pouvait être considéré comme très coupable.

« A Branche-Fleurie.

— Votre père a téléphoné au commissariat que vous aviez laissé une lettre pour le prévenir de votre fuite. Nous venons de le trouver à la gare des autobus et il sera ici dans une minute pour vous ramener à la maison. »

C'était son père qui avait mis la Loi à ses trousses et elle ne serait pas jetée en prison. Elle en éprouva un certain regret. Il valait mieux une prison où l'on pût frapper les murs qu'une prison invisible. Le monde était trop loin et elle n'avait plus aucun moyen de s'y intégrer. Elle revint à la peur de l'été, la vieille impression que le monde était séparé d'elle et l'échec du mariage avait transformé cette peur en terreur. Il y avait eu un temps, seulement hier, où elle avait senti une connexion entre elle et ceux qu'elle rencontrait : ils s'étaient reconnus immédiatement. Frances observa le Portugais qui jouait toujours du piano sur le comptoir pour accompagner le pick-up. Il se balançait en jouant et ses doigts parcouraient le comptoir, si bien qu'un buveur protégea son verre. Quand la musique se tut, le Portugais se croisa les bras sur la poitrine ; Frances rétrécit ses yeux et le regarda intensément pour l'obliger à la regarder. C'était la première personne à qui, la veille, elle avait parlé du mariage, mais,

273

comme il promenait sur la table le coup d'œil du propriétaire, son regard passa sur elle avec indifférence et il n'y avait dans ses yeux aucun sentiment de connexion. Elle se tourna vers les autres et ce fut la même chose : ils étaient des étrangers. Dans la lumière bleue elle eut l'impression de se noyer. A la fin elle regarda la Loi et la Loi la regarda dans les yeux. Il la regardait avec des yeux semblables aux yeux de porcelaine d'une poupée et, en eux, elle ne vit que l'image de son propre visage perdu.

La porte d'entrée claqua et la Loi dit :

« Voici votre papa qui va vous ramener à la maison. »

Frances ne devait plus jamais parler du mariage. Le temps avait changé et c'était une autre saison. Il y avait d'autres changements et Frances avait maintenant treize ans. Elle était dans la cuisine avec Bérénice la veille du déménagement, le dernier après-midi de Bérénice chez eux, car, lorsqu'il avait été décidé que Frances et son père partageraient une maison avec tante Pet et oncle Eustache dans un faubourg de la ville, Bérénice avait donné ses huit jours et dit qu'elle épouserait T.T. C'était la fin d'un après-midi de novembre et, à l'est, le ciel avait la couleur des géraniums d'hiver.

Frances était revenue dans la cuisine, car

les autres chambres étaient vides depuis que le camion avait emporté les meubles. Il ne restait que deux lits dans les chambres du rez-de-chaussée et les meubles de la cuisine, et on devait les enlever demain. Pour la première fois depuis longtemps, Frances avait passé l'après-midi dans la cuisine, seule avec Bérénice. Ce n'était plus la cuisine de cet été qui paraissait si lointain. Les dessins au crayon avaient disparu sous une couche de chaux et un linoléum neuf couvrait le plancher raboteux. Même la table avait changé de place ; on l'avait poussée contre le mur puisque maintenant personne ne prenait ses repas avec Bérénice.

La cuisine, remise à neuf et presque moderne, n'avait plus rien qui rappelât le souvenir de John Henry West. Cependant il y avait des moments où Frances sentait planer son fantôme solennel. Et dans ces moments, il y avait un silence — un silence parcouru par des mots sans voix. Le même silence se produisait quand le nom de Honey était prononcé, car Honey était condamné à huit ans de travaux forcés. Et ce silence survint en cet après-midi de fin de novembre pendant que Frances faisait des sandwiches, leur donnant des formes fantaisistes et prenant beaucoup de peine — car Mary Littlejohn devait venir à cinq heures. Frances jeta un coup d'œil à Bérénice qui était assise sur une chaise. Bérénice portait un vieux sweater reprisé et ses bras pendaient le long de son corps. Elle avait sur les genoux la petite fourrure de renard que Ludie lui avait donnée longtemps auparavant. La fourrure était usée et le petit museau pointu semblait triste. Le feu du fourneau balayait la chambre d'éclats rougeâtres et d'ombres changeantes.

« Je suis folle de Michel-Ange », dit Frances.

Mary viendrait à cinq heures dîner, elle passerait la nuit et partirait demain pour la nouvelle maison dans le camion de déménagement. Mary collectionnait les portraits des grands maîtres et les collait dans un album. Elles lisaient ensemble des poètes comme Tennyson, et Mary deviendrait un grand peintre, et Frances un grand poète ou la plus grande autorité en radar. M. Littlejohn avait fait partie d'une compagnie de tracteurs et, avant la guerre, les Littlejohn avaient vécu à l'étranger. Quand Frances aurait seize ans et Mary dix-huit ans, elles feraient ensemble le tour du monde. Frances disposa sur une assiette les sandwiches, huit bouchées au chocolat et des amandes salées ; ce serait pour le festin de minuit qu'elles mangeraient au lit.

276

« Je vous ai dit que nous ferions ensemble le tour du monde.

— Ma'y Littlejohn, dit Bérénice d'une voix moqueuse, Ma'y Littlejohn. »

Bérénice ne pouvait apprécier Michel-Ange, ni la poésie, sans parler de Mary Littlejohn. Au début elles s'étaient disputées à son sujet. Bérénice avait dit que Mary était informe et fadasse. Et Frances l'avait défendue avec furie. Mary avait de longues nattes sur lesquelles elle pouvait s'asseoir, des nattes tissées de cheveux blonds comme les blés et châtains, attachés à leur extrémité par de la toile adhésive et, dans les grandes occasions, par des rubans. Elle avait des yeux bruns, des cils blonds et des mains potelées et ses doigts se terminaient par de petites boules de chair rose, car Mary se rongeait les ongles. Les Littlejohn étaient catholiques, et, même sur ce point, Bérénice avait l'esprit étroit, disant que les catholiques romains adoraient des images gravées et voulaient que le pape gouverne le monde. Mais pour Frances cette différence était une touche finale d'étrangeté, de terreur silencieuse qui complétait la merveille de son amour.

« Il est inutile que nous discutions certaines choses. Vous ne pouvez pas la comprendre », avait-elle dit une fois à Bérénice et, d'après la brusque fixité de son œil, elle comprit que ces paroles l'avaient blessée. Et maintenant elle les répétait, furieuse du ton moqueur avec lequel Bérénice avait prononcé le nom, mais elle les regretta dès qu'elle les eut dites. « En tout cas, je considère comme le plus grand honneur de mon existence que Mary m'ait choisie pour son amie la plus intime. Moi, parmi toutes les autres.

— Est-ce que j'ai dit quelque chose cont' elle, dit Bérénice. J'ai dit seulement que ça me 'endait ne'veuse de la voi' sucer ses queues.

— Ses nattes. »

Une bande d'oies sauvages aux fortes ailes vola au-dessus de la cour et Frances alla à la fenêtre. Ce matin il y avait eu de la gelée argentant l'herbe brune, les toits des maisons et même les feuilles de la tonnelle. Quand elle se retourna le silence régnait encore dans la cuisine. Bérénice était assise, les épaules courbées, un coude sur son genou, le front dans la main, fixant, d'un œil injecté de sang, le seau à charbon.

Les changements s'étaient produits, en même temps, au milieu d'octobre. Frances avait rencontré Mary à une réunion deux semaines auparavant. C'était l'époque où d'innombrables papillons blancs et jaunes dansaient parmi les dernières fleurs de l'automne ; c'était aussi l'époque de la Foire. D'abord, ce fut Honey.

278

Un soir, rendu fou furieux par une cigarette droguée, par quelque chose appelée fumée ou neige, il se précipita dans l'officine de l'homme qui lui avait vendu la drogue et se conduisit comme un désespéré pour en avoir davantage. Il fut jeté en prison et, avant le jugement, Bérénice fit l'impossible, récoltant de l'argent, parlant à des hommes de loi, essayant de voir le prisonnier. Elle rentra épuisée, trois jours plus tard, l'œil injecté de sang. Elle dit qu'elle avait mal à la tête et John Henry West posa son front sur la table et dit qu'il avait mal à la tête lui aussi. Mais personne ne fit attention à lui, pensant qu'il imitait Bérénice. « Allez-vous-en, dit-elle ; je n'ai pas la patience de plaisanter avec vous. » Ces mots furent les derniers que Bérénice lui adressa dans la cuisine et, plus tard, elle crut qu'ils avaient attiré sur elle la malédiction du Seigneur. John Henry avait eu une méningite et dix jours plus tard il était mort. Jusqu'à la fin, Frances ne crut pas une minute qu'il pouvait mourir. C'était la saison dorée des marguerites et des papillons. L'air était frais et le ciel d'un bleu vert clair lumineux comme une vague sans profondeur.

Frances n'eut jamais la permission de voir John Henry mais toute la journée Bérénice aidait l'infirmière. Elle rentrait à la nuit, et ce qu'elle racontait d'une voix éraillée semblait faire de John Henry West un être irréel : « Je ne comp'ends pas pou'quoi il doit tant souff'i' », disait Bérénice. Et le mot « souffrir » ne pouvait pas s'appliquer à John Henry ; c'était un mot qui faisait frissonner Frances comme ce vide obscur du cœur qu'elle avait éprouvé autrefois.

C'était l'époque de la foire et une grande banderole s'étendait au-dessus de la Grand-Rue et, pendant six jours et six nuits, la foire battit son plein : Frances y alla deux fois, les deux fois avec Mary et elles allèrent dans tous les manèges mais n'entrèrent pas dans la Baraque des Phénomènes, car Mme Littlejohn avait dit que c'était malsain de regarder des phénomènes. Frances acheta une canne pour John Henry et lui envoya le tapis qu'elle avait gagné au loto. Mais Bérénice déclara qu'il était au-delà de toutes ces choses et les mots étaient irréels. A mesure que les jours étincelants se succédaient, les paroles de Bérénice devenaient si terribles qu'elle les écoutait avec horreur mais elle ne les croyait qu'en partie. John Henry avait crié pendant trois jours, ses yeux aveugles fixés sur un coin du mur. Et finalement il gisait la tête courbée en arrière, n'ayant plus la force de crier. Il mourut le mardi qui suivit la fin de la foire, par un matin d'or où pullulaient les papillons, et jamais le ciel n'avait été plus clair.

Cependant Bérénice avait trouvé un homme de loi et avait vu Honey dans sa prison. « Je ne sais pas ce que j'ai fait, répétait-elle incessamment. Honey dans cette cellule et maintenant John Hen'y. » Mais une partie de Frances demeurait incrédule. Cependant, le jour où l'enfant fut transporté au caveau de famille à Opelika, l'endroit où l'on avait transporté oncle Charles, elle vit le cercueil et comprit. Il se présenta à elle, une ou deux fois, dans les cauchemars, comme un enfant échappé d'une vitrine de magasin, les jambes de cire se déclenchant avec raideur aux jointures et la figure de cire faiblement maquillée ; il s'approchait d'elle jusqu'à ce que la terreur la réveillât brusquement. Mais les rêves eurent lieu une ou deux fois et les journées étaient remplies par le radar, l'école et Mary Littlejohn. Elle se rappela John Henry tel qu'il était et elle sentait rarement sa présence — un fantôme solennel qui planait. Et ce n'était qu'au crépuscule ou quand le silence spécial emplissait la cuisine.

« Je suis allée au magasin après l'école et papa avait une lettre de Jarvis. Il est dans le Luxembourg, dit Frances. Luxembourg. N'est-ce pas un nom charmant ? »

Bérénice se secoua.

« Ma foi, Bébé — ça me fait penser à de l'eau savonneuse. Mais c'est un assez joli nom.

— Il y a un sous-sol dans la maison neuve. Et une buanderie. » Et elle ajouta après une minute de réflexion : « Très probablement nous passerons par le Luxembourg quand nous ferons le tour du monde, ensemble. »

Frances retourna près de la fenêtre. Il était presque cinq heures et la couleur géranium du ciel avait pâli. Les dernières pâles couleurs semblaient froides à l'horizon. La nuit tombait rapidement, comme en hiver.

« Je suis absolument folle de... »

Mais la phrase ne fut pas achevée, car le silence se brisa au moment où, son cœur bondissant de joie, elle entendit vibrer la sonnette.

ŒUVRES DE CARSON McCULLERS

Aux Éditions Stock :

LE CŒUR EST UN CHASSEUR SOLITAIRE.
Préface de Denis de Rougemont.
FRANKIE ADDAMS.
Préface de René Lalou.
L'HORLOGE SANS AIGUILLES.

Le Livre de Poche Biblio

Extrait du catalogue

Cahiers de l'Herne
(Extraits du catalogue du Livre de Poche)

Julien Gracq
4069

Julien Gracq, le dernier des grands auteurs mythiques de la littérature contemporaine. Par Jünger, Buzzati, Béalu, Juin, Mandiargues, etc. Et un texte de Gracq sur le surréalisme.

Samuel Beckett
4934

Mystères d'un homme et fulgurance d'une œuvre. Des textes de Cioran, Kristéva, Cixous, Bishop, etc.

Louis-Ferdinand Céline
4081

Dans ce Cahier désormais classique, Céline apparaît dans sa somptueuse diversité : le polémiste, l'écrivain, le casseur de langue, l'inventeur de syntaxe, le politique, l'exilé.

Mircea Eliade
4033

Une œuvre monumentale. Un homme d'exception, attaché à l'élucidation passionnée des ressorts secrets de la vie de l'esprit. Par Dumézil, Durand, de Gandillac, Cioran, Masui...

Martin Heidegger
4048

L'œuvre philosophique la plus considérable du xxᵉ siècle. La métaphysique, la pensée de l'Être, la technique, la théologie, l'engagement politique. Des intervenants prestigieux, des commentaires judicieux.

René Char
4092

Engagé dans le surréalisme et chef de maquis durant la seconde guerre mondiale, poète de la dignité dans l'épreuve et chantre de la fraternité des hommes, René Char confère à son écriture, au lyrisme incantatoire, le style d'un acte et les leçons d'un optimisme en alerte. Par Bataille, Heidegger, Reverdy, Eluard, Picon, O. Paz...

Jorge Luis Borges
4101

Enquêtes, fictions, analyses, poésie, chroniques. L'œuvre, dérive dans tous les compartiments de la création. Avec Caillois, Sabato, Ollier, Wahl, Bénichou...

Francis Ponge
4108

La poésie, coïncidence du parti pris des choses et de la nécessité d'expression. Quand le langage suscite un strict analogue du galet, de l'œillet, du morceau de pain, du radiateur parabolique, de la savonnette et du cheval. Avec Gracq, Tardieu, Butor, Etiemble, Bourdieu, Derrida...

Henri Michaux
4107

La conscience aux prises avec les formes et les intensités de la création. Par Blanchot, Starobinsky, Lefort, Bellour, Poulet...

IMPRIMÉ EN FRANCE PAR BRODARD ET TAUPIN
Usine de La Flèche (Sarthe).
LIBRAIRIE GÉNÉRALE FRANÇAISE - 43, quai de Grenelle - 75015 Paris.

ISBN : 2 - 253 - 05380 - 5   ✦ 42/3140/3